Joan Aiken · Der Flüsternde Berg

D1858187

Joan Aiken wurde 1924 in Sussex in England geboren. Sie ist die Tochter des bekannten amerikanischen Schriftstellers Conrad Aiken. Sie heiratete mit neunzehn Jahren und war bereits mit dreißig Witwe. Mit ihren Kindern durchlebte sie Jahre bitterster Existenznot, in der ihr nichts erspart blieb, und sicherlich sind die Erlebnisse aus jener Zeit der reale Hintergrund ihrer Erzählungen. Heute lebt Joan Aiken in Petworth/West Sussex.
Einige Titel der Autorin: ›Wölfe ums Schloß‹, dtv junior 7146, ›Verschwörung auf Schloß Battersea‹, ›Kein Tag wie jeder andere‹, ›Geh, zügle den Sturm‹, ›Ein Hauch von Frost‹, und für Jüngere ›Regenwassergasse Nummer sechs‹, dtv junior 70027, und ›Raben haben keinen Zutritt‹. Ihr jüngst veröffentlichtes Buch ›Das Mädchen aus Paris‹ wendet sich an Erwachsene.

Joan Aiken

Der Flüsternde Berg

Zeichnungen von Ingeborg Ullrich

Max Peter Knoblach
AM WEIHER 1
8801 AURACH
TEL. 09804/478

Deutscher
Taschenbuch
Verlag

dtv

Titel der Originalausgabe: The Whispering Mountain
Originalverlag: Jonathan Cape Ltd., London
Aus dem Englischen von Inge M. Artl

Von Joan Aiken sind außerdem bei dtv junior lieferbar:
Wölfe ums Schloß, Band 7146
Regenwassergasse Nummer sechs, Band 70027

Ungekürzte Ausgabe
1. Auflage März 1980
5. Auflage Juni 1986: 33. bis 38. Tausend
Deutscher Taschenbuch Verlag GmbH & Co. KG, München
© 1968 Joan Aiken, Petworth
Lizenzausgabe des Verlages Friedrich Oetinger, Hamburg 1972
ISBN 3-7891-2200-9
Umschlaggestaltung: Celestino Piatti
Umschlagbild: Edith Schindler
Gesetzt aus der Aldus 10/11
Gesamtherstellung: Kösel, Kempten
Printed in Germany · ISBN 3-423-07385-3

1

An einem kalten Herbstabend wartete ein Junge hinter den hohen Steinsäulen, die das Tor des »Gymnasiums für die Söhne von Edelleuten und Ehrbaren Handwerkern« in der kleinen Stadt Pennygaff bildeten.

Die Schule war schon lange zu Ende, und alle anderen Schüler waren fröhlich hinaus in die Dämmerung geströmt. Der Junge aber zögerte noch immer und schauderte vor Kälte und Unentschlossenheit. Ein- oder zweimal trat er so dicht an eine der rußgeschwärzten Säulen, daß er kaum noch zu sehen war, beugte sich vor und lugte durch das engmaschige Eisengitter.

Die Straße draußen schien leer, und es war schon fast dunkel. Ein schmaler gelber Lichtstreifen im Westen ließ die Schatten in der engen, mit Kopfsteinen gepflasterten Gasse nur noch schwärzer wirken. Es gab zu viele Durchgänge, Torbogen, Türnischen und vorspringende Treppen, in und hinter denen Feinde ungesehen lauern konnten. Große violett-schwarze Wolken schoben sich unaufhaltsam westwärts über den Himmel und löschten das letzte Licht. Gleich würde ein Platzregen losbrechen.

Schnelle Schritte hallten hinter ihm auf dem gepflasterten Hof, und der Junge wandte sich hastig um. Aber es war nur der Schulmeister, Mr. Price, der auf dem Weg nach Hause war.

»Owen Bren!« sagte der Lehrer mißvergnügt. »Was machst du hier? Lauf, Junge, du sollst doch nach der Schule nicht im Hof herumlungern. Wo sind deine Bücher? Und warum hast du keinen Mantel an? Es wird gleich regnen. Dein Großvater wird sich fragen, wo du bleibst. Lauf zu, Junge!«

Mr. Price eilte an dem Jungen vorbei und knöpfte seinen Mantel zu, denn die ersten dicken Regentropfen platschten schon auf das Kopfsteinpflaster. Owen rührte sich nicht von seinem Platz neben dem Tor, obwohl der Regen nun herabrauschte und bald seine dünne Jacke durchweichte.

Angespannt beobachtete er die leere Straße und bemerkte nicht einmal, daß er vor Kälte und Nässe zitterte. Das Stückchen Papier, das er zwischen den Fingern rollte, war schon feucht und unleserlich geworden. Aber er kannte die kurze Mitteilung auf dem Zettel auswendig:

WIR WARTEN NACH DER SCHULE AUF DICH.

Die Nachricht war in großen, ungleichmäßigen Druckbuchstaben geschrieben und trug keine Unterschrift, aber Owen wußte genau, von wem sie stammte: Nur einer seiner sieben Verfolger konnte schreiben.

»Dove Thurbey«, sagte er vor sich hin, »Dove Thurbey, Dick Abrystowe, Luggins Cadwallader, Mog Glendower, Follentine Hylles, Soth Gard und Hufa Morgan. Sie warten alle auf mich, und sie haben Steine, Stöcke und zerbrochene Flaschen. Was soll ich nur machen?«

Er wußte es einfach nicht.

Er konnte wahrscheinlich schneller laufen als jeder von ihnen, aber ihren Steinwürfen konnte er nicht entgehen. Seine größte Furcht jedoch war, daß seine Brille zerbrochen wurde. Er besaß nur diese eine, und man konnte sie nicht reparieren. Owen war kein Feigling, aber er wußte, daß er verloren war, wenn Dove, Dick, Luggins, Mog, Follentine, Soth und Hufa ihn erst einmal am Boden hatten. Sie trugen eisenbeschlagene Holzschuhe, und sie waren alle viel größer als er. Mog ging ab nächsten Monat zur Arbeit; Dick, Dove und Luggins waren in der Fußballmannschaft von Pennygaff, und Hufa war fast 1,80 m groß, breitschultrig und muskulös. Sie alle sieben saßen in der Klasse hinten auf der letzten Bank und hörten Mr. Price nicht zu. Der Lehrer hatte es schon lange aufgegeben, ihnen irgend etwas beizubringen.

Die Bürger von Pennygaff saßen um diese Stunde alle gemütlich in ihren Küchen und hielten Türen und Fenster gut verschlossen. Wenn sie draußen den Lärm einer Schlägerei hörten, zogen sie höchstens die Vorhänge dichter zu, anstatt ihre Kaminfeuer zu verlassen. Wilde Eber kamen manchmal nach Einbruch der Dunkelheit aus den Wäldern in den Ort und gelegentlich auch streitlustige Fremde. Die Stadtleute verließen ihre Häuser am Abend sehr selten, und wenn, dann nur in Gruppen.

Plötzlich hörte Owen Laufschritte. Sein Herz machte vor Angst, Hoffnung und Spannung einen Sprung. Konnte der Läufer vielleicht ein Verbündeter sein? Owen wußte, daß es keiner von seinen Feinden war: Die Schritte waren zu leicht und viel zu schnell.

Ein Mann kam den Berg herabgerannt. Als er sich näherte, sah Owen als erstes, daß er eine Art Livree trug, und dann, daß es ein Fremder war. Er hielt einen Stab in der rechten Hand. Von ihm war keine Hilfe zu erwarten, das wurde Owen sofort klar. Dieser Mann war bis zum äußersten erschöpft. Seine Beine hätten ihn wohl kaum noch getragen, wenn der Weg nicht bergab geführt hätte. Sie rannten einfach weiter, und er schien ihnen zu folgen, ohne recht zu merken, wohin sie ihn trugen.

Als er Owen erreichte, stieß er mühsam ein paar Worte hervor: »Das hier Pennygaff?«

»Ja!« rief Owen. »Sir . . . !«

Aber der Läufer war schon vorbei und jagte den Hügel hinab, als wären ihm alle Wölfe der Schwarzen Berge auf den Fersen.

Unten im Tal schlug die Turmuhr sechsmal.

Owen wußte, daß er in den nächsten Minuten eine Entscheidung fällen mußte.

Er hatte seine Schulbücher und seinen Mantel unter einem losen Dielenbrett in der Klasse verborgen, in einem Versteck, das zum Glück bis jetzt noch nicht entdeckt worden war. Ein Mantel war auf der Flucht nur hinderlich, und seine Verfolger konnten ihn daran festhalten. Die

Bücher gehörten seinem Großvater, sie waren alt und kostbar. Owen konnte sich kaum ausmalen, welche Strafe ihn erwartete, wenn die Bücher beschädigt würden. Außerdem liebte er Bücher und wollte auf keinen Fall, daß sie zerrissen und auf das schmutzige Pflaster geschleudert wurden.

Was war das für ein Geräusch?

Er wandte sich schnell um, gerade noch rechtzeitig, um zu sehen, wie ein schwarzer Schatten von einem Versteck ins andere huschte. Er hörte ein Flüstern und ein böses Kichern.

Sie umzingelten ihn.

Die Schule war von einem Eisengitter umschlossen und hatte nur diesen einen Ausgang. Sie lag ziemlich hoch oben auf dem Berg und überragte alle anderen Häuser auf dieser Seite von Pennygaff. Um nach Hause zu gelangen, mußte Owen die steile, kurvenreiche Gasse zum Ort hinunterlaufen, die einzige Brücke über den Fluß Gaff überqueren und dann am anderen Ufer wieder einen genauso steilen Hügel hinaufklettern. Angenommen, es glückte ihm, seinen Feinden bis zur Brücke zu entkommen, bergan konnte er den Vorsprung bestimmt nicht halten. Und außerdem hatten sich sicher ein paar von ihnen auf der Brücke postiert und warteten dort auf ihn.

Jetzt huschte eine zweite Gestalt geduckt über die Straße. Owen erkannte Mog. Und irgendwo zu seiner Linken hörte er ein spöttisches und hohes Hüsteln. Das war Hufa, der trotz seiner Größe noch immer Sopran im Kirchenchor sang.

»Also, wenn die kleine Rotznase jetzt nicht rauskommt, dann holen wir sie«, flüsterte eine andere Stimme. Das war Luggins.

Owen suchte in seinen Hosentaschen nach irgend etwas, was vielleicht als Waffe dienen könnte, und fand einen kleinen, schweren Stoffbeutel. Er betastete ihn mit den Fingern. Was war denn das? Dann erinnerte er sich, daß sein Großvater ihm aufgetragen hatte, in der Mittagspause ein paar Sachen beim Kaufmann abzuholen, die bei der wöchentlichen Bestellung vergessen worden waren. Seife und noch etwas. Was immer es sein mochte, vielleicht taugte es dazu, seine Angreifer einen Augenblick abzuwehren.

Gerade jetzt wurden die Gegner durch neue Geräusche abgelenkt. Man hörte das Klippklapp von Hufen und das Knarren von Wagenrädern. Gleich darauf bog eine Kalesche rasch um die Kurve oberhalb der Schule und hielt vor dem Tor. Die einzige Laterne am Wagen schien Owen ins Gesicht.

»He, du da! Bub!« Die Stimme des Fremden erschreckte Owen durch ihren lauten und barschen Klang. Ein großer Mann, in viele Umhänge gehüllt, winkte ihn befehlerisch mit der Peitsche heran. Der breite Rand eines Biberhutes beschattete sein Gesicht, so daß Owen es nicht erkennen konnte.

»J ... ja, Sir?« stotterte er.

»Ist dieses elende Kaff die Stadt Pennygaff?«

»Ja, Sir.«

»Nun, Gott sei Dank! Ich habe beinahe drei Stunden gebraucht, um diese fürchterlichen Schwarzen Berge zu durchqueren, und ich hoffe, daß ich nie wieder einen Fuß in dieses Nest zu setzen brauche! Kannst du mir sagen, wie ich zum Museum komme? Beim Beelzebub, es ist schon eine Erz-Unverschämtheit, daß solch eine vorsintflutliche Ansiedlung wie diese hier so etwas wie ein Museum besitzt! Der Ort selbst sollte als Überbleibsel aus der Steinzeit vorgeführt werden.«

»Den Berg hinunter, Sir, über die Brücke und auf der anderen Seite wieder hinauf. Dann seht Ihr das Museum zu Eurer Rechten, über der Habakuk-Kapelle«, sagte Owen. Er war ziemlich entrüstet über die Herabsetzung seiner Vaterstadt und auch ebenso überrascht. Was wollte der Fremde im Museum zu dieser späten Stunde?

»Gibt es hier anständige Gasthöfe?« wollte der Mann wissen.

»Einen, Sir, ›Zum Drachen‹, gleich neben der Brücke.«

»Einen einzigen? Und wie weit ist es von diesem gottverlassenen Ort bis Schloß Malyn?«

»Ungefähr zwanzig Meilen, Sir.«

»Verdammt! Das schafft die Stute nie, sie lahmt. Ich fürchte, ich muß mich damit abfinden, die Nacht in diesem Gasthof zu verbringen.« Der Fremde wollte schon weiterfahren, da hielt er das Pferd noch einmal zurück und fügte leichthin und wie nebensächlich hinzu: »Weißt du zufällig, ob in der letzten Zeit ein paar wüste Kerle hier durchgekommen sind? Zwei Hausierer, ein großer und ein kleiner? Bilk und Prigman nennen sie sich.«

»Ja, ich glaube schon, Sir«, antwortete Owen und überlegte. »Im Gasthof kann man Euch das sicher sagen.«

»Mmm, ja, wahrscheinlich. Also weiter! Hüh!«

Der Fremde verlor kein Wort des Dankes. Die Kalesche rumpelte weiter, und Owen verwünschte sich selbst, weil er diese gute Gelegenheit zur Flucht nicht genutzt hatte. Warum hatte er dem Mann nicht angeboten, ihn zu begleiten und ihm den Weg zum Museum zu zeigen? Nichts wäre unauffälliger gewesen. Aber in der barschen Stimme und der kalten, fast ärgerlichen Art des Fremden hatte etwas gelegen, was Owen diesen Gedanken sogleich wieder beiseite schieben ließ. Das war kein Mann, der Gefälligkeiten erwies.

Noch ehe der Hufschlag ganz verklungen war, rückten Owens Angreifer wieder näher. Jedoch nur drei. Er hatte wohl richtig geraten: Soth, Dick, Follentine und Dove warteten unten an der Brücke, um ihm den Fluchtweg abzuschneiden. Na, er würde sein Leben teuer verkaufen.

Owen zog den Stoffbeutel aus der Hosentasche und aus dem Beutel ein Tütchen.

»Los, auf ihn, Hufa!« flüsterte Mog.

Als die drei sich auf ihn zuschoben, sprang Owen

plötzlich vorwärts und schleuderte Hufa den Inhalt des Tütchens mitten ins Gesicht.

Es war Schnupftabak. Nichts hätte unerwarteter oder erfolgreicher sein können. Hufa blieb mit einem Schmerzenslaut stehen, rieb sich die Augen und fluchte und schniefte.

»Wart nur, wenn ich dich erwische! O verdammt, meine Augen! Reiß ihm den Kopf ab, Mog!«

Aber Owen wartete nicht. Er nutzte ihre Überraschung, stürzte an Hufa vorbei, schlug einen Haken um Luggins und Mog und sauste wie der Blitz den Berg hinunter. Im nächsten Moment hörte er sie jedoch schon hinter sich herkommen. Ein Pflasterstein pfiff an seinen Ohren vorbei. Er hatte sehr wenig Vorsprung.

Auf halber Höhe mündete links die Landstraße von Hereford in die Gasse ein. Als Owen diese Stelle überquerte, mußte er ausweichen, um nicht in einen Planwagen hineinzurennen, der aus der Landstraße einbog. Um das Gleichgewicht zu behalten, griff Owen nach der Deichsel, die kaum eine Handspanne breit an seiner Schulter vorbeigeglitten war, und schaute zu dem Mann auf dem Kutschbock auf, um sich zu entschuldigen.

»Es tut mir leid, Sir«, keuchte er und setzte dann völlig verblüfft hinzu: »Oh, Mr. Dando!«

»Oh, was? Wie bitte? Wer ist da?« Der Mann auf dem Kutschbock schaute geistesabwesend zu ihm herunter. »Mein Name ist Dando, das steht fest, aber kenne ich dich? Das Gesicht kommt mir irgendwie bekannt vor, aber das glaubt man bei so vielen Gesichtern. Alle Gesichter sehen sich ziemlich ähnlich, finde ich. Doch du ... ja, ich habe dich schon mal irgendwo gesehen. Nur wo?«

»Erinnert Ihr Euch nicht? Ihr habt mich letzten Sommer im Hafen von Southampton aufgenommen, als ich mich auf den Weg nach Wales machen wollte, zu Fuß, und Ihr habt mich bis Gloucester mit Euch fahren lassen.«

Mr. Dando strich sich mit der Hand durch die langen,

dunklen Locken und murmelte: »Vielleicht ... vielleicht...«, als er von den drei Verfolgern unterbrochen wurde. Sie kamen mit klappernden Holzschuhen angerannt und stürzten sich auf Owen. Der kämpfte verzweifelt, aber er wurde umgerissen und zu Boden geschleudert. In diesem Moment steckte ein Mädchen in einem roten Kleid den Kopf aus dem Wagen.

»Was ist los, Vater? Was ist nur los? Oh, Owen!«

Der große, schwerfällige Mog, der sich vorübergehend nicht am Kampf beteiligen konnte, weil seine beiden Verbündeten ihm keinen Platz mehr ließen, schaute zu dem Mädchen im Wagen auf und riß vor Verblüffung den Mund auf. Ihr dunkles Haar war oben auf dem Kopf zu einem großen Knoten, zu einer Krone aufgesteckt, und darauf thronte, als sei dies das Selbstverständlichste auf der Welt, ein großer schwarz-weißer Vogel mit einem gekrümmten Hakenschnabel.

Als das Mädchen erkannte, was vor sich ging, rief es: »Verjag sie, Falke!«

Der große Vogel schwang sich in die Luft, stieg auf, kreiste ein paarmal hoch über den Kämpfern und stieß dann in sausendem Sturzflug auf sie herab. Er schlug seine messerscharfen Krallen in die Jacke von Hufa, der einen schrillen Schrei ausstieß und um sein Leben rannte. Das Mädchen rief einen Befehl, und der Falke ließ Hufa los. Er fiel über Luggins her und grub ein paar tiefe Spuren in sein strohfarbenes Haar. Von dem unerwarteten Schmerz und dem drückenden Gewicht auf seinem Kopf völlig überrumpelt, ließ Luggins Owens Kehle los und versuchte, den Falken abzuschütteln. Mog sah, daß die Schlacht verloren war, und ergriff die Flucht.

Luggins stolperte hinter ihm her und rief verzweifelt: »Mog! Mog, warte auf mich! Verjag das Ungeheuer von meinem Kopf!«

Mog machte keine Anstalten, ihm zu helfen. Aber auf einen Pfiff seiner Herrin hin ließ der Falke Luggins Skalp aus seinem Griff, flog zurück und ließ sich wieder auf der Haarkrone des Mädchens nieder.

Sie war aus dem Wagen gesprungen und umarmte Owen, der seinen Augen kaum traute.

»Arabis! Was macht ihr in dieser Gegend, du und dein Vater?«

»Owen, ist dir auch nichts passiert?«

»Nein, Falke ist gerade zur rechten Zeit gekommen!«

Owen setzte sich die Brille, die von einem Ohr baumelte, aber wunderbarerweise nicht zerbrochen worden war, wieder auf die Nase. »Aber was macht ihr denn hier?«

»Ich habe Papa gebeten, über Pennygaff zu fahren, damit wir dich vielleicht wiedersehen könnten. Wir sind auf dem Weg zum Jahrmarkt in Nant Agerddau, zum Teufelssprung. Aber wie ist es dir ergangen, Owen? Du liebe Zeit, wie bist du gewachsen! Größer als ich! Hast du deinen Großvater gefunden? Bist du glücklich bei ihm? Wer waren diese üblen Kerle?«

»Jungen aus meiner Schule.«

»Eine feine Schule! Warum waren sie hinter dir her?«

»Nur weil ich fremd hier bin.«

Owen schaute den Berg hinab. Seine Feinde waren verschwunden. Wenigstens für den Augenblick war er gerettet.

»So etwas Dummes! Dein Vater und dein Großvater sind doch hier geboren. Lieber Himmel, wie es regnet! Komm in den Wagen. Galahad macht es nichts aus, wenn er einen mehr ziehen muß, nicht wahr, Papa? Ich bin sicher, Owen wiegt nicht mehr als im letzten Sommer; er ist noch immer dünn wie eine Weidengerte.«

»Galahad? Er könnte den halben Berg wegschleifen, er ist noch taufrisch, nicht wahr, mein Guter?« Mr. Dando schnalzte dem Pferd zu, das wirklich kräftig gebaut war, und nahm die Zügel wieder auf. Der Wagen rollte langsam und rumpelnd hügelabwärts. Arabis und Owen schwangen sich hinten auf das Trittbrett, über dem ein zweisprachiges

Schild hing: *Barbwr a Moddion Prydydd.* Das war Walisisch und bedeutete: Barbier, Heilkundiger und Poet.

Owen schaute sich mit unbeschreiblicher Freude im Wagen um. Zwei Monate lang war dieser Wagen sein glückliches Zuhause gewesen, damals, als sie gemächlich durch Südengland zogen. Ein gemütliches, hübsches Zuhause: Das Dach und die Seitenwände bestanden aus dichtem Weidengeflecht, das innen und außen mit Zeltplane überzogen war. Außen machte ein Pechanstrich die Zeltplane wetterfest. Innen war sie weiß gekalkt, und Arabis, die ein ausgesprochenes Talent fürs Malen besaß, hatte sie mit einem Muster aus Rosen und Narzissen verziert. Ein roter Flickenteppich bedeckte den Boden, und in einem eisernen Ofen brannte Feuer. Aromatische Düfte entströmten den vielen Kräuterbündeln, die unter dem Dach hingen und in der Wärme trockneten. Auf einem Wandbrett standen Pillenschachteln, Medizinflaschen, Salbentöpfe und Pulvertüten. Zwei Pritschen waren mit Steppdecken als Betten hergerichtet, zwei weitere, mit Kissen übersät, dienten als Sitzbänke. Der Wagen ließ sich durch einen roten Leinenvorhang, der jetzt zurückgezogen war, in zwei Kammern unterteilen. Der am Boden befestigte Tisch hatte eine Art Geländer aus Weide, damit das Geschirr nicht herunterrutschte, wenn der Wagen sich neigte. Eine Öllampe baumelte an einer Kette von der Decke und verbreitete warmes, goldenes Licht. Auf einem vergitterten Wandbrett glänzten Töpfe, Pfannen und etwas Zinngeschirr. Alles blitzte vor Sauberkeit. An einem Haken an der Wand hing ein bunt bebändertes Musikinstrument, das eine gewisse Ähnlichkeit mit einer Mandoline hatte.

»Ich bin froh, daß du Falke noch hast«, sagte Owen, während der Vogel, erregt und gereizt von dem Scharmützel, mit dem Schnabel klapperte und die Schwingen hob und senkte.

»Ja, ich auch!« Arabis zog dem Falken eine Kappe über den Kopf, um ihn zu beruhigen, und setzte ihn auf seine

Schlafstange, die aus einem alten Besenstiel bestand. »Wenn wir ihn nicht hätten, wäre es wirklich schwer, etwas für den Suppentopf zu finden. Papa schreibt jetzt gerade ein langes Gedicht über König Artus, das macht ihn so geistesabwesend! Zur Zeit spricht er nur mittwochs, freitags und sonntags. Du hast also Glück gehabt, weil heute gerade Mittwoch ist.«

Arabis lachte und wies mit einer Kopfbewegung auf einen großen Berg Bücher und dichtbeschriebene Bogen Papier, die das eine Bett bedeckten. Owen wandte den Kopf und las auf einem Blatt den Titel: »Der König auf Schloß Caerlon. Ein episches Gedicht in CCC Gesängen von Tom Dando. Gesang CCXXXVIII.«

»Ich finde es doch recht seltsam, einen Vater zu haben, der nur jeden zweiten Tag spricht«, entfuhr es Owen.

»Nun ja. Er ist nicht übel, der alte Tom. Immer noch besser, als überhaupt keinen Vater zu haben«, meinte Arabis weise. Dann wurde sie rot und fügte besorgt hinzu: »Oh, es tut mir leid, Owen! Wo habe ich nur meinen Verstand? Hast du schon Nachricht von deinem Vater?«

Owen schüttelte den Kopf. »Nein. Aber das hat nicht viel zu bedeuten. Großvater meint, daß er vielleicht doch noch lebt, vielleicht irgendwo gefangen ist oder so etwas und deshalb keinen Brief schicken kann. Und Briefe brauchen so lange von dort nach England.«

»Erzähl mir von deinem Großvater. Bist du gut zu ihm gekommen, nachdem wir uns in Gloucester getrennt hatten?«

»Ja«, sagte Owen. Er erinnerte sich an den traurigen Tag im letzten Sommer, als er den guten Freunden, die ihn so weit mitgenommen hatten, auf Wiedersehen sagen mußte. »Ja, bis Monmouth bin ich auf einem Bauernwagen mitgefahren, und von dort aus mußte ich zu Fuß gehen. Ich habe eine Woche gebraucht, aber ich hatte Glück mit dem Wetter.«

»Und dein Großvater? Hat er sich gefreut, als du gekommen bist? Magst du ihn?«

Owen mußte den Blick von Arabis abwenden. Zu groß war der Kontrast zwischen der Wärme ihrer Stimme, der Güte in ihren dunklen Augen, der ganzen freundlichen Behaglichkeit in diesem kleinen Zuhause auf Rädern und dem anderen Zuhause, in das er gleich zurückkehren mußte. Owen starrte angespannt auf den Falken und biß sich auf die Lippen. Erst nach einer Pause konnte er weitersprechen.

»Großvater hat eine Weile gebraucht, bis ... bis er geglaubt hat, daß ich sein Enkel bin.«

»Aber du hattest doch die Papiere, deinen Taufschein und den Brief von deinem Vater.«

»Er hat gesagt, das beweist gar nichts. Sie hätten ja gestohlen sein können.«

»Wie dumm! Wer würde so etwas tun? Und dann?«

»Schließlich hat er mich dann doch aufgenommen. Aber er sagt noch immer, daß ... daß ich meiner Mutter gleichen müsse; daß ich gar nicht wie ein richtiger Bren bin. Doch er ist ein gerechter Mann. Er ... er hat gesagt, ich kann bei ihm bleiben, und er läßt mich zur Schule gehen.«

»Das will ich auch hoffen!« rief Arabis. »Der einzige Sohn seines einzigen Sohnes! Und deine arme Mama, die auf der Heimreise von China am Typhus sterben mußte! Der Kapitän hat ihm doch einen Brief ... Oh, es tut mir leid, ich wollte dich nicht traurig machen, indem ich dich daran erinnere. Hier, iß etwas heiße Suppe, ja?«

Owen lächelte, denn ihm fiel ein, daß Arabis jedem, der irgendeinen Kummer hatte, heiße Suppe verschrieb.

»Es ist eine gute Suppe, wirklich«, sagte sie. »Falke hat einen Hasen gefangen, als wir über den Mitternachtsberg zogen. Und ich habe einen Tropfen von dem Met hineingetan, den ein Seemann Papa in Cardiff geschenkt hat. Trink.«

Über den Rand des Bechers hinweg hielt Owen die Augen auf Arabis gerichtet. Er hatte sie während der ganzen Zeit,

seit er bei seinem Großvater lebte, keinen Augenblick vergessen. Aber ihr Bild war zu einer Erinnerung geworden und hatte dadurch an Lebendigkeit eingebüßt. Jetzt war es beinahe ein Schock, Arabis wiederzusehen und sie sprechen und lachen zu hören. Er war gewachsen und jetzt ein klein wenig größer als sie.

»Du hast dich kein bißchen verändert, Arabis«, sagte er.

Sie hatte langes, weiches Haar, schwarz wie Kohle, das sie Falkes wegen zu einem Knoten aufgesteckt trug. Auch ihre Augen wirkten fast schwarz, weil die Pupillen so groß waren; dabei waren sie eigentlich von sehr dunklem Grau. Obwohl Arabis die meiste Zeit im Freien verbrachte, um in Wiesen und Wäldern Heilpflanzen zu suchen, bräunte ihre Haut sich nie, sondern blieb immer hell. Wenn Arabis lächelte, zeigte sich unter ihrem linken Wangenknochen ein dreieckiges Grübchen.

Owen und Arabis waren einander nicht unähnlich. Beide waren schlank und dunkelhaarig, nur hatte Owen braune Augen. Auf der Fahrt von Southampton nach Gloucester hatten die Leute sie manchmal für Geschwister gehalten. Owen wußte, daß Arabis einen jüngeren Bruder gehabt hatte, aber er und ihre Mutter waren in dem strengen Winter vor zehn Jahren an einer Lungenentzündung gestorben.

»Du gehst also jetzt zur Schule?« sagte Arabis. »Hast du ein Glück! Du kannst Geschichte und Astronomie und Sprachen lernen, die man in fremden Ländern spricht. Es macht mich traurig, wenn ich mir vorstelle, daß ich meine Mutter vielleicht nicht verstehen könnte, wenn ich ihr jetzt begegnete.«

»Das würdest du schnell genug lernen«, antwortete Owen. Arabis hatte ihm erzählt, daß ihre Mutter von der Insel Melita stammte. »Du bist solch ein kluges Mädchen, Arabis! Ich glaube, du weißt einfach alles über Pflanzen und Tiere, was man darüber nur wissen kann, und du bist jünger als ich!«

Arabis lachte. »Ach, es war nur unvermeidlich, daß ich das gelernt habe. Aber in der Schule lernen! Ich würde auch gern in die Schule gehen, wenn ich dann nicht Tom verlassen müßte. Du lernst doch gern?«

»Ja«, antwortete Owen ehrlich. Er sprach nicht mehr von seinen Schwierigkeiten mit Mog und den anderen, die ihn haßten, weil er ein Fremder war. Warum sollte er Arabis etwas vorjammern? Sie selbst war nie aus der Fassung zu bringen. Er hatte miterlebt, wie sie ruhig und furchtlos vor einem groben Richter stand, der sie der Hexenkunst beschuldigte, und wie sie sich mit der gleichen Ruhe einem kranken Bullen näherte, der vor Schmerzen rasend war. Vielleicht würde sie finden, daß er von einer Kleinigkeit zu viel Aufhebens machte. Aber er konnte ihr von seiner anderen Sorge erzählen. Arabis war der einzige Mensch, den er kannte, der ihm vielleicht einen vernünftigen Rat geben konnte.

»Arabis, hast du jemals von der Harfe von Teirtu gehört?« fragte er.

»Von der Harfe von Teirtu? Ja, natürlich. Tom hat uns Geschichten davon erzählt, als wir noch klein waren. Sie soll aus Gold sein und drei Reihen Saiten haben: eine für Männer, eine für Könige und eine, die von allein spielt, wenn ein Fremder versucht, die Harfe zu stehlen. Und noch viele andere Geschichten.«

»Ja, das ist sie«, sagte Owen. »Mein Vater hat mir diese Geschichten auch erzählt.«

»Und von einem alten Barden gibt es eine Prophezeiung«, sagte Arabis. »Ich weiß sie auswendig:

Wenn der Flüsternde Berg einst schreit und bebt
und das Schloß von Malyn auf Wolken schwebt,
dann hat der Herr Malyn, was er gewollt:
die verlorene, wiedergefundene Harfe aus Gold,
dann wird Schlapphut-Ben einen Schleier tragen,
dann wird der dreiste Räuber die Flucht vom Teufelssprung wagen.

Er findet im Abgrund den Tod.
Und die Kinder des Bergwerks entkommen der Not.
Sie kehren zurück in ihr Heimatland,
und die Harfe von Teirtu gelangt in die richtige Hand.

Das ist eine sehr verwirrende Prophezeiung, findest du nicht auch? Wie kann das Schloß von Malyn auf einer Wolke schweben? Und wer ist der Räuber? Aber warum fragst du nach der Harfe, Owen?«

»Weil mein Großvater glaubt, daß er sie gefunden hat.«

»Nein!« Arabis' Augen wurden groß. »Das ist wirklich eine Neuigkeit! Aber du schaust so düster drein, als ob du ein Goldstück verloren und nur einen Kreuzer gefunden hättest. Wo hat er die alte Harfe entdeckt?«

»Er hat aus der alten Klosterruine auf der Insel im Fluß Gaff Steine geholt, um am Museum einen Raum anzubauen. Dabei hat er ein Stück Mauer eingerissen, und da ist eine Nische zum Vorschein gekommen. In der Nische stand eine alte Truhe, mit Kupfer ausgeschlagen, und in der Truhe lag die Harfe.«

»Wirklich?« sagte Arabis voll Interesse. »Kann man noch darauf spielen?« Sie warf einen Blick auf das Instrument an der Wand. »Ich würde sie zu gern mal ausprobieren!«

»Nein, sie ist alt und schwarz, und alle Saiten fehlen bis auf eine. Aber der Rahmen ist aus Gold, meint Großvater, und es steht eine alte Inschrift darauf.«

»Dann ist sie also wertvoll?«

»Ja«, antwortete Owen betrübt. »Und deswegen ist Streit in der Stadt entstanden.«

»Wieso?«

»Weil die Leute sich nicht einigen können, was mit der Harfe geschehen soll. Einige sagen, man sollte sie verkaufen und mit dem Geld eine neue Schule bauen. Es ist ein Ausländer hier, ein Türke, der sie angeblich kaufen will. Aber andere sagen, die Harfe sollte hierbleiben, im Museum, weil sie auf städtischem Grund gefunden wurde und deshalb allen Bürgern von Pennygaff gehört. Und alle Leute sind böse auf Großvater.«

»Warum?«

Owen schaute besorgt drein. »Weil er sagt, es stehe noch nicht einwandfrei fest, wer ein Recht auf die Harfe hat. Er sagt, die Insel im Gaff gehöre der Stadt nicht.«

»Wem denn?«

»Großvater meint, wahrscheinlich dem Grafen von Malyn. Ihm gehört alles Land hier in der Umgebung.«

»Ach du liebe Zeit! Ausgerechnet dieser fürchterliche Kerl!«

»Ist er so schlimm?«

»Als meine Mutter krank war, haben wir in dem Wäldchen neben dem Pförtnerhaus von Schloß Malyn Rast gemacht. Die Frau des Torhüters war ein guter Mensch. Sie hat meine Mama in ihr Haus geholt und meinen kleinen Bruder auch und hat sie beide gepflegt. Der Graf hat das erfahren und gesagt, er erlaube nicht, daß Zigeuner und Vagabunden in seinem Pförtnerhaus übernachten und Kesselflicker ihren Wagen vor seinem Parktor abstellen. Mein Vater ist zu ihm gegangen und hat ihm erklärt, daß meine Mutter krank ist und daß wir nur kurze Zeit bleiben, bis es ihr ein wenig besser geht. Da hat der Graf gesagt, wenn sie krank sei, solle sie ins Armenhaus gehen, statt hier seine Leute anzustecken. Er hat drei Leute geschickt, die meine Mutter aus dem Pförtnerhaus holen mußten. Sie haben sie hinaus in die Kälte getragen und in den Wagen gelegt. Also sind wir weitergefahren, über die Berge, aber in der Nacht gab es den schlimmsten Schneesturm des ganzen Winters, und das Pferd ist auf halbem Weg gestorben und meine Mutter und mein kleiner Bruder auch.«

Eine Minute lang herrschte Schweigen. Dann fuhr Arabis fort:

»Ich habe noch andere Sachen über ihn gehört. Es heißt, daß seine Pächter die höchste Pacht im ganzen Land zahlen müssen, und wenn sie nicht pünktlich bezahlen können, dann verjagt er sie sofort von Haus und Hof. Und daß er seine Diener wie Sklaven behandelt. Hunderte von Leuten müssen Tag und Nacht für ihn arbeiten. Sie müssen die Hufe seiner Pferde wichsen und den Staub zwischen den Blättern seiner Bücher herausblasen und seine Sammlung von goldenen Gegenständen polieren. Ein Diener muß immer vor seiner Kutsche herrennen, ganz gleich, wie weit er fährt. Stell dir das vor, den ganzen Tag schneller als ein Pferd laufen zu müssen!«

Owen erinnerte sich plötzlich wieder an den Mann, der keuchend den Hügel hinuntergerannt war. Seitdem hatte sich so viel ereignet, daß er diese Begegnung schon fast vergessen hatte.

Arabis fuhr fort: »An einen schlimmeren Besitzer als den Grafen von Malyn könnte die Harfe nicht geraten.«

»Es steht ja noch nicht fest«, sagte Owen. »Aber Großvater ist entschlossen, die Angelegenheit so zu regeln, wie das Recht es verlangt.«

Während dieser Unterhaltung hatte das Pferd Galahad langsam den steilen Hügel am anderen Ufer des Flusses Gaff erklommen. Owen sah hinaus und sagte: »Wir sind gleich bei mir zu Hause. Ich möchte so gern, daß mein Großvater euch beide kennenlernt. Kommt doch bitte mit herein. Ich glaube ... ich bin sicher, er wird sich freuen.«

Noch während Owen sprach, kamen ihm Zweifel. Aber Arabis und ihr Vater mußten dem alten Mr. Bren doch gefallen? Wem würden die beiden nicht gefallen?

»Du liebe Zeit«, rief Arabis, als auch sie hinausschaute. »Du wohnst in einem Museum, Owen?«

»Ja, mein Großvater ist dort Kurator, seit er nicht mehr zur See fährt wie mein Vater«, erklärte Owen.

Die kleine Stadt lag nun unter ihnen; die regennassen Schieferdächer glänzten in der Dämmerung. Vor ihnen ragte ein eisernes Tor auf, ähnlich wie das vor der Schule, und dahinter war ein mit Kopfsteinen gepflasterter Hof. Am Tor hing ein Schild mit der Aufschrift: MUSEUM.

»Beim heiligen David!« sagte Arabis neidisch. »Du wohnst in einem Museum! Hast du ein Glück! Jedesmal, wenn wir in eine Stadt kommen, erkundige ich mich, ob es dort ein Museum gibt. Und dann schaue ich es mir an, während Papa den Leuten die Haare schneidet. Was es da alles zu sehen gibt! Und dein Großvater ist der Kurator? Er muß ein sehr kluger Mann sein, Owen, und sehr geachtet!«

»Hm ...« Eine Sorgenfalte erschien auf Owens Stirn. »Aber diese Sache mit der Harfe und den Schlafkarten ...«

»Schlafkarten?«

»Das erzähle ich dir nachher. Könnt ihr über Nacht bleiben?« fragte Owen.

»Papa!« Arabis sprang aus dem Wagen, lief nach vorn zu Tom Dando, der wie üblich mit offenen Augen träumte, nahm ihm die Zügel aus der Hand und lenkte das Pferd durch das Tor. »Wach auf, Papa! Owen wohnt hier im Museum, der Glückspilz! Er hat uns eingeladen, seinen Großvater kennenzulernen. Wo soll ich Galahad anbinden, Owen? Hier am Torpfosten?«

Sie schob mit dem Fuß einen dicken Stein unter das eine Hinterrad des Wagens, damit er nicht rückwärts den Berg hinunter und in den Fluß rollte.

Das Museum war in einer Halle aus Ziegelsteinen untergebracht. Der Hof vor dem Museum sah aus wie ein dunkler Teich, auf den die kleine Laterne über der Tür schmale Lichtstreifen warf. An dieser Tür hing ein zweites, frisch gemaltes Schild. Darauf war zu lesen: »Geöffnet täglich von zehn bis fünf Uhr, außer an Sonn- und Feiertagen.« Darunter stand: »O. Bren, Kurator.« Das Licht über der Tür war gerade hell genug, auch noch ein paar Worte erkennen zu lassen, die jemand mit Kreide unter das Schild auf die Hausmauer geschrieben hatte:

»Unser Museum soll auch sonntags offen sein!
Nieder mit den Schlafkarten!«

Mit sehr besorgtem Gesicht begann Owen diese Botschaft mit dem Taschentuch wegzuwischen, während Arabis auf ihren Vater einredete: »Komm jetzt, Papa! Oder willst du Owens Großvater nicht kennenlernen?«

»Ich weiß nicht recht«, antwortete Mr. Dando zweifelnd und tauchte allmählich aus seinen Träumereien auf. »Seinen Großvater kennenlernen? Wozu? Wollen wir das wirklich? Der springende Punkt ist eigentlich: Will er uns kennenlernen?«

»Natürlich!« Arabis rüttelte ihren Vater ungeduldig am Arm, zog ihn vom Kutschbock und strich seinen Umhang glatt. Jetzt, da er stand, sah man, daß Tom Dando ein ungewöhnlich großer, magerer Mann war mit wilden schwarzen Locken, die stellenweise schon ergrauten, und mit tiefliegenden Augen in einem schmalen, geistesabwesenden und melancholischen Gesicht.

Inzwischen hatte Owen die schwere äußere Tür des Museums geöffnet und war in die große Vorhalle getreten. Dort entdeckte er ein feuchtes Stück Papier auf dem Boden. Er hielt es ins Licht und las:

»Verschwinde aus Pennygaff, Owen Bren!
Wir wollen dich nicht.«

Wortlos faltete er das Papier zusammen und steckte es in seine Jackentasche. Arabis und ihr Vater, die in diesem Augenblick zu ihm traten, hatten nichts bemerkt. Owen zog an der Klingelschnur, die neben der verschlossenen inneren Tür hing, und sie warteten alle drei frierend in der feuchten Dunkelheit.

Owens Zweifel wuchsen. Wie würde sein Großvater den Besuch empfangen?

Er sollte es schnell genug erfahren.

Die Tür flog auf, als ob sie an einem Strick zurückgerissen würde. Sein Großvater stand dicht dahinter und lugte ärgerlich hinaus in die finstere Halle.

»Bist du das, Bub?« fragte er scharf. »Du kommst über eine Stunde zu spät aus der Schule. Wo hast du dich herumgetrieben? Dabei habe ich dich ausdrücklich gebeten, heute pünktlich zu sein. Ich dulde Unpünktlichkeit nicht, das habe ich dir schon oft genug gesagt!«

»Es ... es tut mir leid«, stotterte Owen. »Aber ... aber ...«

»Nenn mich Sir oder Großvater! Also, was für eine Ausrede hast du diesmal? Ich nehme an, du hast mit deinen Schulkameraden gespielt und die Zeit vergeudet.«

Kapitän Owen Bren, Mr. Bren, wie er sich jetzt nennen ließ, denn er fand, es sei sinnlos, vergangene Titel zu benutzen, war ein ziemlich kleiner, hagerer, verknöcherter alter Herr mit graumeliertem Haar, das er hinten mit einem schwarzen Samtband zusammengebunden hatte. Sein Anzug aus grauem Alpakastoff war peinlich sauber, aber abgewetzt. Seine Hemdbrust war so weiß wie Schnee, und die silbernen Schnallen an seinen altmodischen Schuhen und seine Augen hinter dem randlosen Kneifer blitzten.

»Sir, ich ... ich habe die guten Freunde getroffen, die mich im letzten Sommer bis Gloucester mitgenommen haben. Und ich habe sie mitgebracht, damit Ihr sie kennenlernt«, begann Owen noch einmal.

»Freunde!« stieß sein Großvater gereizt hervor. »Du hast mir erzählt, es war ein wandernder Kesselflicker oder ein Knochen-Einrenker und seine Zigeunertochter! Wie können solche Leute, die ins Zwischendeck gehören, Freunde von unsereins sein?«

»Großvater ... bitte!« Owen war entsetzt. »So dürft Ihr nicht von ihnen sprechen. Sie sind hier, Mr. Dando und Arabis ...«

»Ich habe keine Zeit für sie, weder jetzt noch später«, unterbrach ihn Mr. Bren. »Ich habe eine wichtige Verabredung im Gasthof, und ich muß jetzt gehen. Aber eines kann ich dir sagen: Wenn ich zurückkomme, wirst du für deine Unpünktlichkeit bestraft, gründlich bestraft.« Er zog sich hastig einen dicken Mantel über, nahm seinen Schlapphut und seinen Spazierstock und murmelte: »Arabis, was für ein unchristlicher Name!«

»Aber Sir, sie sind doch schon hier, in der Vorhalle!«

»Nun, dann müssen sie eben wieder gehen. Ich habe nicht die Absicht, sie zu empfangen.« Mr. Bren warf einen ärgerlichen Blick auf die beiden Gestalten, die stumm in der dunklen Halle standen. »Verschwindet, und ein bißchen schnell, wenn ich bitten darf«, fuhr Mr. Bren sie an. »Ich muß ausgehen, und ich möchte das Museum nicht verlassen, solange Fremde vor der Tür herumlungern. Ich will vorher sehen, wie euer Wagen aus dem Hof fährt!«

»Sofort, Sir«, antwortete Tom Dando mit Würde. »Wir haben nicht die geringste Lust, irgendwo zu verweilen, wo unsere Anwesenheit stört.«

Owen erstickte fast an seinem Kummer und seiner Entrüstung und konnte kein Wort hervorbringen. Er stand sprachlos da, während Arabis das Pferd am Halfter aus dem Hof führte. Mr. Dando kletterte wieder auf den Kutschbock. Da begriff Owen, daß sie ohne Abschied davonfahren würden, wenn er sich nicht rührte. Er stürzte hinter ihnen her und hielt Arabis an der Hand fest.

»Arabis, es tut mir so leid, so schrecklich leid!«

»Er ist ein richtiger alter Griesgram, dein Großvater«, flüsterte Arabis. »Armer Owen, mir tut es so leid, daß wir gekommen sind und du nun unsertwegen Unannehmlichkeiten hast. Wir werden rasch wieder verschwinden.«

»Ich wollte, ich könnte mit euch fahren! Ich hasse ihn!«

»Sei nicht dumm! Er gibt dir doch ein Zuhause und läßt dich obendrein in die Schule gehen. Nutz das, Owen! Mach das Beste daraus.«

»Aber wann werde ich dich und Mr. Dando jemals wiedersehen?« fragte Owen unglücklich.

»Wir bleiben eine Woche in Nant Agerddau, solange der Jahrmarkt dauert. Es ist nur ein halber Tagesritt. Meinst du, er läßt dich fort?«

»Nicht, solange ich so in Ungnade stehe, das ist sicher.«

»O jemine!« sagte Arabis lachend.

»Owen! Komm sofort her!« rief sein Großvater.

»Kopf hoch! Wir treffen uns bestimmt wieder«, flüsterte Arabis. Sie drückte Owen hastig die Hand und sprang dann behende hinten auf den rollenden Wagen.

Ganz benommen von unterdrückter Erregung, ging Owen zurück zu seinem Großvater.

»Also, was hast du zu deiner Entschuldigung zu sagen?« schnauzte Mr. Bren. »Fahrendes Volk und Zigeuner! So etwas kommt mir nicht noch einmal vor, verstanden! Und das ausgerechnet jetzt, wo wir einen solchen Schatz im Museum aufbewahren! Gedankenloser, leichtsinniger Bursche! Ich hoffe nur, du hast diesem zweifelhaften Paar nichts über die Harfe von Teirtu erzählt!«

»Doch ... doch, das habe ich, Großvater.«

Mr. Bren hob die Hände gen Himmel. »Mögen alle Heiligen mir Geduld verleihen! Warum hat das Schicksal mir solch einen Mühlstein um den Hals gehängt? Und jetzt muß ich gehen und mit Seiner Gnaden sprechen und dich ... *dich* ... allein mit der Harfe lassen! Am liebsten würde ich sie mitnehmen, so schlecht das Wetter auch ist. Aber nein«, fügte Mr. Bren, halb zu sich selbst sprechend, hinzu. »Das wäre nicht klug unter den augenblicklichen Umständen, solange die Lage nicht eindeutig geklärt ist. Ich werde mich noch einmal vergewissern, daß alle Türen und Fenster doppelt verriegelt und verschlossen sind. Ich habe weiß Gott schon genug Sorgen und Feinde in diesem Ort, ich kann es nicht auch noch riskieren, meinen guten Namen zu verlieren. Komm mit!«

In finsterem Schweigen begleitete Owen seinen Großvater auf der Runde von Fenster zu Fenster und Tür zu Tür. Alle waren fest verschlossen.

»Gut«, sagte Mr. Bren endlich. »Und während ich weg bin, öffnest du niemandem, niemandem! Hast du verstanden? Ein anständiger Mensch ist um diese späte Stunde sowieso nicht mehr unterwegs, sondern zu Hause. Falls doch jemand klopft, so machst du nur die kleine Luke in der äußeren Tür auf, fragst, wer er ist und was er will, und sagst ihm, er soll morgen früh wiederkommen. Hast du verstanden?«

»Ja, Sir.«

»Und mach nicht solch ein mißmutiges Gesicht! Während ich fort bin, kannst du dich auf nützliche Weise beschäftigen, indem du die Glaskästchen und die Waffen abstaubst. Dein Abendessen steht in der Küche. Vergiß nicht, das Feuer zu versorgen. Und wenn ich zurückkomme, will ich dich nicht mit einem Buch vor der Nase in der Bibliothek antreffen. Geh auch nicht schlafen, ehe ich wieder da bin. Ich bleibe nicht lange.«

»Nein, Sir.«

»Nein, Sir! Ja, Sir! Etwas weniger ›Ja, Sir‹ und etwas mehr guter Wille wären mir lieber!« fuhr sein Großvater ihn an. »Aber man kann eben von einem Ochsen nicht mehr als Rindfleisch verlangen. Also ich gehe jetzt. Ich will hören, wie du die Haustür hinter mir verriegelst. Den Schlüssel für die rückwärtige Tür nehme ich mit.«

Mr. Bren trat hinaus in die Nacht, und Owen schob die schweren Riegel vor.

Als die energischen Schritte seines Großvaters verklungen waren, nahm Owen einen Staubwedel und fuhr damit lautlos über die Glaskästen, in denen römische Keramiken, alte Münzen, Gesteinsproben und Vogeleier lagen. Diese Glaskästen, ein ausgestopftes Schaf, eine Armbrust und einige eiserne Instrumente, die wahrscheinlich Folterwerkzeuge waren, füllten die beiden Haupträume des Museums. Die Bibliothek befand sich in einem kleineren Raum, in dem die Wandbretter mit Predigtbüchern und Nachschlagwerken vom Fußboden bis zur Decke reichten. An der Tür hing ein Schild: »Schlafkarten 5 Pennies. Nicht übertragbar. Schlafen in der Bibliothek ohne Schlafkarte nicht gestattet.«

Am anderen Ende des Museumsgebäudes befanden sich

ein paar kleine Kammern, die der alte Mr. Bren mit geringem Aufwand als Küche, Waschraum und Besenkammer eingerichtet hatte. Owen schlief in der Besenkammer und sein Großvater auf einem Feldbett, das jeden Abend in dem einen Ausstellungsraum unmittelbar neben einem kostbaren Helm aufgeschlagen wurde. Bis jetzt war der Helm das wertvollste Stück im ganzen Museum gewesen.

Das Museum war düster und unfreundlich. Seine einzige Wärmequelle war ein kleines Holzkohlenbecken, das gleichzeitig als Küchenherd diente. Einige Öllämpchen spendeten flackerndes, schwaches Licht und warfen seltsam geformte Schatten.

Im allgemeinen hatte Owen nichts dagegen, abends im Museum allein gelassen zu werden; die gelegentliche Abwesenheit seines Großvaters gab ihm ein Gefühl von Freiheit. Doch heute abend empfand er ein eigentümliches Unbehagen.

Er nahm ein Öllämpchen und machte noch einmal die Runde. Hinter jedem Fenster verhielt er einen Augenblick und lauschte. Aber es war nichts zu hören als das Stöhnen des Sturmes, der draußen über den grasbewachsenen Berg brauste und um die Hausecken pfiff. Das niedrige kleine Gebäude bebte unter jeder Bö, so daß die Luft im Haus sich auch bewegte und die Flammen niemals ruhig brannten.

Nachdem er sich noch einmal vergewissert hatte, daß alles gut verschlossen war, ging er zurück in die Küche, wo sein Abendessen auf ihn wartete: eine Schüssel mit kaltem, ungezuckertem, schleimigem Haferbrei. Owen hatte keinen Appetit darauf und deckte ihn mit einem Teller zu. Voll Trauer dachte er an Arabis und ihren Vater. Ob Galahad noch immer durch den Sturm weiter über den Berg nach Nant Agerddau trottete? Oder hatte Mr. Dando schon irgendwo einen Rastplatz für die Nacht gefunden? Dann bekam der gute Galahad eine Decke um den Tonnenbauch geschnallt, auf die Arabis seinen Namen gestickt hatte. Und er wurde zum Weiden angepflockt. Owen stellte sich vor, wie Tom Dando und Arabis gemütlich neben ihrem warmen Ofen im Wagen saßen und sich Geschichten erzählten oder Vers-Spiele machten. Denn heute war einer von Tom Dandos Rede-Tagen. Oder sie sangen zusammen, Sopran und Tenor, und Arabis spielte zur Begleitung auf ihrem Instrument. Wahrscheinlich sangen sie Balladen, denn die liebte Tom Dando ganz besonders. Beim Singen dirigierte er so heftig, daß er wie ein Baum im Sturm hin und her schwankte und aussah, als würde er sich gleich vom Erdboden erheben und davonfliegen.

Owen verscheuchte die Gedanken an dieses Bild, das einen so starken Gegensatz zu dem kalten, stillen Museum darstellte. Er schürte das Feuer und polierte die Waffen. Aber seine Gedanken ließen sich nicht bändigen. Sie rannten ihm davon wie ein Rudel Jagdhunde, und sie sagten ihm, daß er überall glücklicher wäre als hier: im Bergwerk, auf einem Bauernhof, wo auch immer. Nirgends konnte es schlimmer sein als in diesem trostlosen Ort, wo er von seinem Großvater nur eben geduldet und von den Burschen in der Schule als Eindringling verfolgt wurde.

Plötzlich, beinahe ohne sich dessen bewußt zu sein, faßte er einen Entschluß.

Er würde nicht länger hierbleiben; er würde nach Port Malyn gehen und versuchen, ein Schiff zu finden, auf dem er sich als Schiffsjunge anheuern lassen konnte.

Lieber als alles andere auf der Welt hätte Owen das Wanderleben mit Arabis und ihrem Vater geteilt, aber er war viel zu stolz, um hinter ihnen her zu rennen und sie zu bitten, ihn mitzunehmen. Was konnte er ihnen bieten? Nichts. Was konnte er ihnen nutzen? Gar nichts. Er war ungeschickt, kurzsichtig, schüchtern, und das einzige Gebiet, von dem er wirklich etwas verstand, war die Navigationslehre, weil er auf Seiner Majestät Korvette »Sturmvogel« geboren und aufgewachsen war.

Ja, ein Schiff war die einzige Lösung.

Flink und sorgsam packte Owen seine Siebensachen in

ein Bündel: zwei neue Hemden, etwas Wäsche, einen Kamm, eine Locke vom Haar seiner toten Mutter. Seinen größten Schatz, ein kleines Buch, das sein Vater ihm geschenkt hatte: ›Mathematik, Botanik, Zoologie und andere nützliche Wissenschaften, dem Verständnis der Jugend angepaßt‹, steckte er in die Hosentasche. Owens zweiter Schatz, ein Kompaß, hing immer an einer Schnur um seinen Hals.

Er mußte seinem Großvater einen Brief hinterlassen; keine einfache Aufgabe. Owen verbrauchte fünf oder sechs Bogen Papier für Entwürfe, ehe er endlich mit dem Text zufrieden war.

Lieber Großvater,
ich habe das Gefühl, daß ich nicht richtig hierher gehöre und daß ich Eure Schwierigkeiten nur vergrößere. Deshalb will ich Euch nicht länger mit meiner Anwesenheit zur Last fallen, sondern versuchen, eine Heuer auf einem Schiff zu finden und den Beruf meines Vaters zu ergreifen. Es tut mir leid, daß ich gezwungen bin, etwas von Eurem Besitz mitzunehmen, aber ich werde Geld schicken und dafür bezahlen, sobald ich dazu in der Lage bin. Es ist mein aufrichtiger Wunsch, daß Ihr Euch noch lange einer gesegneten Gesundheit erfreut. Ich möchte Euch versichern, daß ich sehr dankbar bin für alle Freundlichkeit, die Ihr mir erwiesen habt, und ich bin immer Euer gehorsamer Enkel

Owen Bren.

Wo aber sollte er den Brief hinlegen, damit sein Großvater ihn nicht zu schnell fand? Nach einigem Überlegen beschloß Owen, den Brief unter die Harfe von Teirtu zu schieben; denn jeden Morgen ging sein Großvater zuerst in die Bibliothek und nahm die Hülle von seinem Schatz. Bei seiner Rückkehr spät am Abend würde er bestimmt nur einen Blick in den Raum werfen, um sich zu vergewissern, daß die Harfe noch an ihrem Platz stand.

In diesem Moment wurde Owen durch einen lauten Schlag an der Tür aufgeschreckt. Das Herz sprang ihm schier bis zum Hals hinauf. Die Burschen von Pennygaff konnten den alten Mr. Bren zwar auch nicht leiden, aber vor ihm hatten sie immerhin Angst. Ob Hufas Bande wußte, daß er jetzt nicht zu Hause war, und diesen günstigen Moment nutzen wollte, um das Museum zu überfallen? Oder waren Arabis und ihr Vater zurückgekommen? Nein, Owen schloß diese Möglichkeit aus. Voll Sorge um die ihm anvertraute Harfe ging er hinaus in die Eingangshalle, öffnete die Luke in der Haustür und spähte hinaus.

Fünf Zentimeter vor seiner Nase tauchte ein Gesicht auf, ein breites, bräunliches Gesicht mit einem prächtigen schwarzen Schnauzbart und riesigen kastanienbraunen Augen.

»Mein werter Herr, Freund, Sir . . .« begann der Fremde. »Ich bitte vielmals um Verzeihung, falls ich Eure Ruhe gestört habe, aber könnte ich bitte mit dem Kustos, Kurator, Direktor Eures Museums sprechen?«

»Es tut mir leid, das Museum ist jetzt geschlossen«, antwortete Owen. Er wollte möglichst nicht verraten, daß sein Großvater nicht zu Hause war.

»O ja, leider, das habe ich bereits dem Schild an der Tür entnommen«, sagte der Besucher. »Aber der Gentleman, den ich gern kennenlernen, befragen und um Auskunft ersuchen möchte, Mr. Bren, ist er anwesend?«

»Er kann Euch leider nicht empfangen, Sir«, erwiderte Owen. »Er ist beschäftigt.«

»Oh, wie bedauerlich! Und wann wäre er wohl frei, verfügbar, der Pflichten ledig?«

»Ich glaube nicht, daß er Euch heute abend noch zur Verfügung stehen kann, Sir. Darf ich Euren Namen erfahren und Euch für morgen bei ihm anmelden?«

»Besteht keine Möglichkeit, wenigstens einen Blick, einen einzigen, flüchtigen, kleinen, raschen Blick auf Eure herrlichen Schätze und Antiquitäten zu werfen, da ich nun einmal hier bin?«

»Nicht die geringste Möglichkeit, Sir. Mr. Bren nimmt es sehr genau mit den Öffnungszeiten.«

»Wie bedauerlich! Aber das hatte man mir schon angedeutet, verraten, mich darauf hingewiesen. Da ich nichts Unliebsames tun möchte, so richtet ihm in diesem Fall bitte aus, daß der Seldschuk* sich die Ehre erweist, Mr. Bren morgen vormittag punkt zehn Uhr seine Aufwartung zu machen.«

»Der Seldschuk?«

»Wenn es Euch genehm ist! Und bis dahin wünsche ich Euch eine geruhsame Nacht, mein werter junger Herr.«

Der schwarze Schnauzbart teilte sich und ließ blitzende weiße Zähne sehen. Das große Gesicht nickte, und dabei geriet eine hohe Mütze aus schwarzem, kurz gelocktem Pelz in Owens Blickfeld. Dann machte der Besucher kehrt und verschwand.

Owen fragte sich, ob der Fremde ihm wohl glaubte, daß Mr. Bren beschäftigt sei. Er schloß die Luke wieder und ging sehr besorgt und verwirrt zurück in die Bibliothek.

Die Harfe stand auf dem großen Tisch in diesem Raum, der nur noch wenig benutzt wurde, seit Mr. Bren die unbeliebten Schlafkarten eingeführt hatte. Obwohl sein Großvater es ihm verboten hatte, hob Owen vorsichtig die Segeltuchhülle von der Harfe und blieb eine Weile bewundernd vor ihr stehen. Es war kein modernes mannshohes Instrument, sondern eine ungefähr achtzig Zentimeter lange Reiseharfe, die man beim Musizieren auf den Knien hält.

Für Owen, der die Mathematik liebte, sah die Harfe wie ein Dreieck aus, in das der Wind geblasen hat, so daß die eine Seite sich zu einer Linie wölbte, die dem Bug eines Schiffes glich. Der Harfenbauer hatte diese Ähnlichkeit

* Seldschuk, Angehöriger eines türkischen Herrschergeschlechts

offensichtlich auch erkannt, denn der Rahmen, reich mit Schnitzwerk verziert, das Blätter und Früchte darstellte, trug an der oberen Ecke eine Art Galionsfigur, die von dem Musikanten weg in die Ferne schaute. Alter und Schmutz hatten das Metall des Rahmens dunkelgrün werden lassen, beinahe schwarz, und die gerissenen Saiten hingen in fantastischen Spiralen und Schlingen herunter. Die Harfe war schmutzig und beschädigt; trotzdem fand Owen, sie sei eines der schönsten Dinge, die er je gesehen hatte. Er mußte einfach mit der Hand über die anmutig fließende Linie des Rahmens streichen und mit der Fingerspitze an der letzten noch gespannten Saite zupfen. Sie gab einen leisen, aber durchdringenden klaren Ton von sich, der den ganzen Raum mit Echos zu erfüllen schien. Owen blickte nervös um sich, aber es war niemand da. Er hob den Harfensockel etwas an und schob seinen Brief so darunter, daß eine Ecke hervorschaute. Dann bedeckte er die Harfe wieder mit der Segeltuchhülle, die sie vor Staub und Feuchtigkeit schützte.

Owen dachte nicht daran, sich der Aufgabe, die sein Großvater ihm übertragen hatte, zu entziehen, indem er schon jetzt fortging und das Museum einfach unbewacht ließ. Er wollte erst dann verschwinden, wenn Mr. Bren wieder im Hause und zu Bett gegangen war. Weil er sehr müde war, rollte er sich auf dem Boden zusammen. Sicher würde er auf den eiskalten Steinplatten nicht so fest einschlafen wie auf einem Stuhl. Lesen war ihm verboten; deshalb sagte er sich in Gedanken alle Gedichte auf, die er von seiner Mutter gelernt hatte.

Als sein Vorrat an Gedichten erschöpft war, versuchte er, sich an die Prophezeiung zu erinnern, die Arabis zitiert hatte:

> Wenn der Flüsternde Berg einst schreit und bebt
> und das Schloß von Malyn auf Wolken schwebt,
> dann hat der Herr Malyn, was er gewollt . . .

Was . . . wie ging das noch weiter? . . .

Die Harfe aus Gold...
Dann wird der dreiste Räuber
die Flucht vom Teufelssprung wagen...

Was bedeuteten diese Zeilen? Der »Flüsternde Berg«, das war ein anderer Name für den »Schlapphut-Ben«, jenen Berg, der zwischen Pennygaff und dem Städtchen Nant Agerddau lag. Er hieß der Flüsternde Berg, weil sich in seinem Inneren eine Höhle mit einer heißen Quelle befand, die ständig Dampf ausströmte und ein blubberndes, flüsterndes Geräusch von sich gab. Früher glaubten die Leute, daß in dieser Höhle Geister hausten, die ihre langen, mageren Arme aus der Quelle reckten und einen hineinzogen..., falls einem nicht gleich der alte Gehörnte persönlich erschien. Heutzutage gingen die Leute dorthin, um in dem heißen Wasser ihren Rheumatismus zu kurieren. In dem engen Felstal unterhalb der Höhle war die kleine Stadt Nant Agerddau entstanden. Aber wie konnte ein Berg laut schreien? Und wer war der Räuber, der vom Teufelssprung stürzen mußte? Dieser Teufelssprung war eine Felsspalte in der Höhle, aus der Dampf brodelte. Kein Mensch hatte es bisher jemals gewagt, ihre Tiefe auszuloten. Schloß Malyn aber lag oberhalb Port Malyn an der Küste, zehn Meilen von Pennygaff entfernt. Wie konnte ein Schloß auf einer Wolke schweben? Owen rätselte an dieser seltsamen Prophezeiung herum und versuchte, sich an die letzten Zeilen zu erinnern. Irgend etwas von der Harfe von Teirtu...

»Und die Kinder des Bergwerks entkommen der Not...« Welche Kinder? Wieso der Not –? Und in einer Zeile kam noch was von einem Unglück...

»Und die Harfe von Teirtu gelangt in die richtige Hand...«

Das klang ganz so, als ob die Harfe irgendwie mit dem Schloß von Malyn verbunden sei. Das war wirklich schade, denn nach all dem, was Arabis von ihm erzählt hatte, verdiente der Graf von Malyn es überhaupt nicht, solch einen Schatz zu besitzen.

Owen stieß unbewußt einen tiefen Seufzer aus, der halb ein Gähnen war. Die Augen fielen ihm zu. Mit einem schuldbewußten Ruck zwang er sich, sie wieder zu öffnen, und setzte sich auf dem Boden auf. Aber nach wenigen Sekunden sank sein Kopf wieder vornüber.

»Arabis«, murmelte er halb im Schlaf. »Arabis . . . es hat keinen Zweck, daß du in Nant Agerddau . . . auf mich wartest . . .«

Lautlos sank Owen seitwärts zu Boden, rollte sich unter dem Tisch zusammen und schlief ein. Eine Träne tropfte langsam von seiner Wange auf die staubige Steinplatte.

Owen schlief so tief und fest, daß er weder das Knirschen der Schritte draußen hörte noch das leise Quietschen der Hintertür, die langsam und vorsichtig geöffnet wurde.

2

Der »Drache« war ein kleiner, finster aussehender Gasthof. Er stand bei der Brücke auf einem schmalen, flachen Uferstreifen dicht neben dem schäumenden Fluß Gaff. Die Leute von Pennygaff konnten es sich nicht leisten, ihr Geld dort zu vertrinken, und der Wirt, Mr. Morgan, ermutigte sie auch nicht dazu. Das war ganz gut so: Ein Mann, den die bierschweren Beine in den Fluß trugen anstatt nach Hause, konnte leicht in einen Strudel gerissen werden. Und dann kam er erst wieder zum Vorschein, wenn er als Leiche am Kai und am Leuchttum von Port Malyn vorbei ins Meer hinausschwamm. Denn der Fluß Gaff verlief über weite Strecken hin unterirdisch.

Von der Mitte der Brücke aus konnte man durch ein Fenster in ein Nebenzimmer des Gasthofes sehen. Das tat der alte Mr. Bren an diesem Abend. Er unterbrach seinen schnellen Gang und hielt einen Moment inne. Heute war das Nebenzimmer viel heller erleuchtet als sonst: zahlreiche Kerzen brannten. Ein Mann stand am Fenster und schaute hinaus, aber er konnte gewiß nicht viel sehen, für ihn mußte draußen alles schwarz sein. Mr. Bren dagegen konnte sein Gesicht deutlich erkennen, denn der Mann hielt eine Kerze in der Hand. Es war ein gut geschnittenes, aber seltsam ausdrucksloses Gesicht. Die Nase war schmal, der Mund dünn. Das Haar mußte weiß oder sehr blond sein; jedenfalls war es so hell, daß es im Kerzenlicht wie ein Heiligenschein wirkte. Der Mann trug ein loses Gewand aus safrangelbem Samt. Er sah aus dem Fenster. Vielleicht lauschte er auch der Stimme des Flusses, der im Dunkeln vorbeirauschte. Plötzlich riß er mit einer ungeduldigen Geste den Vorhang zu, und der alte Mr. Bren ging weiter und betrat die überfüllte Gaststube.

Aus eigenem Antrieb wäre er niemals hierhergekommen; er blieb stehen und betrachtete angewidert den mit Sägemehl bedeckten Fußboden und die klobigen Tische, auf denen die Bierkrüge feuchte Ringe hinterlassen hatten.

»Nein, so was!« rief Dai, der Schankknecht. Er war ein kleiner Mann mit melancholischem Gesicht und roten Augen. An seiner Nase hing ständig ein glasiger Tropfen. »Mr. Owen Bren vom Museum in Person. Wir fühlen uns sehr geehrt. Was darf es sein, Mr. Bren? Ein Schluck Bier?«

»Danke, ich trinke nicht«, antwortete Mr. Bren sehr kurz angebunden. »Ich habe um halb acht eine Verabredung mit Seiner Gnaden, dem Grafen von Malyn.«

»Oh, wirklich? Wollt Ihr bitte so gut sein und einen Augenblick warten, Mr. Bren. Ich will Seine Gnaden fragen, ob er Euch gleich empfangen kann«, antwortete der Schankknecht und machte ein respektvolleres Gesicht als vorher. Er verschwand durch eine Tür.

Mr. Bren legte die Hände auf den Rücken, tat, als ob die Leute um ihn herum nicht vorhanden wären, und hing seinen eigenen Gedanken nach.

Stille hatte sich ausgebreitet, als Mr. Bren eingetreten war. Die Männer an den Tischen sahen ihn nicht an, sondern starrten vor sich hin in ihre Bierkrüge. Nach einer Weile murmelte eine Stimme: »Möchte wissen, was der hier will.«

»Uns ein paar Schlafkarten verkaufen vielleicht?« antwortete jemand.

Dröhnendes Gelächter klang auf.

»He, Alter, wach auf!« sagten die Männer zu einem graubärtigen Mann, der über seinem Becher Apfelwein eingenickt war. »Heutzutage mußt du bezahlen, wenn du schlafen willst, Mann!«

In diesem Augenblick trat der Schankknecht wieder ein. Durch die offene Tür hinter ihm hörte man eine hohe, gelangweilte Stimme: »Er soll ruhig noch eine halbe Stunde lang warten. Sag ihm, daß ich ihn noch nicht empfange.« Dann sagte dieselbe Stimme leiser, aber noch immer verständlich zu irgend jemandem im Nebenzimmer: »Solche anmaßenden, hitzköpfigen Leute werden oft ziemlich klein, wenn man ihnen nur Zeit zum Nachdenken und Abkühlen läßt.«

»Das ist möglich, durchaus möglich«, antwortete eine kräftige, salbungsvolle Stimme mit ausländischer Betonung.

Dai zog die Tür zum Nebenzimmer hinter sich zu und sagte knapp zu Mr. Bren: »Seine Gnaden essen gerade zu Abend und wollen vorläufig nicht gestört werden.«

Ein höhnisches Kichern lief durch den Raum, als Mr. Bren diese Niederlage einstecken mußte. Im selben Augenblick kam Mr. Morgan, der Wirt, herein. Er war der Vater von Hufa, ein stämmiger, vergnügter und selbstbewußter Mann. Daß in seinem Gasthof plötzlich so vornehme Gäste einkehrten, erfreute ihn durchaus nicht.

»Nein, so was! Mr. Owen Bren vom Museum persönlich!« sagte Mr. Morgan genau wie Dai. »Was darf es sein an diesem feuchten Abend, Mr. Bren?«

»Danke, Mr. Morgan, aber ich trinke nicht«, antwortete der alte Mr. Bren, etwas aus der Fassung gebracht. »Ich warte nur, bis Seine Gnaden Zeit hat, mich zu empfangen.«

»Ihr solltet aber eine Kleinigkeit zu Euch nehmen. Vielleicht einen Schluck Apfelwein oder ein Gläschen Schnaps? Das hier ist ein ordentlicher Gasthof mit Schankerlaubnis. Ich finde, es gehört sich nicht, im Hause eines Wirtes einen Platz zu beanspruchen und ihn dann nichts verdienen zu lassen«, sagte Mr. Morgan.

Höhnisches Grinsen breitete sich auf den Gesichtern aus. Irgend jemand rief: »Verkauf ihm doch eine Schlafkarte, David!«

»Ich kann genausogut draußen warten!« erwiderte Mr. Bren gereizt und stapfte, von spöttischem Gelächter begleitet, hinaus in den Regen.

»Huch!« machte Mr. Morgan. »Ist der empfindlich!«

»Er ist kein Verlust«, bemerkte ein Gast. »Einem solchen Stück vertrockneter Zitronenrinde brauchst du nicht nachzutrauern. Du mußt heute abend ein schönes Stück Geld verdienen. Seine Gnaden hat ja ein ganzes Regiment von Dienern mitgebracht, außerdem ist auch noch der türkische Gentleman da mit seinem Diener.«

»Ich wär' froh, wenn der ganze Haufen wieder verschwände«, brummte Mr. Morgan. »Ich wette, sie sind alle wie die Jagdhunde hinter unserer heiligen Harfe her.«

»Pst!« Dai wies mit einer warnenden Geste auf einen mageren jungen Mann, der offensichtlich völlig erschöpft in einer Ecke schlief.

»Teufel! Der würde nicht mal die Trompeten des Jüngsten Gerichts hören«, sagte Mr. Morgan. »Und das ist kein Wunder: Er muß den ganzen Tag lang wie ein Hirsch vor der Kutsche des Grafen herrennen. So was ist wirklich eine Schande.«

Allgemeines zustimmendes Gemurmel war zu hören.

»Eines muß man dem türkischen Gentleman lassen: *Er* behandelt seinen Diener gut«, fuhr Mr. Morgan fort. »Er ist überhaupt zu allen Leuten hier höflich. ›Eine Empfehlung von Seiner Gnaden‹, sage ich zu ihm, ›und Seine Gnaden lassen fragen, ob Ihr so freundlich sein wollt, ihm das Kaffeezimmer heute abend nach dem Essen ein paar Stunden allein zu überlassen.‹ – ›Gern‹, hat er sofort geantwortet, ›wenn ich Seiner Gnaden damit einen Gefallen erweise. Ich werde nach dem Essen spazierengehen und mir die Sehenswürdigkeiten Eures hübschen Städtchens anschauen, Mr. Morgan.‹«

»Und was sollen diese Sehenswürdigkeiten sein?« fragte Dai. »Vielleicht das Vieh und der Galgen und die neue Habakuk-Kapelle?«

»Er hat mich nach dem Kloster gefragt; er wollte wissen, wo er die Mönche vom Orden des heiligen Ennodag finden kann. ›Alle schon seit vielen Jahren tot und verschwunden‹, sag' ich zu ihm, ›und ihre Knochen und ihr Kloster sind drüben auf der Insel zu Staub zerfallen.‹ – ›Oh, wie traurig‹, hat er ganz betrübt gesagt, ›und ich hatte gehofft, ich kann mich mit den ehrwürdigen Patres unterhalten.‹«

»Ich glaube eher, er hat gehofft, er kann uns unsere Harfe abluchsen«, knurrte Dai. »Aasgeier sind sie alle beide. Die Leute sagen, der Graf hat schon sein ganzes Schloß voll mit goldenen Schätzen. Warum bildet er sich ein, auch noch auf unsere Harfe ein Anrecht zu haben?«

»Reiche Leute sind eben so«, antwortete Mr. Morgan düster. »Graf Malyn hat alles, was er sich wünschen könnte; das einzige, was ihm jetzt fehlt, das ist, noch einen Wunsch spüren zu können. Und dadurch entsteht die schlimmste Gier. Kein Wunder, daß er so versessen auf unsere Harfe ist.«

»Und er wird sie auch kriegen, das ist sicher«, bemerkte der alte Graubart, trank seinen Apfelwein aus und stand auf. »Er hat von Geburt an immer seinen Willen bekommen, und ich glaube, hier gibt es niemand, der ihm Widerstand leisten könnte. Nur ein Mensch hat jemals Schneid genug gehabt, ihm etwas abzuschlagen. Und das war eine Frau. Die Leute erzählen, daß er seitdem nie wieder ein Wort mit einer Frau gesprochen hat, aus lauter Haß und Wut, weil sie ihm einen Korb gegeben hat. Er duldet keine Magd auf Schloß Malyn. Und er zieht die Reitpeitsche, wenn ein Kind auch nur in seine Nähe kommt. Und noch schneller, wenn das Kind ein Mädchen ist. Es sind wirklich böse Zeiten heutzutage. Also, ich muß nach Hause.«

Die Tür fiel hinter ihm zu.

»Der Graf hat seitdem vielleicht nie wieder mit einer Frau gesprochen, aber einmal hat eine Frau mit ihm gesprochen«, sagte plötzlich eine fremde Stimme. Alle wandten die Köpfe. Der junge Diener war aufgewacht. Er hob den Kopf vom Tisch und sah sich müde um. »Sie lag im Sterben, und er hat der Pförtnersfrau verboten, sie zu pflegen, und hat sie aus dem Haus tragen lassen, hinaus in die Kälte. Und er ist selbst aus dem Schloß heruntergekommen und hat aufgepaßt, daß sein Befehl auch ausgeführt wird. ›Fluch über Euch, Malyn!‹ hat die Frau gesagt und die Hand gehoben, so schwach wie sie war. ›Fluch über Euer Dach und alle, die darunter wohnen! Fluch über Euren Teller und die Nahrung darauf, Fluch über Euren ganzen Besitz, den lebenden und den toten, und Fluch über das Gehirn, das diese Tat erdacht und befohlen hat, und Fluch über die Hände, die sie ausführen! Mögen sie alle miteinander für immer und ewig in der Hölle braten!‹ Es war eine schöne, wilde Verwünschung. Aber *ihm* ist bis heute noch nie das geringste passiert.«

»Nur Geduld, mein Junge. Er kommt auch noch mal an die Reihe«, sagte Mr. Morgan.

Der junge Diener ließ müde den Kopf wieder auf die Arme sinken, und die Unterhaltung wandte sich anderen Dingen zu.

Nach einer halben Stunde ließ Graf Malyn wissen, daß er nun bereit sei, seinen Besucher zu empfangen, und Mr. Bren wurde hereingeführt. Er war erheblich nasser als vorher und schüttelte das Regenwasser von seinem Hut.

Das Nebenzimmer war durch leuchtend bunte Teppiche und Kissen völlig verändert. Überall standen kleine goldene Gegenstände herum, und ein mit goldenem Geschirr gedeckter Tisch war an die Wand geschoben worden. Ein riesiges Feuer brannte im Kamin, und davor stand ein mit Goldbrokat bezogenes Sofa. Dort saß Graf Malyn, der schon seit einiger Zeit mit dem Abendessen fertig war, und brütete finster vor sich hin. Auf einem Tischchen neben ihm stand eine Schüssel voller Quitten, Pfirsiche und Nüsse und eine Karaffe mit goldenem Wein. All diese Dinge waren, genau wie die Teppiche, Möbel und Kissen, auf einem Packwagen hierhergeschafft worden, der Graf Malyns Reisekutsche immer vorausfuhr.

Bei Mr. Brens Eintritt schaute der Graf gähnend auf, als sei dies eine lästige Unterbrechung und nicht eine Begegnung, für die er extra aus dem dreihundert Meilen entfernten London bei schlechtem Wetter hierhergekommen war.

Graf Malyn war groß und noch nicht viel über vierzig. Beinahe alles an ihm wirkte bleich: Seine schmalen Lippen und seine Haut waren farblos, sein Haar schien vom Wetter oder von Krankheit gebleicht; seine langen Hände waren weißer als die Spitzenrüschen, die darüber fielen. Nur seine Augen hatten Farbe: das klare, brennende Gelb von Tigeraugen. Sie waren dunkel umrahmt, die Pupillen klein wie Pfefferkörner.

Graf Malyn ließ eine lange, dünne Goldkette spielerisch von einer Hand in die andere rieseln.

Mr. Bren wich dem Blick der seltsamen gelben Augen nicht aus und machte eine kleine, steife Verbeugung.

»Ach ja«, murmelte Graf Malyn mit hoher, gelangweilter Stimme und schob gleichgültig ein paar Papiere hin und her, die auf dem kleinen Tisch neben ihm lagen. »Ihr seid der Kurator des Museums, nicht wahr ... Mr. Ben?«

»Bren.«

»Ich habe Euren Brief hier irgendwo.« Graf Malyn

gähnte wieder. »Ich begreife nicht, warum Ihr die Harfe nicht geschickt habt, so wie ich es befohlen hatte. Ihr habt mir dadurch eine Menge Umstände verursacht, Mr. Bren. Ich mußte extra deswegen aus London kommen, und ich verabscheue es, im Winter nach Wales zu reisen.«

Mr. Bren schwieg.

Dann fragte Graf Malyn plötzlich in ganz anderem Ton, mit völlig veränderter, harter Stimme: »Also, wo ist die Harfe?«

»Ich habe sie nicht mitgebracht, Sir«, antwortete Mr. Bren fest.

»Warum nicht?« Graf Malyn starrte Mr. Bren mit zusammengekniffenen Augen an. Seine Hände bewegten sich ein wenig zwischen den Falten seines Samtgewandes, und die Goldkette blitzte in seinen Fingern. »Warum habt Ihr sie nicht mitgebracht, obwohl ich das doch ausdrücklich befohlen habe? Habt Ihr mich etwa nicht richtig verstanden? Ich will diese Harfe haben. Sie wird das Prachtstück in meiner Sammlung von goldenen Gegenständen.«

»Ich habe sie nicht mitgebracht, weil ich – entschuldigt bitte, Sir – noch nicht restlos davon überzeugt bin, daß Euer Gnaden ein Anrecht darauf haben.«

Die Augenbrauen Seiner Gnaden gingen in die Höhe. Der Graf stand auf und überragte den kleinen, dünnen Mr. Bren um reichlich fünfzehn Zentimeter.

»Das sagt Ihr *mir*?« Graf Malyn begann, im Zimmer auf und ab zu marschieren. Es gehörte zu seinen Eigentümlichkeiten, daß er zwar immer einen müden Eindruck machte, trotzdem aber niemals stillhalten konnte, sondern ständig in lässiger, rastloser Bewegung war. Mr. Bren dagegen bewegte sich wie alle Seeleute nur, wenn es unbedingt nötig war, doch dann auf energische und entschlossene Weise.

»Ja, Sir.« Mr. Bren sah Graf Malyn fest in die Augen.

»Es ist Euch doch bekannt, daß mir alles Land hier gehört und auch alles, was darauf gefunden wird?«

»Ich bitte nochmals um Entschuldigung, Sir; nicht die

Insel im Fluß Gaff. Diese Insel hat Euer Vorfahr, der erste Graf Malyn, vor zweihundert Jahren den Mönchen vom Orden des heiligen Ennodag überlassen. Und diese Stiftung gilt für alle Ewigkeit.«

Graf Malyn hörte auf, hin und her zu marschieren, und drehte sich plötzlich um. Die Goldkette baumelte an seiner Hand herunter, und Mr. Bren fiel auf, daß der Verschluß die Form eines Schlangenkopfes mit winzigen Onyxaugen hatte.

»O nein, mein lieber Mr. Bren«, sagte Graf Malyn leise. »Nicht für alle Ewigkeit. Da irrt Ihr Euch.«

Mr. Bren blieb fest: »So steht es in der Stadtchronik von Pennygaff, Sir.«

»Dann stimmt die Stadtchronik von Pennygaff nicht. Ich besitze das Original der Schenkungsurkunde.«

»Würden Euer Gnaden so freundlich sein, mich einen Blick auf das Dokument werfen zu lassen?«

Graf Malyn reckte sich. Seine gelben Augen blitzten. »Zweifelt Ihr an meinem Wort?«

»Natürlich nicht, Sir«, antwortete Mr. Bren trocken. »Aber bei juristischen Dokumenten sollen manchmal verschiedene Auslegungen möglich sein und ...«

»Und ich bin Eurer Meinung nach nicht fähig, das zu beurteilen? Und was wart Ihr, ehe Ihr im Museum von Pennygaff Fossilien abgestaubt habt?«

»Sir, ich hatte die Ehre, viele Jahre lang eine Korvette Seiner Majestät auf den östlichen Meeren zu befehligen, und in dieser Zeit mußte ich oft Schiffahrtsgesetze, Verträge, Vereinbarungen über einen Waffenstillstand und viele andere juristische Dokumente auslegen.«

»Eure juristischen Kenntnisse sind sicher über jeden Zweifel erhaben, aber in diesem Fall sind sie nutzlos«, sagte Graf Malyn mit herablassendem Lächeln. »Die Originalurkunde sagt eindeutig, daß die Schenkung nicht für alle Zeiten gilt, sondern nur so lange, ›wie der Orden des heiligen Ennodag existiert‹. Und wo ist der Orden heute,

Mr. Bren? Ihr wollt doch wohl nicht bestreiten, daß das Kloster schon seit fünfzig Jahren eine Ruine ist? Was ist aus den Gärten, dem Vieh und der ganzen Einrichtung geworden? Verschwunden, verwildert, verbrannt, gestohlen. Und wo sind die Mönche, bitte?«

»In China«, antwortete Mr. Bren.

»Was?«

Graf Malyn war ausnahmsweise verblüfft. »In China?« wiederholte er. »Was soll das heißen?«

»Kurz nach der Gründung des Klosters sind einige Mönche nach China aufgebrochen, um dort als Missionare zu arbeiten. Diese Tatsache wird nicht nur im Tagebuch meines Ururgroßvaters erwähnt, der damals Amtmann von Pennygaff war, sondern auch in den Archiven des Ortes.«

»Das ist zweihundert Jahre her, und diese Mönche sind längst tot«, sagte Graf Malyn verächtlich. »Ich muß Euch bitten, stehlt mir nicht länger meine Zeit. Diese überflüssige Unterhaltung hat schon viel zu lange gedauert, und sie langweilt mich zu Tode. Ich kann Euch nicht besonders leiden, Mr. Bren. Ich kann weder diese Gegend noch diesen Gasthof leiden, und ich verabscheue diese armselige kleine Stadt. Alles hier ist abstoßend, der Geruch, die Häuser, die Leute. Heute abend ist mir hier ein Junge begegnet, der sehr unerfreuliche Erinnerungen in mir geweckt hat. Aber das geht Euch nichts an. Seid also so freundlich und laßt die Harfe holen, ehe ich die Geduld verliere.«

»Einen Moment, bitte, Euer Gnaden.« Mr. Bren ließ sich nicht beeindrucken von dem aufsteigenden Zorn des Grafen und hob die Hand. »Natürlich leben die Waliser Mönche, die damals nach China gegangen sind, nicht mehr, aber sie haben Nachfolger in ihrem Orden.«

»Wie kommt Ihr darauf?« fuhr Graf Malyn ihn an.

»Weil mein Sohn, der wie ich Kapitän ist, mir vor kaum zehn Jahren geschrieben hat, daß er im Hafen von Yngling zwei Mönchen vom Orden des heiligen Ennodag begegnet ist, Bruder Tom und Bruder Janto.«

Graf Malyn zuckte zusammen und wurde sogar noch blasser, als er es ohnehin schon war. Doch dann sagte er geradezu liebenswürdig: »Ich nehme an, Ihr habt diesen wichtigen Brief nicht aufbewahrt, Mr. Bren?«

»Im Gegenteil, Sir, ich habe ihn mitgebracht.« Mr. Bren hielt Graf Malyn etliche Briefbogen hin, die alle den gedruckten Briefkopf *S. M. Korvette Sturmvogel* trugen.

Graf Malyn nahm sie mit bebenden Händen, und sein Blick richtete sich unwillkürlich auf das flackernde Feuer. Mr. Bren bemerkte das, räusperte sich und fügte hinzu: »Ich habe zu Hause eine beglaubigte Abschrift dieses Briefes, Sir, und dazu eine beeidigte Bestätigung, die von Hochwürden Thomas Edwards und zwei Diakonen unterschrieben ist. Sie bezeugt, daß der Originalbrief in der Handschrift meines Sohnes verfaßt ist. Solange der Tod von Bruder Tom und Bruder Janto nicht eindeutig bewiesen ist, haben Euer Gnaden also nicht den geringsten legalen Anspruch auf die Harfe von Teirtu.«

Es entstand eine lange Pause.

Dann sagte Graf Malyn eisig: »Im Moment habt Ihr mich übertrumpft, Mr. Bren. Ich beglückwünsche Euch. Jedoch zweifle ich nicht daran, daß Euer Triumph nur von kurzer Dauer sein wird. Ich entnehme diesem Brief, daß Bruder Tom und Bruder Janto schon damals ältere Männer waren. Vielleicht sind sie inzwischen gestorben. Nebenbei, wo befindet sich Euer Sohn jetzt?«

»Er ist vermißt, Euer Gnaden. Seit dem Aufstand in der Provinz Poohoo vor zwei Jahren, bei dem viele Europäer umgebracht wurden, fehlt jede Nachricht von ihm und seinem Schiff.«

»Ich bedaure, das zu hören«, sagte Graf Malyn, aber seine Stimme klang kein bißchen bedauernd. »Und nun müßt Ihr ein Glas mit mir trinken, ehe Ihr aufbrecht, Mr. Bren. Nein, nein, ich bestehe darauf. Ihr seid naß geworden, wie ich sehe. Ein Glas von diesem Labsal wird Euch vor Rheumatismus bewahren.« Er läutete mit einer kleinen goldenen Tischglocke. Sofort flog eine Tür auf (nicht die, durch welche Mr. Bren eingetreten war), und ein Mann erschien, der von Kopf bis Fuß in schwarzen Samt gekleidet war. »Garble, sei so gut und bring ein Glas von deinem Kräuterlikör für Mr. Bren hier und sag den beiden Männern in der Küche, Bilk und Prigman, daß sie nachher noch eine Besorgung für mich erledigen müssen. Hast du mich verstanden?«

»Jawohl, Euer Gnaden«, sagte Garble kühl und verließ den Raum wieder.

»Mein Sekretär«, erklärte Graf Malyn. »Ein sehr vielseitiger Bursche. Er braut diesen Kräuterlikör selbst aus wilden Rosen, Schlüsselblumen, Primeln, Rosmarin, Salbei, Natternkopfkraut, Skabiose, Thymian, süßem Majoran, Senf und Honig. Es ist die beste Kur gegen Podagra, Rheumatismus und Husten. Danke, Garble; gib Mr. Bren das Glas.«

Mr. Bren nippte an dem Getränk und verschluckte sich beinahe.

»Es ist sehr stark, nicht wahr?« bemerkte Graf Malyn. »Es schmeckt und wirkt am allerbesten, wenn man es in einem Zug austrinkt.«

Mr. Bren leerte das Glas in einem langen Zug und begann zu schwanken.

»Der alte Herr scheint nicht an starke Getränke gewöhnt zu sein«, bemerkte Garble und fing Mr. Bren auf, der schon das Bewußtsein verloren hatte und zu Boden sank. Er legte ihn auf den Teppich.

»Laß ihn nicht hier herumliegen, Mann«, sagte Graf Malyn kalt. »Ich habe keine Lust, mir sein Schnarchen anzuhören. Laß dir von den beiden Burschen helfen, ihn hinauszuschaffen.«

Garble trat an die halboffene Tür.

»Psst! Ihr beiden!« rief er halblaut.

Zwei Männer schoben sich verlegen herein, und zwar mit einer Promptheit, die darauf schließen ließ, daß sie hinter der Tür gelauscht hatten. Sie zogen ihre Mützen vor dem

Grafen. Der eine Bursche war klein und breitschultrig, hatte ein rotes Gesicht, Zahnlücken, sandfarbenes Haar, das in fettigen Strähnen in die Stirn fiel, und zeigte ein kriecherisches Lächeln. Der zweite Bursche dagegen war groß und blaß, hatte schwarze Haare, einen Mund wie ein Briefkasten und Augen, ausdruckslos wie schwarze Bohnen.

»Schafft diesen betrunkenen Kerl hier hinaus«, befahl Garble mit leiser Stimme.

»Wohin? Auf die Straße?« fragte der kleine Mann ruhig und zog dem bewußtlosen Mr. Bren einen Schlüssel aus der Tasche.

Garble sah Graf Malyn fragend an, der erschöpft auf das Sofa gesunken war.

»Natürlich nicht auf die Straße, Mann. Wenn man ihn auf der Straße findet, hat vielleicht jemand Mitleid mit dem eigensinnigen, dickköpfigen alten Narren und schleift ihn nach Hause. Hier im Gasthof kann er sicher in irgendeiner Ecke ungestört bis morgen früh schnarchen. Tragt ihn in ein leeres Zimmer, und macht euch dann auf den Weg.«

»Jawohl, Euer Gnaden«, antwortete der Kleine in unterwürfigem Ton, aber der Große mit dem mißmutigen Gesicht zögerte einen Moment und fragte gereizt: »Und was ist mit dem Zaster?«

»Komm mir nicht mit diesen Ganovenausdrücken!« sagte Graf Malyn scharf.

»Ihr wißt genau, was ich meine. Der Zaster, die Moneten, der Kies: Wann kriegen wir den? Und wenn Ihr mir auf die Pantoffeln steigt, dann dreh' ich das Ding nicht für Euch.«

Graf Malyn entgegnete eisig: »Keiner von euch bekommt einen einzigen Penny, solange ihr den Auftrag nicht ausgeführt habt. Ich erwarte euch Mittwoch in Schloß Malyn. Dann bekommt ihr euren Lohn, nicht vorher. Und jetzt verschwindet.«

Der große Bursche runzelte verärgert die Stirn und bückte sich, um Mr. Bren an den Beinen hochzuheben. Dabei streifte er aus Versehen oder mit Absicht die Falten von Graf Malyns gelber Samtrobe. Blitzschnell holte der Graf mit der goldenen Kette aus und gab ihm einen scharfen Schlag ins Gesicht.

»Tu das nicht noch einmal, du Hund, oder ich verliere wirklich die Geduld«, sagte er und atmete ein wenig schneller.

Garble war rasch einen Schritt näher getreten.

Doch sein Eingreifen war nicht nötig. Der Bursche senkte die Augen vor Graf Malyns gelbem, starrendem Blick, packte wieder die Beine des bewußtlosen Mr. Bren und setzte sich schlurfend in Bewegung. Auf seiner Backe schwoll ein dicker roter Striemen an. Der kleine Bursche, der Mr. Bren an den Schultern trug, hatte Schwierigkeiten, die Tür hinter sich zu schließen; er brachte es endlich fertig, indem er Mr. Brens Kopf zwischen seine Knie klemmte und die Tür mit der Hüfte zuschob.

»So, und jetzt tritt vielleicht endlich wieder etwas zivilisierte Ruhe ein«, bemerkte Graf Malyn und fächelte sich Luft zu, als ob er einen unangenehmen Geruch vertreiben wollte. Er zog die Obstschüssel heran, wählte gemächlich den größten Pfirsich und begann, die pelzige Haut abzuschälen. Er fuhr fort: »Du kannst unserem braunhäutigen türkischen Freund sagen ... Welchen Titel gibt er sich doch noch?«

»Der Seldschuk.«

»Ach ja, dem Seldschuken ... Sag ihm, das Nebenzimmer steht wieder zu seiner Verfügung. Und ich lade ihn sogar zu einer Partie Schach ein.«

Doch so unwahrscheinlich das auch schien bei diesem Wetter: Der Seldschuk mußte noch immer unterwegs sein, um in der Dunkelheit die Sehenswürdigkeiten von Pennygaff zu besichtigen. Er war nirgends zu finden.

3

Plötzlich wurde Owen sich bewußt, daß er wach war und fremde Stimmen hörte. Er vernahm sie schon seit einer Weile, aber er hatte gemeint, er träume noch.

»Schau dir das an!« flüsterte jemand. »Was für ein Plunder! Ich hab' noch nie im Leben solch einen Haufen Gerümpel auf einmal gesehen, kein einziges Stück, bei dem sich das Abstauben lohnen würde.«

»Behalt bloß die Pfoten in den Taschen«, murmelte eine andere Stimme warnend. »Du weißt genau, daß wir hier gar nichts mitgehen lassen dürfen, bloß die Harfe von Teirtu.«

»'türlich weiß ich das! Also hör auf, mich rumzukommandieren! Ich werd' mich doch wenigstens mal umsehen dürfen, oder? Außerdem: Wo ist denn die blöde Harfe?«

Owen spürte einen kalten Luftzug an den Beinen. Jemand hatte die Tür zur Bibliothek aufgestoßen. Er sah zwei Paar Füße näher kommen. Die klobigen Lederstiefel, in denen sie steckten, waren mit Lappen umwickelt, um die Schritte zu dämpfen. Jemand trug eine Laterne; ein schwacher Lichtkreis glitt über den Boden.

»Bloß lauter Bücher, sonst nix«, flüsterte die erste Stimme.

»Halt die Klappe! Und was steht da auf dem Tisch, unter der Zeltplane? Ich wette, das ist sie.«

Die Füße waren dicht neben Owen angelangt. Er lag vor Verblüffung und Unentschlossenheit wie gelähmt unter dem Tisch. Wie waren diese beiden Männer nur hier herein gelangt? Wer waren sie? Und wo war sein Großvater?

»Na, was hab' ich dir gesagt?« flüsterte die erste Stimme zufrieden. »Das ist sie!«

»Das kümmerliche Gestell? Das soll die Harfe von Teirtu sein, auf die alle so versessen sind? Die ist ja so schwarz wie meine alten Stiefel, und sie hat bloß noch eine einzige Saite.«

»Das ist sie aber! Schau, da auf dem Rahmen stehn die Buchstaben, genau wie der Graf es uns erklärt hat.«

»Gut, dann gib sie her. Ich trag' sie.«

Da begriff Owen, daß er handeln mußte, und zwar sofort.

»He, rührt ja die Harfe nicht an!« schrie er und rollte sich unter dem Tisch hervor.

Im ersten Augenblick ließen sich die beiden Diebe überrumpeln. Der eine stieß einen überraschten Laut aus und ließ die Laterne fallen, die dabei verlöschte. Der andere, der gerade die Harfe hatte packen wollen, sprang zur Tür. Aber dort blieb er stehen. Auf dem Tisch schwelte noch immer Owens Öllämpchen und erhellte den Raum ein wenig.

»Was sind wir für Flaschen!« sagte der Dieb erleichtert und verärgert. »Es ist bloß ein Junge, bloß so ein mickriger Knirps! Gib ihm eins auf den Deckel, Bilk!«

»Mit Vergnügen!« knurrte sein Kumpel.

Ein großer schwarzer Schatten kam auf Owen zu, der sich, vor Furcht und Entschlossenheit zitternd, schützend vor die Harfe gestellt hatte. Er duckte sich gerade noch rechtzeitig, um dem ersten Schlag auszuweichen, sprang beiseite und schrie so laut er konnte: »Großvater, Großvater! Wach auf! Bring die Flinte mit! Hilfe, Diebe! Ruf den Nachtwächter! Diebe!« Owen hoffte, das Geschrei würde die Eindringlinge verjagen.

»Hör auf zu plärren, du Schreihals! Es nutzt dir nämlich gar nichts, das kann ich dir sagen. Der Alte kommt nicht. Aufwachen? Der hat Glück, wenn er vor Weihnachten wieder zu sich kommt.«

Mit der Kraft der Verzweiflung riß Owen seinen Arm aus dem groben Griff der schweren Hand, packte den einen Dieb beim Wams und rammte ihm mit aller Macht den Kopf in den Bauch. Der Mann stieß einen hohlen, krähenden Laut aus und taumelte rückwärts gegen die Wand. Er bekam keine Luft mehr. Owens Triumph währte jedoch nicht lange. Der zweite Dieb packte ihn beim Hals und fauchte: »Halt den Mund, oder ich dreh' dir den Hals um!«

Er würgte Owen, bis diesem grüne und schwarze Kringel vor den Augen tanzten. Mit verzweifelter Anstrengung riß Owen sich los, ergriff ein Buch aus dem Regal neben sich und schlug damit auf seinen Angreifer ein. Er hatte ein Predigtbuch erwischt, das seine fünfzehn Pfund wiegen mußte. »Hilfe, Diebe! Hilfe, Diebe!« schrie er keuchend.

»Verdammter Wurm! Er wird uns noch die Stadtwache auf den Hals jagen! Bilk, herrje noch mal, hilf mir! Steh nicht blöde rum und glotze!«

Der zweite Kerl bekam wieder Luft, stürzte sich von neuem in den Kampf und verpaßte Owen einen Kinnhaken, der den Jungen quer durch den halben Raum schleuderte. Als er auf dem Boden lag, fielen die beiden Männer noch einmal über ihn her und schlugen auf ihn ein. Sie warfen ihn aufs Gesicht, und dabei verlor Owen seine Brille. Ihm wurde vor Verzweiflung schlecht, als er hörte, wie die Gläser auf dem Steinboden klirrend zersprangen.

»So, und jetzt bind ihm mit irgendwas die Pfoten zusammen.« Der Bursche, der Bilk genannt wurde, schnaufte heftig. »Reiß ein paar Streifen von seinem Hemd ... So geht's ... Und stopf ihm einen Knebel in den Schnabel, damit er endlich aufhört zu zwitschern.« Bilk drehte Owen die Arme auf den Rücken und fesselte ihm die Handgelenke. Dann zwängte er ihm ein nach Käse stinkendes Taschentuch in den Mund.

»Nimm dein Messer und schneid ihm den Hals durch wie einem Rebhuhn, Prigman, sonst verrät er unsere Namen. Warum hast du vorhin so laut Bilk geschrien, du Trottel?!«

»Warum soll *ich* ihn umlegen? Mach's doch selbst«, sagte Prigman. Seine Stimme verriet Unbehagen. »So was mag ich nicht, jemand einfach kaltblütig abmurksen.«

»Los, stell dich nicht so an!«

»He, warte einen Augenblick«, sagte Prigman schnell. »Da unter der Harfe liegt ein Brief.«

»Was steht da drin? Du kannst besser lesen als ich. Erledige rasch den Kerl, und lies mir dann den Brief vor«, sagte Bilk.

Aber Prigman las zuerst stockend und holpernd den Brief vor.

»Heiliges Marienkäferchen!« rief er aus, als er fertig war. »Wir sind eben noch rechtzeitig gekommen! Der Kleine wollte gerade selbst mit dem Ding abhauen. ›Lieber Großvater, es tut mir leid, daß ich etwas von Deinem Besitz mitnehmen muß‹, schreibt er! Kühl wie'n Hering! Das muß ich schon sagen! Einfach kühl!«

Bilk stieß ein kurzes, tiefes Lachen aus.

»Kühl oder nicht, es paßt uns genau in den Kram«, sagte er. »Leg den Brief wieder hin, und dann hauen wir ab und nehmen den Jungen mit. Wir schmeißen ihn irgendwo im Gebirge in eine Höhle, und dann denken die Leute hier, *er* hat das Ding gedreht.«

»Das ist *die* Idee, Bilk, *die* Idee!« Prigman hopste vor Vergnügen, als ihm aufging, wie günstig die Lage für sie war. »Und ich will dir mal was sagen ...«

»Heb deine Geistesblitze für nachher auf, wir müssen weg! Du trägst den Jungen, und ich nehm' die Beute. Ist hier alles in Ordnung? Es darf nicht verdächtig nach einer Schlägerei aussehen.«

Die beiden Männer räumten hastig auf, stellten das Buch wieder auf das Wandbrett und schoben die Scherben von Owens Brille mit dem Fuß unter den Tisch. Prigman, der trotz seiner kleinen Statur ungeheuer stark war, nahm Owen wie einen Mehlsack auf die Schulter. Bilk steckte die Harfe, zusammen mit Owens Bündel, in einen großen Segeltuchsack. Dann verließen die beiden Männer das Museum wieder durch die Hintertür, verschlossen sie und warfen den Schlüssel in den kleinen Bach, der den Berg hinabfloß und unten im Tal in den Gaff mündete.

Der Sturm hatte sich gelegt, und ein blasser Mond kroch zwischen den Wolkenfetzen hervor. Die beiden Männer

stiegen den Berghang hinauf bis zu einer Schlucht, in der zwei Pferde angepflockt waren. Prigman setzte Owen auf das eine Pferd und stieg hinter ihm auf, Bilk schwang sich auf das zweite Pferd, und sie zogen los.

Owen wußte lange nicht, wohin sie ritten. Etliche Stunden verstrichen, ehe die Morgendämmerung allmählich den Himmel aufhellte. Kühler, frischer Wind, der nach Blattwerk und Feuchtigkeit duftete, strich über ihre Gesichter und machte Owen munter. Er hob den Kopf und schaute sich um.

Sie zogen etwas oberhalb der Baumgrenze durch ein schmales, tiefes Hochtal. Am Ende des Tales überquerten sie den Fluß an einer seichten Stelle. Um die Flanke eines Berges herum gelangten sie in ein zweites Hochtal und dann in ein drittes. Manchmal ritten sie unmittelbar neben einem rauschenden Bach, aber meistens oben am Hang.

Große Vögel, Bussarde oder Adler, schwebten hoch über den Reitern. Ab und an war das Grunzen und Scharren eines wilden Ebers zu vernehmen, der im Wald nach Wurzeln grub.

Owen, der seine Brille nicht mehr hatte, sah alles nur verschleiert: die Bäume in ihren Herbstfarben Rostrot und Golden, die grünen Berghänge, von weißen Bändern durchzogen dort, wo Wasserfälle herabstürzten – alles verschwamm zu einem undeutlichen, aber schönen Gemälde.

Prigman spürte, daß Owen sich bewegte.

»Hallo, kleiner Kampfhahn, plusterst du dich schon wieder auf?« fragte er leise. »Kräh lieber nicht, sonst stopft Bilk dir den Schnabel. Er ist ziemlich schnell mit dem Messer bei der Hand. Und du willst doch keine fünfzehn Zentimeter Stahl in deinem Brustkasten haben, oder?«

Bilk, der vorausritt und den Weg erkundete, hörte die Stimme seines Komplizen und zog die Zügel an.

»Ich hab' Hunger«, brummte er. »Wir wollen was essen und uns endlich den Jungen vom Hals schaffen. Hier gibt's genug Höhlen. Wenn wir ihn in eine reinschmeißen, merkt das in den nächsten zehn, zwanzig Jahren kein Mensch.«

Das stimmte. Die Gegend war wild und einsam, niemand wohnte hier, weil es in den Wäldern von Wölfen und Wildschweinen wimmelte. An den Berghängen gab es zahllose Höhlen und tiefe, schmale Erdspalten. Hier eine Leiche verschwinden zu lassen, war überhaupt kein Problem.

»Gut, wir halten Rast«, sagte Prigman, stieg vom Pferd und zerrte Owen ebenfalls herunter. »Versuch bloß nicht, dich davonzumachen, oder du kriegst das hier zu spüren«, fügte er hinzu und fuchtelte mit einem langen, gefährlich aussehenden Messer herum. Aber da Owen halb benommen im Gras lag, benutzte Prigman es vorerst für friedfertigere und häuslichere Zwecke: Er säbelte Scheiben von einem Laib Brot und einer Speckseite, legte ein Stück Speck auf einen Brocken Brot und biß einen ordentlichen Happen von beidem ab. Dann schnitt er auch für Owen Brot und Speck.

»Hier, Junge, du kannst bestimmt auch was vertragen.« Er hielt Owen die Scheibe Brot mit Speck hin, und Owen merkte plötzlich, wie hungrig er war. Ungeschickt biß er hinein.

Bilk sagte entrüstet: »Vergeud kein Futter an ihn. Wir machen ihn ja doch gleich fertig.«

»Hör mal, Kumpel, ich weiß was Besseres«, sagte Prigman. »Du gehst in die Schule, nicht?« fragte er Owen, der ihn verständnislos anschaute. »Wir wissen, daß du schreiben kannst. Wir haben den Zettel gesehen, den du deinem Großvater hinterlassen hast.«

»Ja, ich kann schreiben«, antwortete Owen verwundert. »Aber ich brauch' meine Brille, damit es ordentlich wird, und die habt ihr mir zerschlagen. Ohne Brille kann ich nicht gut sehen.«

»Es wird bestimmt ordentlich genug für uns«, meinte

Prigman und fügte mit einem vielsagenden Blick auf Bilk hinzu: »Wenn du ohne deine Brille Sand in den Augen hast, dann siehst du mich und Bilk vielleicht auch nicht deutlich? Ich meine, nicht so deutlich, daß du uns wiedererkennst, oder?«

»Nein, ich würde euch nicht erkennen, wenn ihr auf der anderen Seite der Straße vorbeigeht«, sagte Owen, und das stimmte.

Prigman warf Bilk wieder einen triumphierenden Blick zu, aber Bilk blieb mißtrauisch.

»Na, und?« knurrte er. »Was haben wir davon?«

»Kapierst du das immer noch nicht?« rief Prigman ungeduldig. »Der Junge kann einen Brief schreiben, daß er die Harfe abgestaubt hat und ein bißchen Bargeld dafür haben will, bevor er sie wieder rausrückt. Sagen wir mal, tausend Guineen. Und wir sagen dem alten Leuteschinder, daß die Harfe schon weg war, als wir in die Bude reingekommen sind. Hast du's jetzt gefressen?«

»Ha ... hmmm«, machte Bilk und begann nachzudenken.

»Und wem soll er den Brief schreiben?«

»An seinen Großvater natürlich, du Hornochse!«

»Der hat keine tausend Guineen! Der wäre froh, wenn er tausend Groschen hätt'.«

»Hör auf zu meckern! Er geht mit dem Brief zum Grafen.«

»Na, der nicht!« Bilk schüttelte den Kopf. »Der Alte ist stolz und stur wie ein Stachelschwein. Schließlich hat er die Harfe nicht herausgerückt. Er ist nicht restlos davon überzeugt, daß Euer Gnaden ein Anrecht darauf haben, das hat er dem Grafen in aller Gemütsruhe ins Gesicht gesagt und sich gar nichts daraus gemacht, daß der Graf vor Wut mit den Zähnen geknirscht hat.«

»Stimmt«, murmelte Prigman. »Du hast wirklich einen selten sturen Großvater, Junge. Wenn er sich nicht geweigert hätte, das Klimperding herzugeben, dann könntest du jetzt schön gemütlich zu Haus schlafen, anstatt mit uns in der Gegend rumzuzuckeln.«

Obwohl sein Großvater ihn durch seine Unnachgiebigkeit in diese mißliche Lage gebracht hatte, war Owen doch stolz auf ihn. Er bedauerte nur, daß die Leute von Pennygaff das nicht wußten.

»Ihr bringt die Harfe also zum Grafen von Malyn?« fragte er unvorsichtigerweise.

»Wer nicht fragt, wird nicht angelogen«, brummte Bilk und fuchtelte auf sehr unangenehme Weise mit seinem Messer herum.

Owen verstand den Wink und schwieg, während die beiden Männer sich weiter unterhielten.

»Wir könnten den Brief genausogut gleich an den Grafen schicken«, schlug Prigman vor. »*Er* blecht, und zwar jede Menge. Vor allem, wenn er glaubt, daß sonst jemand anders die Harfe kriegt.«

»Ich hab's Kumpel!« Bilk stieß ein kurzes, brüllendes Lachen aus. »Wir schicken Briefe an alle Herrschaften! An Seine Hoheit den Prinzen von Wales auch! Der Wirt im ›Drachen‹ hat gesagt, der Prinz kommt nach Malyn zur Wildschweinjagd. Und die Harfe kriegt eben der, der als erster die Kohlen rausrückt.«

»Keine schlechte Idee«, sagte Prigman bewundernd. Er begann, an den Fingern abzuzählen: »Einen Brief an den Prinzen David von Wales, einen Brief an den Schnauzbart im Gerümpelkasten ...« Owen erriet, daß Prigman damit seinen Großvater meinte. »Einen Brief an den alten Leuteschinder, macht drei, und einen an den Kümmeltürken, macht vier. Kannst du vier Briefe schreiben, Junge?«

Owen hatte nicht die geringste Lust, auch nur einen einzigen Brief zu schreiben, um Geld für die Harfe zu verlangen, und schon gar nicht, wenn es obendrein so aussehen sollte, als ob dieser Brief von ihm stamme. Aber Prigman gab ihm einen warnenden Tritt, und deshalb nickte Owen vorsichtshalber.

»Also dann nichts wie heim in den Stall. Hier haben wir kein Papier und keine Tinte«, sagte Bilk. »Und wenn der Junge die Briefe geschrieben hat, schlitzen wir ihm die Gurgel auf und schmeißen ihn den Teufelssprung runter.«

Die beiden Diebe verschlangen hastig die letzten Bissen Brot und Speck, banden die Pferde los und zogen auf einem großen Umweg durch unbewohnte Täler weiter.

Der Tag verstrich, und schließlich ging die Sonne hinter einem auffallend geformten Berg unter; er hatte eine seltsame Ähnlichkeit mit einem Mann, der einen breitrandigen, flachen Schlapphut trug. Kein Zweifel, das war Schlapphut-Ben, der auch der Flüsternde Berg genannt wurde. Owen hatte seinen Großvater einmal nach Nant Agerddau begleitet, um ihm zu helfen, einige Bücher für die Museumsbibliothek nach Hause zu tragen. Damals hatte er diesen merkwürdigen Gipfel zum erstenmal gesehen, und der Anblick hatte ihn sehr beeindruckt.

Die Täler lagen nun hinter ihnen, und sie überquerten ein weites, kahles Hochplateau, das ganz mit lockerem Gestein bedeckt war. Vor ihnen hob sich der Gipfel des Flüsternden Berges schwarz vom blaßgelben Himmel ab.

»Ich hab' meiner Lebtag noch nie solch eine finstere, fürchterliche Gegend gesehen«, murmelte Prigman schaudernd. »Die Leute sagen, daß der Leibhaftige persönlich da oben hause. Nun, wenn das stimmt – von mir aus kann er den Berg da gern haben.«

Bilk, dessen Pferd schneller war und weniger Gewicht zu tragen hatte, war wieder ein gutes Stück voraus, und so wagte Owen noch eine Frage:

»Aus welcher Gegend kommt Ihr denn?«

»Aus London, wo die Gassen mit Münzen gepflastert sind und die Vögel Federn aus Diamanten haben! Und ich werd' heilfroh sein, wenn ich wieder dort bin!« antwortete Prigman. »Aber die Gegend hier kenn' ich auch. O ja, ich kenn' sie. Ich war nämlich mal Küchenjunge auf Schloß Malyn. Ich hab' die Töpfe gescheuert und die Spanferkel am

Spieß gedreht, und dann haben sie mich erwischt, wie ich eine goldene Schüssel abserviert habe, und da haben sie mich ins Loch gesteckt.«

»Aber warum seid Ihr dann wieder hierher gekommen? Es ist ein weiter Weg von London.«

»Das kann man wohl flüstern! Aber ein gewisser feiner Herr hat mich und meinen Kumpel gebeten, eine kleine Besorgung für ihn zu erledigen, und er hat gesagt, er füllt uns die Taschen mit Gold dafür.«

»Graf Malyn?«

»Das geht dich nichts an, du Naseweis! Es gibt noch andere Leute als den Grafen.«

Zum erstenmal fiel Owen wieder die eigentümliche Unterhaltung ein, die er durch die Luke in der Tür geführt hatte. Wie hatte der Fremde sich noch genannt? Der Bey ... der Dey? Nein, der Seldschuk, das war's.

»Der Seldschuk«, sagte Owen zu sich selbst.

»Halt den Mund. Wenn mein Kumpel dich hört, kitzelt er dir die Rippen mit dem Messer, das steht fest«, warnte Prigman.

Bilk wartete, und deshalb verstummte Owen wieder und dachte über das nach, was er erfahren hatte. Er war jetzt ziemlich sicher, daß der Mann in der Kutsche, der ihn nach dem Weg zum Museum gefragt hatte, Graf Malyn selbst gewesen war. Sehr wahrscheinlich hatte er einen Boten zu Mr. Bren geschickt und ihn zu sich in den Gasthof bestellt. Graf Malyn hatte auch nach Bilk und Prigman gefragt. War er also der »feine Herr«, von dem Prigman sprach? Oder wollte der Graf nur herausfinden, ob die beiden Gauner für den Seldschuken arbeiteten? Ob Graf Malyn überhaupt jemand eine so heikle Arbeit auftragen würde, der einmal aus seiner Schloßküche eine goldene Schüssel gestohlen hatte?

»Hör jetzt auf zu reden«, knurrte Bilk, als Prigman ihn eingeholt hatte. »Wenn wir hier Krach machen, bringen wir den ganzen Berg ins Rutschen.«

Sehr langsam und vorsichtig stiegen die Pferde einen schmalen, unsicheren Pfad hinunter, der sich über einen Berghang aus losem Geröll hinzog. Rundum ragten immer mehr hohe Felsflanken auf. Dann führte ein gewundener Trampelweg, der sich neben einem Bach entlangschlängelte, die Reiter in ein enges, schluchtähnliches Tal hinunter. Es war so tief, daß darin beinahe Dunkelheit herrschte, obwohl hoch oben die letzten Sonnenstrahlen noch immer den Gipfel des Flüsternden Berges vergoldeten.

Eine düstere, dumpfe Atmosphäre herrschte in der Schlucht. Dabei war es hier nicht kalt, sondern unnatürlich feuchtwarm, und es wurde immer schwüler, je weiter die Reiter in das Tal hineingerieten.

In der Ferne blitzten ein paar Lichter durch die Dunkelheit.

»Ich find' es gräßlich hier«, flüsterte Prigman. »Ich würd' lieber in der Höhle eines Bären leben als hier.«

Die Atmosphäre in der Schlucht schien sogar die Pferde zu beunruhigen; sie schnaubten leise, ihr Fell zuckte nervös, und sie setzten die Hufe mit übertriebener Vorsicht.

Owen wagte nicht, Prigman zu fragen, ob die Lichter zu Nant Agerddau gehörten, aber er war sich dessen ziemlich sicher. Ein überwältigender Gedanke war ihm gerade durch den Kopf geschossen: Irgendwo, gar nicht weit von hier, waren Arabis und Tom Dando mit ihrem Wagen, schnitten den Leuten die Haare und verkauften Heilkräuter. Denn in Nant Agerddau war Kirchweih und Markt, und Arabis und ihr Vater wollten die ganze Woche dort bleiben. Wenn er doch nur irgendwie zu ihnen gelangen könnte!

»Ein verdammt trübsinniger Ort für eine Kirchweih, finde ich«, sagte Prigman leise.

»Wo ist der Markt?« fragte Owen hoffnungsvoll.

»Am anderen Ende der Stadt. Wir kommen dort nicht vorbei. Du brauchst also gar nicht erst Luft holen, um nach Hilfe zu schreien«, antwortete Prigman. »Zu unserem Stall geht's hier lang.«

Beinahe gleichzeitig lenkten Prigman und Bilk ihre Pferde vom Weg herunter auf eine Reihe von fünf kleinen dunklen Häusern zu. Sie standen dicht unter einem großen, überhängenden Felsen, der sich wie ein vorspringendes Dach von dem dämmrigen Himmel abhob.

Hinter keinem Fenster brannte Licht, aus keinem Kamin stieg Rauch. Alle Häuser waren offensichtlich verlassen, obwohl sie noch in recht gutem Zustand zu sein schienen. Was ist hier los, fragte sich Owen. Aber er fand die Antwort nicht. Nach einer Nacht und einem Tag im Sattel war er vor Erschöpfung benommen und hatte nur noch einen Wunsch: sich auf den Boden sinken zu lassen und zu schlafen.

»So, bring du den Jungen rein und bind ihn ordentlich fest. Ich geh' und beschaff' Papier und Tinte«, sagte Bilk. »Ich bleib' nicht lange weg. Eh's dunkel ist, bin ich wieder zurück.«

»Besorg auch was zu essen, wenn du schon im Ort bist, und auch was zu trinken«, rief Prigman Bilk nach, als dieser davonritt.

Dann schob er Owen vor sich her zu dem Haus in der Mitte der Reihe, stieß die Tür mit einem Fußtritt auf, und sie kamen in einen dunklen Raum, der nach Hühnern stank.

»Da lang, Junge.« Prigman schien sich hier gut auszukennen. Er führte Owen in einen hinteren Raum. »Wir wollen nicht, daß jemand unsere Funzel sieht. So, jetzt wart hier.« Plötzlich gab er Owen einen scharfen Schlag hinter ein Ohr, der den Jungen völlig unerwartet traf und ihn zu Boden warf. Während Owen sich vergeblich bemühte aufzustehen, zündete Prigman in aller Ruhe eine Kerze an. Die Flamme beleuchtete einen kleineren leeren Raum, in dem Generationen von Hühnern gehaust haben mußten. Die Einrichtung bestand aus zwei Balken, die sich in Kniehöhe durch den Raum zogen und offensichtlich als Hühnerstangen gedient hatten. Ein alter Sack hing vor dem einzigen kleinen Fenster. In der einen Ecke lag ein Haufen Stroh.

»Gemütlich, nicht?« bemerkte Prigman munter. »Niemand will mehr hier hausen, weil's vor einiger Zeit einen kleinen Erdrutsch gegeben hat. Die Leute haben Angst, daß der Rest des Berges eines schönen Tages auch noch runterkommt, aber ich meine, das passiert nicht vor dem Jüngsten Gericht. Und bis dahin ist's eine feine Höhle für uns, was?« Prigman bemerkte Owens sehnsüchtigen Blick auf den Strohhaufen. »Müde?« Owen nickte. »Sobald du die Briefe für uns geschrieben hast, kannst du schnarchen, solange du willst.«

Owen raffte alle Energie zusammen.

»Mr. Prigman, ich schreibe keine Briefe für Euch«, sagte er fest.

»Sei vernünftig, Bub«, warnte Prigman. »Mein Kumpel kann verdammt ungemütlich werden. Wenn du aufmuckst, dann ist es das letzte, was du auf dieser Welt tust. Das kann ich dir versichern.«

Owen war im Moment alles egal. Die Augen fielen ihm zu. Er sehnte sich nur noch nach einem: schlafen zu können.

»He, wach auf!« sagte Prigman scharf. »Auf die Beine mit dir! Kein Nickerchen, solange du die Briefe nicht geschrieben hast.« Er zog sein Messer, kitzelte Owen damit in der Seite, um ihn zu zwingen, sich aufzurichten, und riß ihn am Arm hoch.

»So, und jetzt lehn dich da an die Wand, da neben dem Balken, und ich halt' dir das Messer an die Rippen. Ganz hübsch scharf, nicht? Damit du die Augen offen hältst, bis Bilk kommt.«

Niemand möchte ein Messer zwischen die Rippen bekommen. Owen zwang sich, die Augen offenzuhalten und aufrecht stehen zu bleiben. Er wich der Messerspitze aus, so gut es ging, und lehnte sich an die Wand. Prigman brachte es fertig, mit der einen Hand das Messer zu halten und mit der anderen ein Büschel Stroh über den Balken zu ziehen, ehe er sich gemütlich darauf niederließ.

Eine Stunde verstrich. Ein paarmal fiel Owen vor Erschöpfung beinahe um, und jedesmal brachte Prigman ihn mit einem groben Knuff wieder zu sich. Er redete auch fast ununterbrochen, aber Owen hörte kaum. Er erzählte von Graf Malyns Haus in London, wo sogar die Türklinken aus Gold waren, von Seiner Hoheit dem Prinzen von Wales, der nichts im Leben lieber tat als Wildschweine jagen, von dem türkischen Fürsten, der die weite Reise von Kleinasien nach Pennygaff gemacht hatte. Warum? Was wollte er nur in solch einem gottverlassenen kleinen Kaff von dem alten Mr. Bren, der so stur und vernagelt war und sich weigerte, ein Ding herzugeben, das ihm selbst gar nichts nutzte.

Endlich flog die Tür auf, und Bilk torkelte herein, eingehüllt in eine Wolke aus Schnapsgestank.

»Du warst im Wirtshaus!« schimpfte Prigman. »Und du hast mir keinen Tropfen mitgebracht!«

»Doch, hab' ich.« Bilk zog eine Lederflasche hervor.

»Und das Schreibzeug?«

»Hab' ich auch. Aber hör mal, wir bleiben nicht hier. Der ganze verfluchte Berg kann runterrumpeln. Im Wirtshaus haben sie von nichts anderem geredet.«

»So ein Bart«, sagte Prigman verächtlich. »Sie reden schon seit dem letzten Bergrutsch von nichts anderem, und bis jetzt ist er immer noch nicht runter. Zerbrich dir deswegen nicht den Kopf.«

»Nein, bis jetzt noch nicht, aber die Leute sagen, jeden Augenblick kann's soweit sein: Die ganze Felswand wackelt schon, und es fallen immerzu dicke Steinbrocken runter. Deshalb halten sie nicht mal mehr ihre Hühner und Schweine hier. Horch!«

Noch während Bilk sprach, war tatsächlich dumpfes Rumpeln zu hören, und ein paar Steine sprangen klirrend über die Dachschindeln aus Schiefer.

»Mir reicht's!« sagte Bilk. Er wurde blaß und geriet ins Schwitzen. »Nichts wie raus hier!«

»Immer mit der Ruhe, und immer eins nach dem anderen«, sagte Prigman, der nicht an die Gefahr glaubte. »Erst muß der Junge die Briefe schreiben.«

»Warum?« Bilk hatte es eilig fortzukommen.

»Weil wir ihn dann einfach hierlassen können, du Trottel. Das erspart uns einen Haufen Umstände: Wir brauchen ihn nicht den Teufelssprung runterzuschmeißen. Der Berg fällt ihm auf den Deckel, und dann ist es aus mit ihm, und wir sind nicht schuld daran.«

Bilk nickte zustimmend. »Gute Idee. Also, dann los. Hört er überhaupt? Er scheint halb weg zu sein.«

»He, wach auf, Schlafmütze!« Prigman kitzelte Owen mit der Messerspitze. »Such ein Brett, auf dem er schreiben kann, Bilk.« Prigman nahm Owen die Handfesseln ab und band ihm statt dessen die Fußgelenke zusammen.

Owen war inzwischen so erschöpft, daß er kaum noch merkte, was vor sich ging. Jemand drückte ihm einen Federkiel in die Hand und hielt ihm ein Brett mit einem Bogen Papier hin.

»So, jetzt schreib genau auf, was ich dir sag', oder ich schlitz' dir die Kehle auf«, befahl Bilk und setzte Owen das Messer an den Hals.

»Nein«, sagte Owen schwach. Das Messer drang ihm in die Haut, und er spürte, wie die Blutstropfen an seinem Hals herunterliefen.

»He, langsam, Kumpel! Wenn du ihn bei lebendigem Leib häutest, vermasselst du alles! Gib ihm lieber einen Schluck Schnaps, er schläft ja fast!« sagte Prigman hastig.

Sie zwängten Owen mit Gewalt die Zähne auseinander, schoben ihm einen Flaschenhals in den Mund und schütteten ihm brennend scharfen Schnaps in die Kehle.

»So, mit dem Zeugs in sich schreibt er bestimmt so prächtig wie der Lordrichter von London höchstpersönlich«, meinte Prigman zuversichtlich. »Los, fang an, Junge,

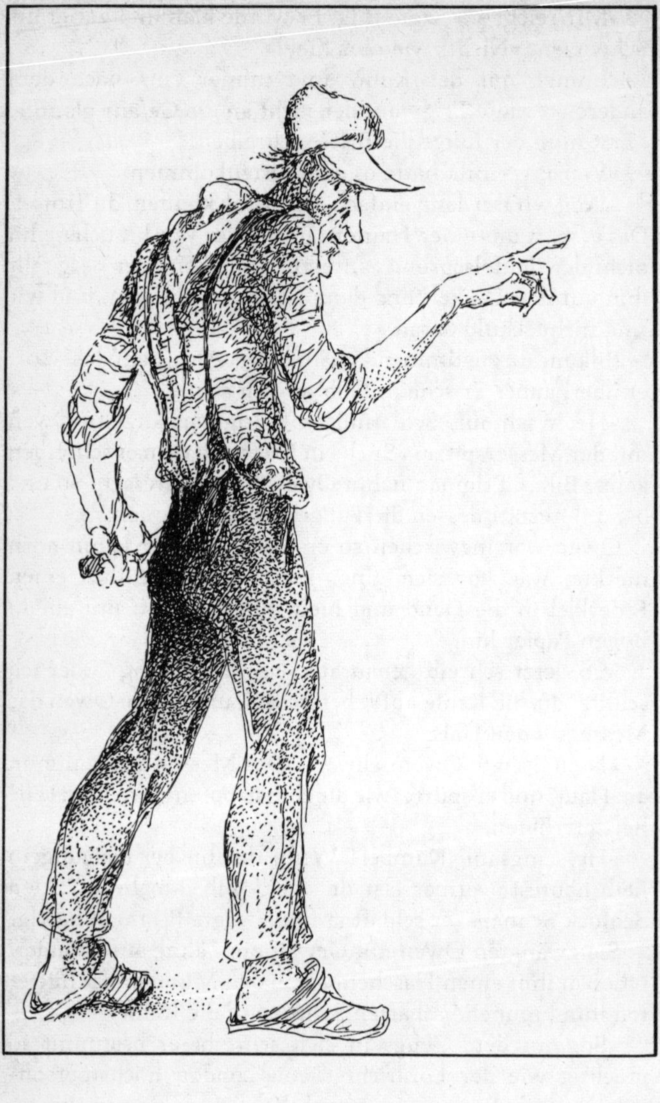

und laß dir bloß keine faulen Tricks einfallen, denn ich kann lesen, vergiß das nicht, auch wenn ich nicht schreiben kann. Euer Gnaden ... Na los, schreib schon! So ist's recht. Euer Gnaden, ich hab' die Harfe, die Ihr haben wollt, und ich geb' sie Euch gegen eintausend Guineen in Gold. Die müßt Ihr in der Nacht vor dem St.-Lucie-Tag in der Höhle vom Teufelssprung hinterlegen, oder die Harfe verschwindet ... Hast du das? Und jetzt noch deinen Namen drunter: Owen Bren.«

Halb ohnmächtig vor Erschöpfung, betäubt von dem starken Schnaps und mit einem Messer am Hals schrieb Owen mechanisch die Worte nieder, die Prigman ihm diktierte. Die einzige Möglichkeit, Widerstand zu leisten, bestand für ihn darin, seine Handschrift und seine Rechtschreibung absichtlich so schlecht wie nur möglich zu machen. Das war nicht schwierig, denn seine Hände waren steif und geschwollen, nachdem sie so lange gefesselt gewesen waren. Prigman schüttelte den Kopf über die krakelige Schrift. Die Fehler in der Rechtschreibung bemerkte er jedoch nicht.

»Jetzt noch einen Brief, Junge. Genau die gleichen Worte, aber oben drüber kommt ›Eure Königliche Hoheit‹.«

»Oüre Könickliche Hohäid«, schrieb Owen, während die beiden Gauner sich über ihn beugten und ihm zuschauten und ihm Schnapsdunst ins Gesicht atmeten. Der dritte Brief begann mit »Libär Grohzfader« und der vierte mit »Euher Knahden«.

»Großartig!« sagte Prigman vergnügt, als der letzte Brief mit »Ofen Bren« unterzeichnet worden war. »Jetzt kannst du schlafen, solange du willst, Junge.« Er faltete die Briefe zusammen und steckte sie in seinen Beutel. »Leg den Jungen aufs Stroh, Bilk. Und hier ist sein Bündel; das lassen wir am besten neben ihm. Ich geh' die Pferde losbinden.«

»Ich werd' schon dafür sorgen, daß er sich nicht davonmacht«, sagte Bilk und fesselte Owen wieder die Hände.

»Fertig?« fragte Prigman, als Bilk nach ein paar Minuten ebenfalls herauskam.

»Fertig.« Bilk nickte grimmig.

Vom Berg prasselte wieder ein Steinhagel auf das Dach herunter, und die beiden Männer schwangen sich hastig auf die Pferde und ritten durch die Dunkelheit davon. Bilk trug die Harfe in einem Sack auf der Schulter.

4

Arabis saß in einer Eiche, kaute an einem Stück Haferbrot und wartete darauf, daß die Sonne aufging.

Sie war so früh unterwegs, weil sie eine bestimmte Sorte Farn suchte, die als Heilkraut diente. Man mußte sie pflücken, solange sie noch vom Morgentau bedeckt war. Aber noch war es zu dunkel, um eine Pflanze von der anderen zu unterscheiden, und so lehnte Arabis sich zufrieden und gemütlich in der Astgabel zurück und lauschte auf die Stimme des Flüsternden Berges.

Hier oben war das Wispern deutlich zu vernehmen: eine Art seufzendes Murmeln, wie das eines Schläfers, der von Träumen beunruhigt wird. Der Baum, auf dem Arabis saß, stand auf der einen Seite des Steinbruchs oberhalb der kleinen Stadt Nant Agerddau, dort, wo die Seiten der Schlucht sich zu einem Halbkreis aus zerklüftetem Fels zusammenschlossen.

Früher, ehe der Ort entstanden war, hatte man in diesem Steinbruch nach Gold geschürft. Doch eines Tages war das letzte Körnchen Gold aus den Adern des Berges herausgekratzt, und die kleinen ovalen Stolleneingänge im Hang verschwanden mit der Zeit unter einem Gewirr von Bäumen und Büschen. Manche Höhlen lagen ganz hinter Farnen und Heckenrosensträuchern versteckt, aus anderen sprudelte rötliches Wasser. Eine der größeren Schachtöffnungen lag auf halber Höhe der Felswand genau unter den knorrigen Wurzeln von Arabis' Eiche. Farne verbargen den Eingang halb. Auch in der moosigen Rinde des Baumes hatten sie Wurzel geschlagen und sprossen wie eine grüne Mähne auf Stamm und Ästen. Arabis saß wie in einem Nest aus Farnen, die sie gut verbargen.

Plötzlich ertönte zu ihrer Überraschung eine grobe Stimme, die ein Lied grölte:

»Die Harfe einst im Museum stand,
holla, der Schnaps der schmeckt gut.
Die Harfe ist mit mir durchgebrannt,
holla, der Schnaps geht ins Blut.«

In dem schwachen Zwielicht konnte Arabis zwei Männer erkennen, die schwerfällig den steilen Hang hinaufstiegen.

»Bilk, du dummer Kerl, paß auf und mach nicht so viel Krach!«

»Du machst Krach, nicht ich! Wenn du nicht so viel getrunken hättest, dann wären wir schon längst hier gewesen. Schau dir den Himmel an! Es wird gleich Tag. Und dann sieht uns vielleicht jemand.«

»Wer soll uns schon sehen? Es ist niemand unterwegs. Alle noch im Bett. Außerdem sind wir ja jetzt da. Komm, wir schieben das Ding in das Loch hier unter dem Baum. Da schaut bestimmt niemand nach.«

»Gut, aber stopf es ordentlich tief rein.«

In den Farnen genau unter Arabis wurde geschnauft, geraschelt und irgend etwas hin- und hergeschoben. Sie hätte gar zu gern gesehen, was da los war, aber sie wagte nicht, sich zu rühren, denn dann hätten die beiden sie entdeckt; und diese Burschen hatten ganz gewiß nichts Gutes vor.

»Fertig?« fragte der eine endlich.

»Da kann sie bis zum Jüngsten Tag liegen, und niemand

merkt was. So, und nun zurück ins Wirtshaus. Jetzt brauchen wir was Warmes in den Bauch.«

»Geh voraus und bestell für mich mit. Ich will mich erst im Bach waschen.«

»Muß das sein? Von mir aus. Ich wart' im Wirtshaus auf dich.«

Die beiden Männer stiegen den Hang wieder hinunter. Arabis hörte, wie sie zwischen den Felsen und Dornenranken stolperten und rutschten und fluchten. Sie starb fast vor Neugier, aber sie hielt es doch für besser, sich nicht aus ihrem Versteck zu rühren, bis die beiden ein gutes Stück weiter weg waren. Und es war ein Glück, daß Arabis wartete, denn nach ein paar Minuten kam der eine Mann allein zurück.

»Wo, zum Teufel, ist das Ding?« murmelte er. »Ich hätte geschworen, daß wir es hier ... Aha, da drunter! So, jetzt wollen wir den alten Bilk mal 'n bißchen foppen.«

Arabis reckte den Hals, lugte vorsichtig aus ihrem Farnnest und sah, wie der Mann ein großes Bündel aus der Höhle unter der Eiche zog und es zu einer anderen Höhle, gute zwanzig Schritt weiter weg, schleppte. In der Stille des Morgens hörte Arabis, wie er zufrieden vor sich hin kicherte: »Da wird der alte Bilk schön blöd dreinschauen!« Dann verschwand er durch das Gestrüpp in Richtung Nant Agerddau.

Etliche Minuten verstrichen, doch Arabis war vorsichtig und blieb noch immer in ihrem Nest auf der Eiche sitzen. Dann tauchte hinter einem Vorhang aus Efeu eine dunkle Gestalt auf und steuerte schnurstracks auf das neue Versteck des Bündels zu.

»Du meinst, du kannst mich reinlegen, du gescheiter Grünschnabel? Du bildest dir ein, du bist so schlau wie ein Fuchs, Prigman? Aber der alte Bilk ist noch schlauer, das wirst du schon merken!«

Er holte das Bündel hervor und brachte es in eine dritte Höhle. Arabis hörte, wie er vor sich hin murmelte: »So, meine Hübsche, da liegst du gut, bis der alte Bilk dich holt. Dann kriegt dich der, der am meisten für dich blecht! Und dann gibt's ein Wams aus Samt und einen goldenen Rock und seidene Halstücher für Sir Toby Bilk und jeden Abend süßen Weizenbrei und Wein!«

Auch er kicherte zufrieden vor sich hin, als er in Richtung Nant Agerddau verschwand.

»So was!« dachte Arabis. »Das sind ein paar feine Gauner. Der eine legt den anderen herein! Ich möchte bloß wissen, was sie da versteckt haben.«

Der Himmel wurde immer heller, und die ersten Sonnenstrahlen begannen die Gipfel der fernen Schwarzen Berge zu röten. Die Schlucht von Nant Agerddau unter dem Schlapphut-Ben aber lag noch immer im Dunkeln. Arabis schaute hinab zu der kleinen grauen Stadt und sah die ersten dünnen Rauchfäden aus den Schornsteinen steigen. Zwischen ihr und den Häusern erstreckte sich der ebene Grund des Steinbruchs, der mit einem dicken Teppich aus Moos und Flechten überzogen war. Hier hatten die Zigeuner und anderes fahrendes Volk ihre Zelte und ihre bunt angestrichenen Wagen aufgestellt, so nahe wie möglich beim Ort und so weit wie nur möglich von der Steinbruchwand entfernt. Es hieß nämlich, die Höhlen und Felsen hier seien von kleinen schwarzen, pelzigen Kobolden bewohnt. Die Leute erzählten, daß um Mitternacht seltsame Lichter in den Höhlen glühten und man manchmal unheimliche klagende Laute hören konnte. Und jeder, der die Lichter sah oder die Laute hörte, schwebte in Gefahr, blind oder taub zu werden. Arabis ließ sich jedoch von solchen Geschichten nicht einschüchtern. Sie war noch niemals jemand begegnet, der behaupten konnte, daß er diese kleinen Geschöpfe mit eigenen Augen gesehen habe. Arabis selbst hatte sie auch noch nie gesehen, und sie war sicher, daß sie sich nicht vor ihnen zu fürchten brauchte, falls sie ihnen doch einmal begegnen sollte.

Nachdem Arabis sich vergewissert hatte, daß die beiden

Männer endgültig verschwunden waren, kletterte sie von ihrer Eiche und begann Farne zu pflücken. Sie bückte sich alle paar Schritte und steuerte dabei wie zufällig auf die Stelle zu, an der Bilk das geheimnisvolle Bündel hatte verschwinden lassen.

Gerade als Arabis diese Stelle erreichte, ertönte plötzlich zu ihrem Ärger ein lauter Ruf vom Grund des Steinbruchs:

»Hallo, Ihr da oben! Guten Morgen, guten Morgen, meine liebe junge Dame, Jungfer, Mamsell! Könnt Ihr mir bitte sagen, ob die Höhle, in welcher sich der berühmte Teufelssprung befindet, hier in dieser Gegend, Nachbarschaft, Richtung liegt?«

Diese neue fremde Stimme war tief und voll und ganz gewiß keine von den beiden, die Arabis vorhin hier gehört hatte. Arabis spähte den buschigen Hang hinab und entdeckte eine seltsame Gestalt: ein großer, dicker Mann, ziemlich dunkelhäutig und höchst eigentümlich gekleidet. Er trug sehr enge Hosen und eine Art Tunika, darüber eine buntgestreifte Seidenschärpe und eine Pelzjacke. Auf seinem Kopf thronte eine Pelzmütze, und Arabis hatte noch nie im Leben einen so langen Schnurrbart gesehen.

Der Fremde hielt die großen, ernsthaften braunen Augen auf Arabis gerichtet, während er schwer schnaufend den Hang hinaufkletterte.

»Könnt Ihr mir das bitte sagen, meine sehr geschätzte junge Dame? Ich wäre Euch außerordentlich dankbar.«

»Die Höhle mit dem Teufelssprung ist nicht hier, Sir, sondern drüben auf der anderen Seite von Nant Agerddau«, antwortete Arabis schnell. »Den Weg dorthin findet Ihr unten, mitten im Ort, gleich neben dem Rathaus, falls Ihr wißt, wo das ist.«

»Ich erinnere mich, ich erinnere mich, ja, ja. Ein großes gräßliches Gebäude, von der gleichen Farbe wie eine Kamelleber, nicht wahr?«

Arabis erklärte ihm den Weg zum Rathaus, aber er schien nicht sehr aufmerksam zuzuhören: Während sie sprach,

glitt sein Blick unentwegt über die Felswände des Steinbruchs.

»Diese Löcher, diese Höhlen, diese Öffnungen – das alte Goldbergwerk, nicht wahr? Jetzt wird kein Gold mehr gefunden, soviel ich weiß?«

»Nein, Sir, schon seit vielen Jahren nicht mehr«, sagte Arabis und wünschte, er würde endlich gehen.

In diesem Moment schob sich die Sonne über eine Bergflanke und ließ alle Tautropfen auf den Farnen wie Diamanten funkeln.

Nun war es heller Tag, und die günstige Gelegenheit, das Bündel der Männer zu untersuchen, war für heute vorbei. Arabis versuchte, sich die Stelle genau zu merken, und begann den Hang hinabzusteigen.

Der Fremde begleitete sie und machte höfliche Bemerkungen über die schöne Gegend, während er sich prüfend umschaute, als suche er etwas Bestimmtes, und auch Arabis dabei aufmerksam beobachtete.

»Seid Ihr hier geboren, ansässig, niedergelassen, hier an diesem reizenden Ort, meine Liebe?« erkundigte er sich. Doch in diesem Augenblick wurde er unterbrochen. Ein großer schwarz-weißer Vogel, der unentschlossen hoch über dem Steinbruch geschwebt hatte, erspähte nun Arabis und ließ sich senkrecht auf ihren Kopf herunterfallen. Erst im allerletzten Moment verringerte er seine Geschwindigkeit, indem er geschickt mit den Schwingen bremste.

»Hoppla, nanu, erstaunlich!« rief der fremde Herr aus. »Gnädigste, ich fürchte, Ihr seid von einem gefiederten Sänger angegriffen worden! Gestattet, daß ich Euch zur Hilfe eile!«

»Vielen Dank, Sir, es besteht keine Gefahr«, antwortete Arabis lachend. »Das ist nur mein zahmer Falke.«

»Oh, wirklich, in der Tat, wahrhaftig?« Die braunen Augen beobachteten den Falken scharf. »Wie dumm ich doch bin. Jetzt sehe ich, daß er Euch einen Brief bringt, eine Botschaft, eine Nachricht.«

»Wie ... wie bitte, Sir?« fragte Arabis überrascht. Sie zog den Handschuh an, den sie immer am Gürtel hängen hatte, damit sich Falke auf ihre Hand setzen konnte, und dann sah sie, daß der Fremde recht hatte: ein kleines Stück Papier war auf einer der langen Krallen des Falken aufgespießt.

»Was für ein gut dressierter Falke!« bemerkte der Fremde und versuchte zu lesen, was auf dem Papier stand. Arabis schob es schnell in ihren Handschuh, nachdem sie es mit einem Blick überflogen hatte:

> Die unersättliche Gefräßigkeit des Pfauen ist schuld daran, daß wir ihm unsere Sympathie entziehen, und der schrille Schrei seiner Stimme mindert das Vergnügen, das wir beim Anblick seiner prächtigen Farben empfinden.

Eine Seite aus Owens kostbarem kleinen Buch! Wie seltsam! Wie war Falke daran geraten? Und wo steckte Owen?

»Oh, entschuldigt mich bitte, Sir«, murmelte Arabis. »Ich muß Euch jetzt verlassen. Aber Ihr werdet die Höhle mit dem Teufelssprung ganz leicht finden. Jedes Kind im Ort kann Euch den Weg zeigen. Mein Vater wartet jetzt auf sein Frühstück.«

Diese Behauptung stimmte nicht, das wußte Arabis genau. Als sie zum Wagen kam, war Tom Dando ganz in seine Arbeit vertieft: Er schrieb an seinem neuen Werk, und die Verse entströmten ihm wie Wasser einer Quelle. Ein paar Leute warteten schon, um Medizin zu kaufen oder sich die Haare schneiden zu lassen. Zum Glück schienen sie es nicht eilig zu haben und schwiegen respektvoll, während sie in der Morgensonne auf den Wagenstufen saßen.

Arabis warf einen Blick in den Wagen, um nachzusehen, ob Owen hier war. Sie flüsterte ihrem Vater zu: »Papa, ich muß in den Ort, ich komme rechtzeitig zurück und koche dir dein Essen.«

Ihr Vater nickte nur zerstreut. Seine rechte Hand mit dem Gänsekiel hielt keinen Augenblick inne. Arabis verließ den Wagen wieder und lief über den Kirchweihplatz. Der Tag begann; die Leute standen auf, holten Wasser am Brunnen, fachten die Feuer an und brieten Speck.

Ehe Arabis den Ort betrat, vergewisserte sie sich, daß der Fremde ihr nicht folgte. Bevor sie die ersten Häuser erreichte, nahm sie eine lange Flechte ihres schönen schwarzen Haares und hielt sie dem Falken hin, der sie mit dem Schnabel packte.

»Aber sei so gut und paß ein bißchen auf, damit du mir nicht die Haare ausreißt«, bat sie.

Falke hielt die Haarflechte im Schnabel fest und flog mit langen, leichten Flügelschlägen langsam weiter. Arabis folgte im Laufschritt.

Sie eilten die mit Kopfsteinen gepflasterte Gasse entlang, die mitten durch die kleine Stadt Nant Agerddau führte. Die Bäckereien, die Schlachtereien und die Kaufläden waren noch geschlossen. Nur das Wispern vom Schlapphut-Ben hoch über den Dächern war zu hören. Mitten im Ort stand das neue Rathaus, die Rückseite dicht an der Felswand. Gleich daneben befand sich eine Säulenhalle, die den Eingang zu der großen Höhle bildete. Von dort führte ein langer, hoher Tunnel tief in den Berg hinein. Arabis glaubte beim Vorbeilaufen eine dicke Gestalt in einer Pelzjacke vorn im Tunnel zu sehen. Der Fremde wandte dem Eingang den Rücken zu und schien Arabis nicht zu bemerken.

Falke hatte es eilig, sein Ziel zu erreichen, und riß Arabis ein paarmal an den Haaren. Arabis konnte wie ein Reh laufen, aber es war unmöglich, mit Falke Schritt zu halten, wenn er so schnell flog wie jetzt.

»Warte, du alter Dickschädel! Willst du mich vielleicht skalpieren?« keuchte Arabis.

Der Falke krächzte: »Hek, hek, hek«, ohne ihre Haare loszulassen. Es klang wie eine Entschuldigung. Er flog etwas langsamer, doch gleich vergaß er sich wieder und flatterte schneller.

»Au!« klagte Arabis, aber sie rannte doch, so schnell sie konnte, denn Falkes Unruhe wirkte ansteckend. In wenigen Minuten hatten sie Nant Agerddau durchquert. Auf dieser Seite des Ortes wurde die Schlucht noch enger.

»Du führst mich zu den verlassenen Häusern? Bist du sicher, daß du nicht ein bißchen spinnst?« sagte Arabis verwundert zu ihrem Falken.

Der Vogel zog sie unbeirrt weiter, wenn auch viel langsamer. Die Gegend hier behagte ihm offensichtlich nicht, und Arabis verstand, warum: Die überhängende Felswand sah aus, als wolle sie jeden Augenblick herunterkrachen und alles unter sich begraben.

»Wie können die Leute nur so dumm sein, sich in solch einer Schlucht Häuser zu bauen?« murmelte Arabis.

Sie ging auf Zehenspitzen weiter, schaute prüfend an der Häuserreihe entlang und rief leise: »Owen, bist du hier?«

Sie überlegte, ob Owen wohl seinem Großvater davongelaufen war und sich deshalb hier versteckte. Aber sie konnte sich nicht vorstellen, daß er sich in einem so gefährlichen Winkel verkroch. Sie bekam keine Antwort auf ihr Rufen.

Als sie dann langsam an der Häuserreihe entlangging, bemerkte sie plötzlich eine kleine Bewegung. Sie spähte durch eine Fensterhöhle, die keine Scheibe mehr hatte, und dachte im ersten Moment, sie habe sich geirrt: Sie sah nur einen leeren Raum, von dem eine Tür zu einem weiteren Raum dahinter führte. Diese Tür stand halb offen. Dann erkannte Arabis, was sich da ein wenig bewegte: Hinter dem Türpfosten ragte ein Fuß hervor und wippte auf und ab.

Überrascht und voll Sorge, aber ohne Zögern schob Arabis die Haustür auf und trat ein. Falke ließ ihr Haar los, stieß ein rauhes Krächzen aus und setzte sich gute dreißig Meter entfernt auf eine kleine, magere Esche.

»Owen?« sagte Arabis mit leiser Stimme und dann etwas lauter: »Ist hier jemand?«

Keine Antwort, nur ein schwacher, halb erstickter Laut im nächsten Raum. Arabis rannte hinein, und bei dem Anblick, der sich ihr bot, wurden ihre Augen groß.

»Owen!« flüsterte sie und hielt eine Sekunde den Atem an. »Wer hat dir das angetan?«

Owens rechte Hand war an seinen linken Fuß gefesselt und seine linke Hand an seinen rechten Fuß. Die Stricke waren kreuzweise über den Balken gezogen worden, der den Raum in Kniehöhe durchquerte, so daß Owen darunter hing. Er hätte auf dem Strohhaufen liegen bleiben können, aber er hatte es vorgezogen, sich mühsam am Balken entlang bis zur Tür zu hangeln, damit er mit dem Fuß dieses winzige Signal geben konnte. Ein dickes Tuch steckte als Knebel in seinem Mund.

Mit zitternden Händen zog Arabis das kleine Messer hervor, das sie immer bei sich trug, um im Wald Zweige vom Hamamelisstrauch oder Süßholz zu schneiden. Im Handumdrehen hatte sie die Stricke durchtrennt. Owen gab hinter seinem Knebel unverständliche Laute von sich und blickte warnend zur Decke empor.

»Sofort, Owen!« Arabis nahm ihm den Knebel aus dem Mund und schleuderte ihn in die Ecke.

Owen spuckte und schnappte keuchend nach Luft. »Vorsicht«, krächzte er. »Lauf, Arabis! Der Berg kann ... jeden Augenblick ... herunterkommen.«

»Ich geh' nicht ohne dich! Steh auf, Owen!«

Owen fiel dreimal wieder hin, ehe er endlich aufrecht stehen konnte, so abgestorben waren seine Beine und Arme, und das Blut begann nur langsam wieder zu kreisen. Endlich gelang es ihm, auf Arabis gestützt, zu humpeln.

»Arabis, geh jetzt, laß mich allein«, murmelte er. »Wenn die Burschen zurückkommen, wenn sie dich sehen ...«

»Was für Burschen? Nein, das ist jetzt nicht so wichtig!

Dich hier allein lassen? Ich denke nicht daran! Aber wohin kann ich dich bringen? Es darf nicht zu weit sein«, fügte Arabis leise und wie zu sich selbst hinzu und runzelte die Brauen. Owen war völlig erschöpft, er hatte Fieber, er konnte nicht durch den ganzen Ort hindurch bis zu Tom Dandos Wagen laufen.

Außerdem: Vielleicht kamen die Burschen, die ihn so brutal behandelt hatten, wirklich zurück. Ob der Fremde mit dem langen Schnurrbart etwas damit zu tun hatte? Vielleicht waren sie auch in Nant Agerddau und sahen Owen dann vorbeigehen.

»Ich hab's!« rief Arabis aus. »Ich bringe dich zu Bruder Janto! Es ist nur eine Viertelmeile bis zu ihm. Meinst du, du schaffst den Weg?«

Owen nickte schwach. Arabis schob ihren Arm unter seinen und führte ihn die Schlucht hinauf, fort von dem gefährlich überhängenden Fels bis zu einer Stelle, wo die Wände der Schlucht auf beiden Seiten des Pfades wie kerzengerade Mauern aufragten.

»Nur noch ein paar Schritte! Du bist wirklich tapfer, Owen. Jetzt warte hier, und ich hole Bruder Janto.«

Owen wunderte sich nicht, als Arabis in einer Spalte in der Felswand verschwand. Falke, der unruhig hinter ihnen her geflattert war, schwebte herab und ließ sich mit einem Krächzen auf Owens Schulter nieder. Im nächsten Augenblick kam Arabis schon mit einem kleinen, braunen Mann in einer Mönchskutte wieder, der nur einen Blick auf Owen warf und bemerkte: »Er gehört ins Bett! Er hat Fieber, aber das geht vorbei. Komm, junger Mann.«

Owen machte einen schwankenden Schritt und sackte vor Schwäche zusammen. Bruder Janto, dessen Arme so dünn und drahtig wie eiserne Schiffskabel waren, hob ihn auf und trug ihn durch einen kurzen Felstunnel in eine feuchtwarme Höhle. Dort wurde Owen auf ein Lager aus Moos gelegt und mußte einen Becher heißes Wasser trinken. Es schmeckte stark und unangenehm nach verfaulten Eiern, aber es tat seinem ausgedörrten, schmerzenden Hals gut.

»Er muß sich nur ausschlafen, dann ist alles wieder in Ordnung«, sagte Bruder Janto.

»Ich gehe jetzt, aber ich komme wieder, so schnell ich nur kann, und bringe Euch Suppe und Kräutertee, Bruder Janto. Ich bin Euch sehr dankbar!« sagte Arabis.

»Schon gut, Kind! Du hast mir eine so feine Salbe für meine rheumatischen alten Knochen gegeben, von der ich wieder so beweglich wie ein junges Pferd geworden bin. Und dein guter Vater hat mir den Bart gestutzt. Er hat keinen Penny dafür genommen und mich beim Barbieren auch noch mit seinen schönen Geschichten unterhalten. Von solchen Freunden ist kein Dank nötig.«

Arabis verließ die Höhle. Der Klang ihrer Schritte, die in dem Felsengang verhallten, war das letzte, was Owen hörte, ehe er in tiefen, traumlosen Schlaf sank.

Als er wieder aufwachte, schaute er sich verwirrt um. In der kleinen Höhle war es dämmrig. Sie wurde nur von zwei Kerzen erleuchtet, die vor einer klobigen Statue des heiligen Ennodag standen, und sie war vom Dampf einer kleinen heißen Quelle erfüllt. Bruder Janto saß in einer Ecke und arbeitete an irgend etwas. Nach einer Weile erhob er sich, um seine Arbeit hinauszutragen und bei Tageslicht zu betrachten. Nun wußte Owen wieder, wo er sich befand und was passiert war. Unwillkürlich stöhnte er vor Kummer auf.

Bruder Janto trat schnell zu ihm.

»Hast du Schmerzen, Bub?«

»Die Harfe!« murmelte Owen. »Sie haben die Harfe mitgenommen. Ich konnte sie nicht daran hindern. Und das ist noch nicht mal das Schlimmste ...«

Owen konnte nicht weitersprechen. Bei dem Gedanken an die Briefe, die er hatte schreiben müssen, stieg ihm vor Verzweiflung und Elend ein dicker Klumpen in den Hals und erstickte ihn schier. Sein Großvater würde denken ... Alle Leute würden meinen ...

»Oh, was soll ich bloß tun?« flüsterte er hoffnungslos.

»Hmmm«, machte Bruder Janto. »Wann hast zu zum letztenmal etwas zu essen bekommen?«

Owen versuchte sich zu erinnern. Prigman hatte ihm Brot und Speck in den Mund gesteckt. War das gestern gewesen oder vorgestern? Wie lange hatte er in dem verlassenen Haus gelegen? Owen schüttelte den Kopf: Er wußte es nicht.

»Das hab' ich mir gedacht«, sagte Bruder Janto. »Schwach vor Hunger. Ich habe nur getrocknete Erbsen, und das ist jetzt nicht das richtige für dich. Aber da kommt schon jemand und bringt dir etwas Besseres.«

Arabis betrat die Höhle. Regentropfen funkelten auf ihrem Haar und ihrem roten Umhang. In der Hand trug sie einen zugedeckten Korb.

»Zuerst Kräutertee«, sagte sie und zog eine kleine Flasche aus dem Korb. »Dann Suppe.«

Der Kräutertee schmeckte sogar noch gräßlicher als das heiße Mineralwasser aus der Quelle. Aber Arabis und Bruder Janto versicherten ihm beide, daß der Tee ihm guttun würde, und als Owen ihn getrunken hatte, fühlte er sich tatsächlich wieder kräftig genug, um sich aufzusetzen und auch noch zwei Becher köstliche Suppe zu trinken.

»Ich habe euch noch etwas fürs Abendessen mitgebracht, Bruder Janto«, sagte Arabis und nahm vorsichtig eine Schüssel aus dem Korb: heiße Buttermilchsuppe, in der Stücke Haferbrot schwammen. Das Gewürzbrot war noch warm, und der Duft von Backpflaumen, Nelken und Zimt verbreitete sich in der Höhle.

»Das ist viel zu gut für mich«, wandte Bruder Janto ein. »Für mich genügen trockene Erbsen.«

»O nein, Ihr müßt auch einmal etwas anderes essen«, widersprach Arabis freundlich. Sie sah Owen prüfend an. »Das Schlafen hat dir gutgetan, nicht?«

Owen nickte. Es ging ihm besser. Körperlich fühlte er

sich fast wieder gesund, aber sein Herz war so bedrückt, daß er nicht wußte, wie er den Kummer ertragen sollte.

»Gott sei Dank«, sagte Arabis. »Denn wenn ich nicht endlich und sofort die ganze Geschichte erfahre, dann platze ich.«

Also erzählte Owen die ganze Geschichte von Anfang an.

»Und dann haben sie mich in der Kate zurückgelassen, so wie du mich gefunden hast, und ich hab' gedacht, ich komm' nie wieder lebendig da raus«, schloß er.

»Wie hat Falke dich bloß entdeckt?« fragte Arabis.

»Ich habe ihn draußen gehört. Das heißt, ich habe das Sausen gehört, mit dem ein Falke herabstößt, und da habe ich mir gedacht, vielleicht ist er es, weil ihr doch zum Markt in Nant Agerddau wolltet.«

»Aber du konntest ihn doch nicht rufen«, warf Arabis ein.

»Erinnerst du dich, wie ich Falke im letzten Sommer beigebracht habe, daß er zu mir kommt, wenn ich das Lied vom Eschenwald pfeife?«

»Wie sollte ich das vergessen!« Arabis lachte. »Wir mußten immer fünfzig Meter hinter dem Wagen herlaufen, weil Papa gesagt hat, er verliert den Verstand, wenn er sich das Lied noch ein einziges Mal anhören muß. Aber Owen, du hattest diesen dicken Knebel im Mund. Wie hast du es bloß geschafft, daß Falke dich gehört hat?«

»Ach, ich hab' eben durch die Nase gepfiffen«, erklärte Owen verlegen.

»Durch die Nase? Erzählst du uns Märchen?«

»Es stimmt aber«, versicherte Owen und gab durch die Nase seltsame, surrende Laute von sich, in denen man mit etwas gutem Willen die Melodie vom »Eschenwald« wiedererkennen konnte. Falke, der auf einem Felsvorsprung saß, wandte tatsächlich sofort aufmerksam den Kopf, segelte dann mit einem einzigen Schwingenschlag durch die Höhle und ließ sich auf Owens Schulter nieder.

»Das habe ich auf dem Schiff gelernt, als ich von China zurück nach England gefahren bin. Der Maat hat es mir beigebracht«, fügte Owen hinzu.

»Nun, da hat er dir wirklich etwas Nützliches beigebracht. Ich fürchte, anderenfalls wärst du jetzt nicht hier«, bemerkte Bruder Janto in seiner ruhigen Art.

»Wenn ich die beiden in die Finger kriege!« murmelte Arabis rachsüchtig. »Ihre eigenen Frauen werden sie nicht wiedererkennen – hinterher! Und einfach die Harfe von Teirtu klauen und ... oh!«

Arabis schlug sich mit der Hand auf den Mund. Sie starrte Owen und Bruder Janto an.

»Wie heißen die beiden, hast du gesagt?«

»Bilk«, sagte Owen. »Bilk und Prigman.«

»Das waren sie! Wo hab' ich bloß meinen Verstand gelassen? Das war es, was die beiden so gut versteckt haben! Und einer wollte den anderen reinlegen!«

»Wovon redest du da?« Owens blasse Wangen bekamen wieder ein wenig Farbe.

Arabis berichtete, was sie heute morgen im Steinbruch beobachtet hatte.

»Ich habe den ganzen Tag versucht, den Steinbruch im Auge zu behalten, aber ich konnte nicht hinauf und nachschauen. Es waren immer Leute unten auf dem Kirchweihplatz. Aber jetzt muß ich schnell zurück und doch hinaufklettern, ehe dieser Bilk vielleicht wiederkommt und die Harfe noch einmal woanders versteckt.«

»Ich komme mit!« erklärte Owen und erhob sich. Diese Neuigkeit verlieh ihm Kraft. »Die Kerle sind gefährlich, Arabis! Wenn sie dich erwischen – wer weiß, was sie dann mit dir anstellen. Du solltest überhaupt nicht in die Nähe des Verstecks gehen.«

»So was Dummes! Und wie willst du es finden, wenn ich nicht mitkomme und dir die Stelle zeige?«

Owen mußte zugeben, daß Arabis recht hatte. »Dann komm schnell. Wenn ich Großvater die Harfe zurückbringen kann, ist die Sache mit den Briefen vielleicht nicht mehr so schlimm. Dann kann ich vielleicht alles erklären.«

Owen nahm Arabis bei der Hand und wollte sie aus der Höhle ziehen.

»Wartet einen Augenblick, ihr beiden Hitzköpfe«, sagte Bruder Janto. Er suchte in einer kleinen Felsnische herum, die offenbar als Schrank diente, und zog eine Mönchskutte hervor. »Zieh die Kutte an, Owen, sie paßt dir ungefähr. Sie gehörte dem armen Bruder Tom. Er war so glücklich, wieder in seiner Heimat zu sein, daß er sich am nächsten Tag zur ewigen Ruhe niedergelegt hat und gestorben ist. Zieh dir die Kapuze tief übers Gesicht, Bub, dann können die beiden Burschen dich nicht von Merlin, dem Zauberer, unterscheiden, falls du ihnen begegnest.«

Dann setzte Bruder Janto eine Brille auf, die Owen sehnsüchtig betrachtete, zog sich seine Kapuze über den Kopf und fügte hinzu: »Ich komme auch mit. Es kann nichts schaden, wenn noch jemand bei euch ist. Außerdem möchte ich diese Harfe von Teirtu zu gern selbst sehen.«

Der regnerische, nebelige Nachmittag ging schon in den Abend über.

»Brrrr«, Bruder Janto schauderte. »Bei diesem verfl ... erfrischenden Regenwetter weiß ich, daß ich tatsächlich wieder zu Hause in England bin. Ich wäre vor Rheumatismus schon krumm wie ein uralter Mann, wenn ich deine Salbe nicht hätte, Arabis.«

Sie machten sich auf den Weg; Arabis ging voraus. Bruder Janto humpelte an seinem Stock hinterher, so schnell er konnte, und Owen bildete die Nachhut. Obwohl Schlaf und Essen ihn gestärkt hatten, waren seine Glieder noch immer steif, weil er so lange Stunden in den schmerzenden Fesseln verbracht hatte. Außerdem behinderte es ihn sehr, daß er keine Brille mehr hatte; er sah kaum etwas. Aber er biß die Zähne zusammen und stolperte mühsam hinter den beiden her. Der Gedanke, daß er die Harfe wiederfinden würde, war ein mächtiger Ansporn.

Auf dem Kirchweihplatz herrschte reges Treiben. In den hellerleuchteten Buden konnte man von Honigkuchenmännern bis zum Verjüngungswasser einfach alles kaufen. Händler priesen an, Kinder tobten auf bunt bemalten Steckenpferden herum, Holzschuh-Tänzer stampften auf hölzernen Bühnen. Die Musik von Harfen, Flöten und Dudelsäcken erfüllte die regenfeuchte Luft. Aber gleich hinter dem Kirchweihplatz, oben im Steinbruch, war alles dunkel und still.

»Wir brauchen ein Licht«, murmelte Arabis. Sie lief zu ihrem Wagen und kam mit einer kleinen Stall-Laterne zurück, die einen flackernden Schein auf die nassen Ranken und Farne warf. Arabis ging wieder voraus und folgte in umgekehrter Richtung langsam und zielstrebig dem Weg, den sie heute morgen genommen hatte.

Endlich flüsterte sie: »Hier ist es. Ich hab's mir ganz genau gemerkt. An dem alten Baumstumpf da, der aussieht wie eine Glucke mit Küken. Die Höhle muß ungefähr zwölf Schritt darüber liegen.«

Sie stiegen vorsichtig weiter den Hang hinauf und entdeckten Spuren, die Bilk hinterlassen hatte: hier ein Fußabdruck in einem Mooskissen, dort ein abgeknickter Schößling. Der Hang endete unter einer senkrechten Klippe. Zwischen den Büschen am Fuß des Felsens fand Arabis ein klaffendes schwarzes Loch, ungefähr so groß wie die Sitzfläche eines Stuhles.

»Das muß die richtige Höhle sein!« murmelte Arabis. »Schau, da sind sogar Spuren auf dem Boden, dort, wo er das Bündel hineingeschoben hat.«

Owen vergaß seine Müdigkeit, stürzte auf das Loch zu und steckte den Arm hinein. Er konnte nichts fühlen als Erde und Sand.

»Ich krieche rein«, flüsterte er. »Dann gibst du mir die Laterne, und ich schaue mich um.«

Er zog Kopf und Schultern ein, zwängte sich durch die kleine Öffnung und streckte dann einen Arm zurück, um die Laterne entgegenzunehmen. Seine beiden Gefährten warteten besorgt draußen im Dunkeln.

Innen in der kleinen Höhle stellte Owen fest, daß die Decke viel höher war als der Eingang. Er konnte die Laterne hochhalten und alles gut sehen. Doch seine Hoffnungen stürzten schnell in sich zusammen: Die Harfe war nicht hier! Eine leichte Vertiefung in dem weichen Sand gleich hinter der Öffnung zeigte, daß hier ein Bündel gelegen haben mußte, aber andere Spuren verrieten, wo es wieder hinausgezogen worden war.

Das war ein niederschmetternder Schlag. Sie hatten das Versteck nicht rechtzeitig gefunden!

Bilk hat die Harfe sicher schon wieder geholt, während Arabis mich aus der Kate gerettet hat, dachte Owen verzweifelt. Einen Augenblick lang wünschte er beinahe, Arabis hätte ihn nicht gefunden und der Berg wäre herabgestürzt und hätte ihn mitsamt den Häusern begraben. Diese Höhle hier führte nirgendwohin; sie endete ein paar Schritte weiter an der Felswand. Als Owen sich umwandte, um wieder herauszukriechen, stieß er mit dem Kopf heftig gegen die niedrige Decke. Vor Schmerz schossen ihm Tränen aus den Augen. Wütend wischte er sie mit erdverschmierten Fäusten ab und reichte dann Arabis die Laterne hinaus.

»Sie ist nicht da. Bilk muß sie schon geholt haben«, flüsterte er.

»Diesen Bilk soll der Teufel holen!« antwortete Arabis zornig. »Bist du sicher?«

Owen kroch erst heraus, und anstatt zu antworten, nickte er nur, als er Arabis' besorgten, fragenden Blick sah. Sie erkannte, daß er vor Enttäuschung sprachlos war, und legte eine Sekunde den Arm um seine Schultern.

»Es tut mir leid, daß ich dich umsonst geholt habe«, sagte sie leise.

Bruder Janto nahm ihr die Laterne ab und bemerkte: »Hoffentlich werden die Kerle doch noch erwischt.«

»Kommt jetzt mit zu unserem Wagen«, schlug Arabis vor. »Vielleicht ist Papa für heute fertig mit dem Dichten. Er hat oft ganz praktische Ideen, wenn die Poesie ihn nicht gerade so gepackt hat, daß die Vernunft nicht zu Worte kommt.«

Doch als sie Tom Dandos Wagen erreichten, hörten sie drinnen Stimmen. Arabis reckte sich auf die Zehenspitzen und lugte durch das Fenster.

»Der Fremde mit dem langen Schnurrbart, dem ich heute morgen im Steinbruch begegnet bin!« flüsterte sie erstaunt. »Er redet auf Papa ein, als ob seine Zunge ein Wettrennen gewinnen sollte! Vielleicht ist es besser, wenn er Owen nicht sieht. Ich weiß nicht, warum, ich trau' ihm nicht.«

»Du hast recht«, stimmte Bruder Janto zu. »Also zurück zur Höhle mit uns beiden, damit dieser junge Mann hier weiterschlafen kann. Und auf dem Weg werde ich mich ein bißchen in Nant Agerddau umhören, ob irgend jemand etwas von diesen beiden Gaunern weiß. Morgen früh überlegen wir uns dann, was nun zu tun ist.«

Bruder Janto wandte sich zum Gehen.

Owen wünschte sich verzweifelt, er könnte in den warmen, gemütlichen Wohnwagen kriechen – egal, wer darin war –, sich in seiner alten Koje zusammenrollen und schlafen. Doch gleichzeitig verbot er sich diesen Gedanken. Hatte er denn ein Recht darauf, hier ein Willkommen zu erwarten? Sein Großvater hatte Arabis und ihren Vater beleidigt, und er, Owen, hatte die Harfe verloren, sich wie ein Feigling benommen und Schimpf und Schande über sich gebracht. Hätte Arabis das alles vorher gewußt, dann hätte sie wahrscheinlich gefunden, daß er es überhaupt nicht wert sei, gerettet zu werden.

Ohne ein weiteres Wort, ohne auch nur gute Nacht zu sagen, machte Owen kehrt und stolperte kurzsichtig hinter Bruder Janto her.

Arabis, verwundert und ein wenig verletzt, wollte ihm

gerade nachrufen. Da öffnete sich die Wagentür, und Tom Dando erschien, um den Fremden hinauszubegleiten.

»Gute Nacht, tausendmal gute Nacht, mein lieber Herr, werter Mann! Es war mir ein außerordentliches Vergnügen, mich mit Euch zu unterhalten, zu diskutieren, zu debattieren! Ich hoffe, wir treffen uns bald wieder zu einem nützlichen Palaver. Aha, da kommt die hilfreiche junge Dame, die mir heute morgen den Weg erklärt hat!«

Der Fremde machte eine so tiefe Verbeugung vor Arabis, daß sein langer Schnurrbart fast die Wagenstufen fegte.

Arabis machte einen Knicks und vergewisserte sich mit einem schnellen Blick über die Schulter, daß der Fremde Owen und Bruder Janto nicht bemerkt hatte. Die Dunkelheit verbarg die beiden schon sicher.

5

Im Ort erwartete Owen eine zweite Enttäuschung: Mr. Thomas, der Wirt des Gasthofes »Zum Eberkopf«, berichtete Bruder Janto, daß die beiden Hausierer Bilk und Prigman (die beiden Engländer, nannte Mr. Thomas sie, denn schließlich war man hier in Wales) ihre Pferde verkauft, sich genug Proviant für etliche Tage besorgt und Nant Agerddau lange vor Mittag verlassen hätten.

»Die sind jetzt schon über die Berge, und mir tut's nicht leid, wenn ich solche Burschen von hinten sehe«, schloß Mr. Thomas.

Als sie wieder in der Höhle waren, aßen Owen und Bruder Janto die Buttermilchsuppe, die Arabis ihnen mitgebracht hatte. Danach sagte Bruder Janto seine Abendgebete, und dann gingen sie schlafen. Bruder Janto legte sich auf den bloßen Steinboden und schlief nach ein paar Atemzügen tief und fest. Owen aber wälzte sich stundenlang auf seinem Mooslager hin und her und starrte mit brennenden Augen in die Dunkelheit.

Endlich sagte Bruder Jantos ruhige Stimme: »Versuch zu schlafen, Bub. Grübeln hilft dir nicht weiter.«

Owens ganzes Elend brach aus ihm heraus.

»Ich bin ein nutzloser Feigling! Ich hab's nicht mal fertiggebracht, die Harfe zu bewachen. Jeder andere Junge in Pennygaff hätte die Diebe vergrault oder wenigstens Alarm geschlagen. Und was hab' ich gemacht? Ich hab' mich gefangennehmen lassen wie ein Trottel, wie ein Säugling! Arabis mußte mich retten – und das ist schon das zweite Mal, daß sie mir hilft! *Sie* hätte bestimmt irgendeinen Weg gefunden, um mitsamt der Harfe zu fliehen, wenn die Kerle sie gefangengenommen hätten. Und ich bin sicher, sie hätte sich niemals dazu zwingen lassen, diese fürchterlichen Briefe zu schreiben. Lieber wäre sie gestorben.«

»Es ist sinnlos, über etwas zu klagen, was nun einmal passiert ist«, sagte Bruder Janto gelassen. »Denk jetzt nur daran, wie sich der Schaden wiedergutmachen läßt. Du bist frei, und das ist erst mal das Wichtigste. Ein Trottel hätte es niemals fertiggebracht, mit einem Knebel im Mund Falke zu rufen und eine Botschaft zu schicken. Und ein Feigling hätte sich nicht wie du gegen zwei erwachsene Männer gewehrt, obwohl er von vornherein wissen mußte, daß er niemals gegen sie ankommen kann.«

»Damit habe ich nur erreicht, daß mir meine Brille zertrümmert wurde«, antwortete Owen bitter. »Und jetzt kann ich die Kerle nicht mal wiedererkennen, wenn ich ihnen auf der Straße begegne! Und der Himmel weiß, wie ich jemals wieder zu einer neuen Brille komme. Ohne Brille bin ich noch nutzloser. Ohne Brille kann ich nicht einmal irgendwo Arbeit finden.«

Owen verstummte und biß sich auf die Lippen. Bruder Janto aber rief: »Eine Brille? Du brauchst eine Brille?«

»Ja, ohne Brille kann ich ...«

»Ich Dummkopf!« unterbrach ihn Bruder Janto. »Ich

habe bemerkt, wie du die Augen zusammenkneifst und blinzelst, aber ich dachte, du hast vielleicht eine ganz leichte Gehirnerschütterung, weil die Diebe dich so geschlagen haben, und kannst deshalb ein paar Tage nicht gut sehen. Eine Brille! Wenn es weiter nichts ist! Du bekommst morgen früh eine neue, Bub!«

»K ... kennt Ihr jemand, der Brillen machen kann?« Owen stotterte vor Aufregung.

»Ich mach' sie selbst, Bub. Vielleicht habe ich sogar ein Paar fix und fertig geschliffene Linsen, die für deine Augen passen.«

Bruder Janto schlug mit einem Feuerstein und Stahl Funken, zündete damit ein Öllämpchen an und zeigte Owen sein Handwerkszeug, das er in einem mit Samt ausgeschlagenen Holzkasten aufbewahrte: flache runde Glasscheiben, die noch zu Linsen geschliffen werden mußten, Draht für Brillengestelle, einige fertige Linsen und viele feine kleine Werkzeuge.

»Du bist genau an den Richtigen geraten«, fuhr Bruder Janto vergnügt fort. »Ich habe mich schon immer für Optik interessiert, aber das meiste habe ich dann in China gelernt. Die Chinesen sind großartige Brillenbauer. Sie können das schon seit Tausenden von Jahren. Einiges von ihrem Wissen haben sie mir verraten. Sobald die Sonne aufgeht, sage ich meine Gebete, dann frühstücken wir, und dann mach' ich dir eine Brille, die sogar für Seine Majestät König James gut genug wäre.«

Zum Frühstück gab es das Gewürzbrot, das Arabis mitgebracht hatte. Und dann machte Bruder Janto sich unverzüglich an die Arbeit. Zuerst prüfte er Owens Sehstärke, indem er ihm sein Buch der ›Nützlichen Wissenschaften‹ in verschiedenen Entfernungen zum Lesen vorhielt. Aber Owen kannte viele Seiten des Buches fast auswendig und wußte deshalb oft selbst nicht recht, ob er nun wirklich vorlas oder nur aufsagte. Deshalb schrieb Bruder Janto mit Kreide Buchstaben in unterschiedlicher

Größe an die Felswand, und die mußte Owen lesen. Dann nahm Bruder Janto verschiedene Linsen aus seiner Sammlung, durch die er Owens Augen betrachtete, bis er endlich zwei ausgewählt hatte, deren Schliff nur ein wenig geändert werden mußte.

»Mit denen wirst du wie ein Adler sehen, Bub.«

»Aber wie soll ich Euch die Brille jemals bezahlen? Ich habe gar kein Geld«, sagte Owen sorgenvoll.

»Immer eins nach dem anderen«, sagte Bruder Janto. »Ich finde, die Harfe von Teirtu ist jetzt wichtiger.«

Für eine neue Brille hätte Owen alles gegeben. Der Umstand, daß er die ganze Zeit so blind und hilflos gewesen war, hatte seinen Kummer noch verdoppelt. Nun erfüllte ihn neue Hoffnung, und er saß tief in Gedanken versunken da und dachte nach. Währenddessen schliff und polierte Bruder Janto die Linsen sorgfältig. Dann bog er aus Draht ein Brillengestell zurecht und paßte es Owen an.

»Bruder Janto«, begann Owen, als der Mönch die Linsen im Rahmen befestigte.

»Ja, Bub?«

»Habt Ihr nicht gesagt, Ihr wart in China?«

»Ich habe fünfzig Jahre lang dort gelebt«, antwortete Bruder Janto. »Dort war es schön warm und trocken, dort hatte ich keinen Rheumatismus. Aber eines Tages haben Bruder Tom und ich Heimweh bekommen, und dann haben wir uns entschlossen, wieder nach Hause zu wandern. Quer durch Asien, ein weiter Weg und ziemlich anstrengend, aber auch sehr interessant. Und alle Leute waren freundlich und hilfsbereit.«

»Sicher wart Ihr ziemlich lange unterwegs?«

»Zehn Jahre. Jawohl, Bub. Ein ziemlich langer Spaziergang. Aber zum Schluß hat uns jemand ein Stück mitgenommen. Wir haben einem Herrn, dessen Reisekutsche in eine Schlucht gestürzt war, das Leben gerettet. Bruder Tom konnte sehr geschickt mit Stricken umgehen. Das war in den kaukasischen Bergen. Der Herr war sehr dankbar und

großzügig. Er hat einen Freund, einen Kapitän, dessen Schiff im Hafen von Smyrna lag, gebeten, uns bis Cardiff mitzunehmen. Das hat uns die Mühe erspart, auch noch durch ganz Europa zu wandern und durch den Bosporus und den Ärmelkanal zu schwimmen. Das wäre lästig gewesen, weißt du; Bruder Tom konnte nämlich nicht schwimmen.«

»Ihr seid wohl nicht zufällig meinem Vater begegnet, als Ihr noch in China wart?« fragte Owen traurig. »Kapitän Bren von Seiner Majestät Korvette ›Sturmvogel‹.«

»Doch, das sind wir, und ich erinnere mich noch genau an ihn. Ein prachtvoller Mann«, sagte Bruder Janto herzlich. Owen strahlte. »Es war im Hafen von Yngling. Dort herrschte eine Pockenepidemie, und er brachte Proviant und Medizin. Das ist jetzt zehn Jahre her.«

Owens Gesicht wurde wieder traurig. »Seitdem habt Ihr ihn nicht wieder gesehen?«

»Nein, mein Junge«, sagte der Mönch voller Mitgefühl. »Aber ich bin sicher, er tut seine Pflicht, wo immer er auch sein mag, und du mußt dich mit dem Gedanken trösten, daß du einen anständigen Mann zum Vater hast.«

»Ja«, sagte Owen mit leiser Stimme.

»Nun komm und probier deine Brille an.«

Bruder Janto schob Owen die Brillenbügel über die Ohren und rückte den Steg auf seiner Nase zurecht, so daß die Gläser gerade saßen. Sofort ragten die von Kerzenlicht beleuchteten Felswände so scharf und deutlich vor Owen auf, daß er das Gefühl hatte, sie seien mit einem Ruck auf ihn zugekommen, und unwillkürlich einen Schritt zurückwich.

»Nein, so was!« stieß er benommen hervor. »Ich sehe alles ganz klar! Viel deutlicher als mit meiner anderen Brille!«

»Wie lange hast du die getragen?«

»Fünf Jahre.« Owen wandte erfreut den Kopf hin und her, um die Höhle von allen Seiten zu betrachten.

»Dann hast du sie ausgewachsen, sozusagen. Denn auch

die Augen verändern sich. So, und falls du Pech hast und diese Brille wieder kaputtgeht, dann mach dir deswegen keine Sorgen und komm sofort wieder zum alten Bruder Janto, ja? Ich bleibe noch ein paar Wochen hier, denn fast die halbe Bevölkerung von Nant Agerddau scheint Brillen zu brauchen. Und der Dampf in dieser Höhle tut meinen steifen Knochen gut.«

»Wohin geht Ihr dann, Bruder Janto?«

»Zurück ins alte Kloster von Pennygaff, wohin sonst?«

»Von dem ist nicht viel übrig«, sagte Owen zweifelnd. »Es ist bloß noch eine Ruine.«

»Dann muß man es eben wieder aufbauen, und zwar möglichst bald.«

Owen machte einen Schritt vorwärts. Die Wände der Höhle schienen auf ihn zuzueilen und der Boden sich ihm entgegenzuheben. Er lief hinaus, und ihm war, als könne er die höchsten Spitzen der schwarzen Felsen berühren.

»Nicht so schnell, Bub!« rief Bruder Janto, der hinter ihm hergehumpelt kam. »Wohin willst du denn?«

»Ich muß zurück zu meinem Großvater«, antwortete Owen. Diesen Entschluß hatte er gefaßt, während Bruder Janto an seiner neuen Brille arbeitete. »Ich muß sofort zu ihm und ihm erklären, wie die Harfe gestohlen worden ist.«

»Gut.« Bruder Janto nickte. »Das ist eine gute Idee. Komm, wir gehen wieder zu meinem Freund Davy Thomas im ›Eberkopf‹ und fragen, ob heute jemand nach Pennygaff reist. Du bist schneller dort, wenn dich jemand mit dem Pferdewagen mitnimmt, als wenn du auf deinen eigenen Beinen über den Schlapphut-Ben wandern mußt.«

Owen sah ein, daß dies am vernünftigsten war, obwohl er am liebsten sofort schnurstracks losgerannt wäre. Und er hatte Glück. Als er mit Bruder Janto am »Eberkopf« eintraf, hielt gerade ein Reiter sein schweißbedecktes Pferd vor dem Wirtshaus an und schrie: »Im Namen des Königs! Wenn einer von den treuen Bürgern dieses Ortes weiß, wo sich Seine Königliche Hoheit Prinz David James Charles Edward

George Henry Richard Tudor Stuart, Prinz von Wales, befindet, so möge er das unverzüglich kundtun!«

Niemand antwortete. Die Leute schwiegen verwundert, und der Reiter, der die goldbetreßte Uniform der königlichen Boten und einen Dreispitz trug, rief seine Botschaft noch einmal aus. Nun begannen die Leute zu flüstern.

»Lieber Himmel, nein, so was!« – »Wo steckt der Prinz? Ob er sich verirrt hat?« – »Stellt euch vor, wenn Seine Königliche Hoheit in einen unterirdischen Fluß gestürzt ist!« – »Der alte König soll krank sein; vielleicht liegt er auf dem Sterbebett und ruft nach seinem Sohn!« – »Ach, der arme alte König James! Und keine Menschenseele weiß, wo Prinz David ist!«

Nachdem der Bote seine Nachricht dreimal ausgerufen hatte, ritt er in den Hof des Wirtshauses, um sein müdes Pferd gegen ein ausgeruhtes einzutauschen und den kürzesten Weg nach Pennygaff zu erkunden. In diesem Augenblick fuhr eine geschlossene Kalesche weiter, die nur kurz vor dem Wirtshaus angehalten hatte, damit der Passagier darin hören konnte, was der königliche Bote bekanntgab. Sie schlug den Weg zum Schloß Malyn ein.

»Hier ist ein junger Mann, der Euch gern begleitet und Euch den Weg nach Pennygaff zeigt. Und er verlangt nicht mal einen Penny für seine Mühe«, sagte Mr. Thomas, der Wirt, zu dem Reiter und blinzelte Owen zu.

»Die Dienstvorschrift verbietet das«, antwortete der Bote kurzangebunden. »Mit zwei Reitern kommt das Pferd viel langsamer voran.«

»Er wiegt nicht mehr als eine Feder, der Bub! Außerdem wäre er eine große Hilfe für Euch. Wer sonst soll nach den Wildschweinen Ausschau halten und Euch rechtzeitig warnen? Die Eber haben Euch verfrühstückt, eh' Ihr Euch im Sattel umdrehen und den Bolzen in die Armbrust legen könnt. Der kürzeste Weg führt durch den Wald, aber er ist auch gefährlich, weil es dort von Wildschweinen und hungrigen Wölfen nur so wimmelt. Jedes Jahr verschwinden ein paar Leute, die so dumm sind, allein zu reisen.«

Dieses Argument schien dem Boten einzuleuchten; er wandte sich um und musterte Owen aufmerksam.

»Bist du ein guter Schütze, Junge?«

Owen wollte den Kopf schütteln, da stieß Bruder Janto ihn in die Rippen und flüsterte: »Man weiß nie, was man alles kann, solange man's nicht ausprobiert hat. Vergiß nicht, daß du jetzt eine neue Brille hast.«

»Zeig mal, was du kannst«, forderte der Bote Owen auf und gab ihm seine Armbrust, in die er einen kurzen Eisenpfeil gelegt hatte.

»Worauf soll ich schießen?« fragte Owen nervös.

»Schieß auf meinen Hut«, schlug der Wirt vor. Vor dem Gasthaus stand eine Esche, auf deren oberstem Ast ein spitzer Hut hing. »Weiß der Teufel, wie die Kinder den Hut da rauf gekriegt haben«, bemerkte Mr. Thomas. »Also los, schieß ihn wieder runter, Owen.«

Owen zielte mit zitternden Händen und ließ die Sehne abschnellen. Zu seiner eigenen Verblüffung kam der Hut heruntergesegelt, von dem Pfeil säuberlich aufgespießt.

»Donnerwetter! Gar nicht schlecht!« rief Mr. Thomas, hob seinen Hut erfreut auf und zog den Pfeil heraus.

»Du bist genau der Richtige für mich!« sagte der Bote zu Owen.

Bruder Janto lächelte verschmitzt und klopfte Owen auf die Schulter.

»Also reite mit ihm, Owen, und denk daran: Alles kann sich wieder zum Guten wenden. Ich wünsche dir einen sicheren Heimweg.«

»Los, los! Ich darf keine Zeit vergeuden«, sagte der Bote und schwang sich auf das sehnige schwarzbraune Pferd, das der Stallknecht herausgeführt hatte.

Owen zögerte. Er hätte Arabis gern auf Wiedersehn gesagt und sich bei ihr bedankt, aber der Bote wurde schon ungeduldig. Owen stieg hinter ihm in den Sattel und sagte zu Bruder Janto: »Ich komme zurück und bezahle die Brille. Oder ich treffe Euch in Pennygaff im Kloster.«

»Und ich halte weiter nach den Dieben Ausschau«, versprach Bruder Janto.

»Wenn Ihr Arabis seht...« rief Owen noch, aber das Geklapper der Pferdehufe auf dem Kopfsteinpflaster übertönte seine Worte.

»Wie weit ist es bis Pennygaff?« fragte der Bote, als sie durch die Schlucht davonritten.

»Vierzig Meilen, wenn Ihr den Weg durch den Wald nehmt, und doppelt so weit über den Berg«, antwortete Owen.

»Dann reiten wir durch den Wald«, sagte der Bote. »Vielleicht haben wir Glück und begegnen dort zufällig Seiner Hoheit. Er ist nach Wales gekommen, um mit Graf Malyn auf Wildschweinjagd zu gehen. Ich war schon auf Schloß Malyn. Aber da sind bloß die Diener zu Hause. Sie sagen, sie erwarten den Grafen jeden Augenblick aus London zurück und Seine Hoheit jeden Tag. Keiner von beiden ist bis jetzt eingetroffen. Deshalb habe ich die Nachricht für den Prinzen dort hinterlassen und bin weitergeritten, um diese gottverlassene Gegend abzusuchen. Das dumme ist, daß Seine Hoheit es nicht leiden kann, wenn eine ganze Prozession von Dienern und Reitknechten hinter ihm herlatscht. Vor allem nicht, wenn er auf der Jagd ist. In Gloucester ist er ihnen wieder mal entwischt und ist ganz allein weitergerittten.«

»Stimmt es wirklich, daß König James in London im Sterben liegt?« fragte Owen schüchtern.

»Keine Spur! Zahnschmerzen, das ist alles, was der alte Knabe hat! Das macht ihn verdrossen und niedergeschlagen. Und deshalb ist ihm eingefallen, daß ein Wolf Prinz David auffressen oder ein Eber ihn aufspießen könnte. Dann hat er obendrein noch den Schlüssel zu seinem Schreibtisch verloren und sich eingeredet, Prinz David habe ihn mitgenommen, und da hat er eben die Boten losgeschickt, um ihn wieder nach Hause zu holen. Viel Lärm um nichts – meiner Meinung nach.«

Aber Owen fand, daß Seine Hoheit der Prinz von Wales Glück habe, weil er einen Vater hatte, der sich Sorgen um ihn machte und sich nach ihm sehnte, wenn er nicht zu Hause war.

Bald hatten sie die enge Schlucht hinter sich gelassen. Nun aber schlugen sie nicht den Weg ein, den Bilk und Prigman genommen hatten. Statt dessen zeigte Owen dem Boten einen Pfad, der zuerst sanfte, grasbewachsene Hänge hinab und dann in einen tiefen Eichenwald führte, der wie ein Pelzsaum zu Füßen der Berge lag und sich weit erstreckte, gen Osten bis an die Grenze von Wales, gen Westen bis nach Schloß Malyn und der Küste.

»Jetzt paß gut auf, mein Junge, denn ich hab' keine Lust, mich von einem Wolf verschlingen zu lassen oder von einem Eber aufgespießt zu werden«, mahnte der Bote.

Owen zog das Buch der ›Nützlichen Wissenschaften‹ aus seinem Bündel und las vor: »Der wilde Eber, sus scrofa, hat ein dickes Fell aus krausen Haaren, zwischen denen dunkelbraune oder grauschwarze Borsten wachsen und eine äußere Decke bilden. Die Hauer sind zwanzig bis fünfundzwanzig Zentimeter lang. Die Jungen, Frischlinge genannt, haben ein braunes Haarkleid mit weißen Tupfen oder Streifen. Ausgewachsene Wildschweine können einen Tiger umbringen.«

»Einen Tiger?«

»Sicher nicht hier in Wales, nehme ich an. Höchstens in Indien oder in der Mongolei.« Owen blätterte ein paar Seiten um. »Der Eber ist von Natur stupid und träge, aber er wird vor jeder Veränderung des Wetters unruhig und sehr aufgeregt, wenn starker Wind herrscht.«

»Meinst du, es wird Wind geben?« fragte der Bote und warf einen besorgten Blick auf die letzten goldenen Herbstblätter, die sich sanft regten. »Ich möcht' mich lieber nicht mit so einem aufgeregten Schlammschwein unterhalten. Paß bloß gut auf! Wenn du einen Keiler unbemerkt an uns ran läßt, dann verwalk' ich dich, so wahr ich Smith heiße!«

»Heißt Ihr Smith?« fragte Owen, dessen Mut und Stimmung erstaunlich gestiegen waren, seit er die Entscheidung gefällt hatte, zu seinem Großvater zurückzukehren und ihm alles zu erklären. Und die Tatsache, daß er sein geliebtes kleines Buch wieder lesen konnte, munterte ihn noch mehr auf.

»Natürlich heiße ich Smith«, knurrte der Bote.

»Nun, Mr. Smith, habt Ihr gewußt, daß das Fett des Wildschweins für Wundpflaster und Pomaden verwandt wird und die Borsten für Bürsten?«

»Nein, und obendrein interessiert's mich nicht«, antwortete Mr. Smith. »Ich hoffe nur, daß wir kein Wundpflaster brauchen, das ist alles.«

»Wir kommen zu weit nach Süden«, bemerkte Owen. »Ihr solltet Euch mehr östlich halten.«

Mr. Smith trieb das Pferd an, das jedoch dickköpfig war und das Tempo selbst bestimmen wollte. Wenn Mr. Smith ihm öfter die Sporen gab, als der Gaul es für zumutbar hielt, dann blieb er einfach mit gespreizten Vorderbeinen und gesenktem Kopf stehen.

»Der Teufel soll den elenden Klepper holen und den Wirt dazu, der ihn mir angedreht hat«, schimpfte Mr. Smith und zerrte vergeblich an den Zügeln.

Owen zog sein Buch zu Rate und las vor:

»Das Pferd ist großzügig, sanftmütig, tapfer, folgsam und sehr leicht zu lenken.«

»Ungefähr so folgsam und so leicht zu lenken wie ein Felsbrocken!« fauchte Mr. Smith. »In deinem Buch steht wahrscheinlich nichts davon, wie man einen Gaul, der anwächst, wieder von der Stelle bringt.«

Owen mußte zugeben, daß dies leider nicht darin stand. »Ich wollte, meine Freundin Arabis wäre hier. Sie flüstert den Pferden was ins Ohr, wenn sie Schwierigkeiten machen, und dann ist gleich alles in Ordnung.«

»Der Braune da würde bis zur Schwanzspitze rot, wenn ich ihm jetzt was flüstern würde«, versicherte Mr. Smith.

»Soll ich es mal versuchen?« schlug Owen schüchtern vor.

»Von mir aus. Denn wenn's nichts nutzt, schadet's sicher auch nichts. Aber beeil dich.«

Also rutschte Owen herunter, ging nach vorn und zog den Pferdekopf am Halfter zu sich herunter. Da er keine Ahnung hatte, mit welchen Zaubersprüchen Arabis störrische Gäule besänftigte, beschloß er, es einmal mit der Tabelle der Getreidegewichte aus seinem Buch der ›Nützlichen Wissenschaften‹ zu versuchen.

Die Wirkung war einfach verblüffend. Bei dem Wort »Scheffel« machte das Pferd einen Satz, als hätte es unter den Bäumen vor sich einen Scheffel Hafer erspäht. Mr. Smith flog in hohem Bogen aus dem Sattel.

»Verdammt!« rief er wütend, sprang auf und rannte hinter dem Pferd her, das ständig auswich und immer gerade außer Reichweite blieb. Owen versuchte, von der anderen Seite heranzukommen und die schleifenden Zügel zu packen. Aber das widerspenstige Geschöpf machte auf der Hinterhand kehrt und galoppierte bis zum Ende der Lichtung.

»Das kommt bloß von deiner blöden Flüsterei!« schimpfte Mr. Smith. »Du hast die Sache schön vermasselt. Und was machst du jetzt?«

»Ihr habt wohl keine Karotten, Zuckerstücke oder andere Delikatessen, die Pferde gern mögen?« fragte Owen.

»Nein, hab' ich nicht, und wenn ich so etwas hätte, dann würde ich es nicht diesem Teufelsbraten anbieten.«

Owen überlegte. »Mein Großvater sagt, Pilze sind eine Delikatesse. Vielleicht mag das Pferd sie auch?«

»Ich hab' keine Ahnung, an welchen Geschmacksverirrungen der Gaul leidet«, bemerkte der Bote. »Versuch's meinetwegen. Aber vergifte ihn bloß nicht! Ich wette, die Hälfte von diesen hier kann sogar ein starkes Roß sofort ins Jenseits befördern.«

Hier wuchsen sehr viele Pilze verschiedener Art. Owen kannte sie und nahm außerdem sein Buch zu Hilfe, um die richtigen zu pflücken. Er brach einige Steinpilze in Stücke, legte sie auf die flache Hand und näherte sich langsam dem Pferd, das ihn zunächst mißtrauisch beobachtete und dann interessiert die Ohren spitzte und die Nüstern blähte, als der Wind ihm den Duft der Pilze zutrug.

»Da legst dich nieder!« murmelte Mr. Smith. »Die abartige Kreatur schluckt den Köder.«

Das Pferd reckte den Hals, hob die Oberlippe und war drauf und dran, ein Stückchen Pilz von Owens Hand zu nehmen.

Genau in diesem kritischen Augenblick ertönte furchterregend nahe hinter ihnen tiefes, grimmiges Grunzen und erschreckte sie alle drei. Das Pferd warf mit schrillem Wiehern den Kopf zurück und preschte davon. Owen wandte sich um und sah zu seinem Entsetzen einen riesigen Eber aus den Haselbüschen auftauchen. Seine Borsten waren mahagonibraun, seine geschwungenen Hauer bestimmt fünfundzwanzig Zentimeter lang, und seine winzigen roten Augen glänzten tückisch.

»Die Armbrust!« schrie Mr. Smith außer sich. »Du hast die Armbrust! Schieß, Junge. Schieß! Glotz nicht!«

Owen hatte sich die Armbrust über den Rücken gehängt, als er vom Pferd stieg. Nun wischte er sich hastig die Brille, nahm die Armbrust und legte einen Bolzen ein. Der Keiler, von Mr. Smith's Geschrei aufgescheucht und gereizt, steuerte auf diesen zu. Alle paar Meter verhielt er, scharrte drohend mit dem Vorderlauf, schüttelte den dicken Kopf und hielt die kleinen Augen unentwegt auf den verstörten Boten gerichtet.

»Schieß!« krächzte Mr. Smith wieder. Der Keiler stürzte

sich auf ihn, und Mr. Smith sprang hinter eine dicke Eiche. »Bist du taub? Schieß endlich!« schrie er Owen zu.

Owen warf einen schnellen Blick um sich, hob einen Stein auf und schleuderte ihn nach dem Keiler. Der quiekte vor Wut, wirbelte herum und kam auf seinen kurzen, kräftigen Beinen unheimlich schnell auf seinen neuen Gegner zu.

Zitternd, aber entschlossen kniete Owen nieder und zielte. Erst im allerletzten Moment ließ er die Sehne schnellen und schoß den Eisenbolzen genau in den offenen Wildschweinrachen. Aber der Keiler lief trotzdem weiter. Mit verzweifelter Hast legte Owen einen zweiten Bolzen in die Armbrust ein. Da schlug der alte Eber plötzlich mit einem letzten röchelnden Grunzen schwer zu Boden und blieb kaum fünf Schritt vor Owen tot liegen.

»Uff!« Mr. Smith kam hinter dem Eichenstamm hervor und wedelte sich mit seinem Dreispitz Luft zu. »Ich hab' geglaubt, jetzt ist es aus mit uns! Warum hast du bloß so ewig gebraucht, bis du geschossen hast?«

»In meinem Buch steht, daß Wildschweine Hiebe und Pfeile kaum spüren, weil sie eine so dicke Haut haben. Deshalb habe ich mir gedacht, ich muß ins Maul schießen, das ist unsere einzige Hoffnung.«

»Hmmm, also ... du bist wirklich kaltblütig.« Das war alles, was Mr. Smith dazu sagte.

Owen hätte sich das tote Tier gern gründlich angesehen, aber Mr. Smith hatte es äußerst eilig, weiterzukommen. Zum Glück war das Pferd in seiner Panik blindlings in ein Gestrüpp gerannt, wo sich seine Zügel hoffnungslos in den Zweigen verhedderten und es festhielten. Da stand es nun zitternd und schweißbedeckt. Ergeben ließ es sich befreien und dann besteigen und hatte gar nichts dagegen, diese schreckliche Stätte im gestreckten Galopp zu verlassen. Auch für den Rest der Reise blieb es sanft und gefügig.

Sie sahen keine Wildschweine mehr. Sie hörten nur ein paarmal entferntes Grunzen aus dem Unterholz, wo die

Tiere mit den Schnauzen Trüffeln ausscharrten und nach Kastanien suchten. Schon dieser Laut genügte, um das Pferd sofort wieder in Galopp fallen zu lassen. Sie legten den letzten Teil des Weges in Rekordzeit zurück und erreichten Pennygaff, als gerade die Dämmerung herabsank.

»Das also ist Pennygaff!« sagte Mr. Smith, während sie zwischen den niedrigen, mit Schiefer gedeckten Häusern durch eine schmale, leere Gasse ritten. »Ein ziemlich trübseliger Ort, nicht? Warum ist niemand auf der Straße? Wo sind die Menschen?«

»In ihren Häusern vermutlich«, meinte Owen.

Pennygaff wirkte seltsam verlassen. Außer dem Hufschlag ihres Pferdes hallte kein Schritt auf dem Kopfsteinpflaster; kein Fenster war erleuchtet.

Mr. Smith schrie seine Nachricht von dem vermißten Prinzen auf dem Marktplatz, vor dem Galgen und vor der neuen Habakuk-Kapelle aus. Niemand erschien, um ihm zuzuhören.

»Hat es viel Zweck, das auszurufen, wenn doch niemand kommt?« fragte Owen.

»Ich werd' nicht dafür bezahlt, die Leute mit Gewalt aus den Häusern zu holen, wenn sie keine Lust haben, herauszukommen«, entgegnete Mr. Smith. »Ich hab' den Befehl, die Nachricht in jedem Ort an drei öffentlichen Plätzen auszurufen, und genau das hab' ich getan. Ich werd' keine Krokodilstränen vergießen, wenn der Prinz nie wieder auftaucht. Ist das da ein anständiger Gasthof?« fügte er hinzu, denn sie näherten sich dem »Drachen«.

»Es gibt hier keinen anderen«, antwortete Owen.

»Hmm! Immer noch besser als ein Nachtlager aus Dornen im Wald. Also, danke für die Begleitung, Bub. Und du kannst ruhig erzählen, daß Ebenezer Smith gesagt hat, du hättest dich gut gehalten, als wir in der Patsche saßen.«

»Danke, Sir«, antwortete Owen, denn aus dem Mund des verdrossenen Mr. Smith klang dies wie ein großes Lob. »Und vielen Dank, daß Ihr mich mitgenommen habt.«

Owen gab Mr. Smith die Armbrust zurück, und Mr. Smith band sein Pferd an einem Pflock an und betrat den Gasthof. Owen ging mit klopfendem Herzen die Gasse zum Museum hinauf.

Als er sich der Anhöhe näherte, vernahm er Stimmengemurmel, und dann sah er die Lichter zahlreicher Laternen. Noch ein paar Schritte, und er stellte zu seiner Verwunderung fest, daß anscheinend fast alle Bürger von Pennygaff vor dem Museum versammelt waren. Der ganze Hof war rappelvoll, und alle, die nicht mehr hineinpaßten, drängten sich draußen vor dem Gitter.

Es gelang Owen, der dünn und behende war, sich durch die Menge zu schlängeln, ohne daß jemand auf ihn achtete. Dabei schnappte er einige Gesprächsfetzen auf.

»Ich sag' euch eins: Die Schlafkarten müssen abgeschafft werden!«

»Und er soll uns unsere heilige Harfe wiedergeben!«

»Der alte Schuft hat unsere Harfe verkauft, damit er Geld für noch mehr ausgestopfte Vögel und Pfeilspitzen aus Feuerstein hat, das sagen alle!«

»Er hat sie an Graf Malyn verhökert, und dafür kriegt er jetzt ein Haus und eine Pension!«

»Sein Enkel hat die Harfe heimlich nach Schloß Malyn geschafft. Das hat Rebecca Jones mir erzählt.«

»So ein gemeiner Diebstahl!«

»Komm raus, alter Bren!« schrien sie nun alle. »Komm raus und versteck dich nicht! Komm raus und erklär uns, was du mit unserer Harfe angestellt hast!«

»Dieb! Schurke! Dieb!«

Inzwischen hatte Owen ungefähr die Mitte des Hofes erreicht. Empört über diese ungerechten Beschuldigungen schrie er: »Das ist nicht wahr! Mein Großvater ist kein Dieb! Er hat die Harfe nicht weggenommen!«

Eine unheimliche Stille breitete sich aus. Die Leute wichen in einem Halbkreis zurück, so daß Owen auf einmal ganz allein dort stand, auf halbem Weg zwischen der Menge und dem Eingang zum Museum.

»Der junge Owen Bren!« hörte er jemand wispern. »Der Enkel von dem alten Lumpen! Wahrscheinlich kommt er gerade von Schloß Malyn zurück.«

In diesem Augenblick veränderte sich die Stimmung, das Schweigen wurde eisig. Obwohl Owen vom Museum her keinen Laut vernommen hatte, wandte er sich instinktiv um, denn er spürte, daß die Aufmerksamkeit der Menge sich von ihm abgewandt und auf etwas anderes gerichtet hatte.

Der alte Mr. Bren war herausgekommen; er stand nun in der Tür und starrte auf die Menge. Er schien ganz ruhig zu sein, völlig unberührt von den Beschuldigungen. Doch als er Owen sah, wurde sein Gesicht zu Stein.

»So, du bist es?« sagte er. »Was willst du? Warum bist du zurückgekommen?«

6

Arabis hätte ihren Vater gern gefragt, worüber der fremde Herr so eindringlich mit ihm gesprochen hatte, aber bis dieser endlich in der Dunkelheit verschwunden war – er wandte sich alle paar Schritte um und verbeugte sich noch einmal –, hatten sich ein paar Kunden eingefunden. Für eine gute Weile war Arabis nun vollauf beschäftigt, mit den Leuten über deren verschiedene Gebrechen zu reden und ihnen Heilmittel zu verkaufen: Schächtelchen mit Hustenpastillen, Salbentöpfe, Sirupfläschchen.

»Nachts Leibschmerzen, weil Ihr zu frisches Gewürzbrot gegessen habt, gute Frau? Dann braucht Ihr Rhabarbertinktur, die hilft immer.«

»Ihr habt neun Stunden lang im Kirchenchor gesungen und seid jetzt heiser, Sir? Wenn Ihr unseren Zimtsirup nehmt, ist Eure Stimme bald wieder so klar wie die einer Lerche.«

»Dir läuft die Nase ja schier davon, Bub! Was für ein abscheulicher Schnupfen! Ich geb' dir einen Saft aus Petersilie, Lakritze und Immergrün. Er wirkt sehr schnell, und obendrein schmeckt er gut.«

»Und Ihr wollt einen Liebestrank, Sir, weil Eure junge Dame nicht mehr mit Euch sprechen will? Es tut mir sehr leid, aber so etwas führen wir nicht. Ich kann Euch nur einen kleinen Rat geben: Eßt nicht so viel Knoblauch, denn ich fürchte, sogar der Erzengel Gabriel würde sich die Nase zuhalten, wenn er in Eure Nähe käme. Ich bin sicher, daß Eure junge Dame dann wieder ganz zutraulich wird.«

»Ihr könnt abends nicht einschlafen und habt böse Träume, wenn Ihr dann endlich doch einnickt? Das ist wirklich ein großes Übel. Nehmt diesen Trank aus Mohn und Kräutern, dann schlaft Ihr ein, eh' Ihr Eure Kerze ausblasen könnt. Und vorher lest Ihr ein Gedicht meines Vaters, um Eure Gedanken auf erfreuliche Dinge zu richten. Wieviel das kostet? Einen halben Penny für die Medizin, bitte, und eine Guinee für das Gedicht. Ihr könnt nie wieder für so wenig Geld so viel Vergnügen kaufen, denn an dem Gedicht habt Ihr bestimmt Euer Leben lang Freude.«

Hinter allen anderen Leuten wartete ein seltsamer kleiner Mann. Er war nicht viel mehr als einen Meter groß und hatte einen buschigen schwarzen Bart, der das Gesicht fast ganz bedeckte. Man konnte nur die kummervollen dunklen Augen erkennen, die er unverwandt auf Arabis richtete, als er sich endlich, nachdem alle anderen Patienten gegangen waren, auch in den Wagen wagte. Er trug ein schwarzes, kuttenähnliches Gewand mit einer Kapuze, die er sich über den Kopf gezogen hatte.

»Wie kann ich Euch helfen, Sir?« fragte Arabis mit ihrer freundlichen, warmen Stimme. »Oh, was für eine dumme Frage!« fügte sie hinzu, denn ein schrecklicher Hustenanfall schüttelte den seltsamen kleinen Mann. »So ein schlimmer Husten! Wartet einen kleinen Augenblick, ich gebe Euch sofort einen heißen Trank. Der wird Euch guttun.« Arabis verquirlte einen Extrakt aus Eisenhut, Belladonna, Zaunrübe und Brechwurz mit Honig, Zitronensaft, Zimt und dampfend heißem Alkohol. »So, trinkt das, Sir. Mein Vater sagt immer, nach diesem Trank würde Julius Cäsar wieder aus dem Grab springen und noch einmal in Britannien einfallen! Nehmt auch noch dieses Kräuterpulver mit und macht Euch drei Tage hintereinander jeden Abend ein heißes Bad, in das Ihr ein Drittel dieses Pulvers schüttet. Das löst den Husten.«

Der kleine Patient hatte die ganze Zeit kein Wort gesprochen. Nun schob er die Kapuze ein wenig zurück, um den heißen Kräutertrank zu schlürfen. Er schien sich über den Geschmack sehr zu wundern. Doch tat ihm das Heilmittel offensichtlich gut. Er nahm das Pulver und Arabis' Erklärung mit fragendem Ausdruck entgegen, verwahrte das Tütchen in seinem Gewand und hielt ihr dann etwas hin, was glitzerte: ein kleines Klümpchen Gold.

»Lieber Himmel, Sir, das ist viel zuviel! Wirklich, es ist viel zuviel! Einen Schilling für das Pulver und einen Schilling für den Trank, bitte, mehr nicht.«

Aber der kleine Patient schien sie nicht zu verstehen. Er hielt ihr weiter das Goldklümpchen hin.

Arabis konnte ihren Vater nicht um Rat bitten. Ihm war plötzlich eine neue Strophe für seine Dichtung eingefallen, und er saß da und schrieb wie wild, um die Verse festzuhalten, ehe er sie wieder vergaß. Arabis konnte nichts anderes tun, als das Goldklümpchen mit einer goldenen Guineen-Münze zu vergleichen. Sie fand, daß es dreimal so schwer war, und gab ihrem Patienten deshalb zwei Guineen, neun silberne Florins und zwei Silberschillinge zurück, die er sehr verwundert betrachtete. Einen Augenblick fürchtete Arabis, er könnte die kleinen Schillingmünzen für Pillen halten und verschlucken.

»Nicht, Sir, das ist nur das Wechselgeld für das Gold, das

Ihr mir gegeben habt! Es war viel zuviel, versteht Ihr? Bitte, steckt es in die Tasche.«

Verstand er sie? Es war schwierig, unter dem struppigen Bart seinen Gesichtsausdruck zu erkennen. Doch endlich steckte er die Münzen ein, machte eine Verbeugung und drückte Arabis' Hand eine Sekunde an seine Wange. Dann war er schnell in der Dunkelheit verschwunden.

»Was für ein seltsamer Kerl!« sagte Arabis. »Ich glaube, er hat mich nicht besonders gut verstanden, aber er war jedenfalls sehr höflich und freundlich. Papa! Hast du überhaupt gehört, was ich gesagt habe, Papa?«

»Ja? Was ist, Kleines? Hast du was gesagt?« Tom Dando legte den Gänsekiel beiseite, denn er war am Ende eines langen Verses angelangt. Er rieb sich die Augen und blinzelte wie jemand, der gerade aus tiefem Schlaf erwacht. Sein Kragen war zerknautscht, sein langes dunkles Haar stand zu Berge, und er hatte Tintenspritzer auf der Stirn.

»Hast du den seltsamen kleinen Mann mit dem schrecklichen Husten bemerkt, der eben hier war, Papa? Schau mal, was er mir als Bezahlung gegeben hat!«

Tom Dando betrachtete das Klümpchen Gold, betastete es, schnupperte daran und biß sogar darauf.

»Das ist reines, frisch geschmolzenes Gold«, verkündete er. »So was sieht man heutzutage nicht oft.«

»Woher mag er das haben, Papa?«

»Vielleicht hat er ein Goldbergwerk«, bemerkte Tom Dando zerstreut, denn er kehrte in Gedanken schon wieder zu seinem Gedicht zurück.

Arabis versuchte, ihn daran zu hindern. »Papa, der Mann, der vorhin hier war, der fremde Herr mit der Pelzmütze, was wollte er?«

»Welcher fremde Herr?«

Arabis nahm ihrem Vater sanft den Gänsekiel aus der Hand und schob die schon beschriebenen Seiten zusammen, damit er nicht weiterschreiben konnte.

»Der Mann mit dem langen Schnurrbart, der so viel und höflich redete.«

»Ach, du meinst den Seldschuken? Er ist ein Prinz aus einem fernen Land, wo es viel Sand und Wüste gibt und wo man Datteln ißt. Er hat mir von seiner Heimat erzählt, während ich ihm den Schnurrbart gestutzt habe, und dann haben wir uns über Poesie unterhalten. Ein sehr gebildeter Mensch, wirklich, und kein bißchen hochmütig.«

Arabis atmete erleichtert auf. Eine Unterhaltung über Poesie war schließlich ganz harmlos.

»Du hast ihm doch nicht erzählt, daß ich Owen heute morgen in dem leeren Haus gefunden habe?«

»Du hast Owen in einem Haus gefunden? Und warum sollte Owen nicht in einem Haus sein?«

Tom Dando schaute sich geistesabwesend um und griff nach seinem Gänsekiel. Da gerade kein Bogen Papier zur Hand war, fing er einfach an, auf einen großen flachen Käse zu schreiben, den Arabis für das Abendessen auf den Tisch gestellt hatte. Arabis zog den Käse beiseite.

»Papa, ich habe dir doch erzählt, wie ich Owen gefunden habe«, sagte Arabis geduldig.

»Hast du das? Aber warum sollte der Seldschuk sich dafür interessieren? Er kennt Owen doch gar nicht! Sei mal vernünftig, Mädchen. Wir haben uns über Poesie unterhalten, und er hat sich nach der Gegend hier erkundigt. Er interessiert sich für alte Goldbergwerke und möchte wissen, wer früher darin gearbeitet hat.«

»Warum?« fragte Arabis mißtrauisch. »Das geht ihn doch gar nichts an, oder?«

»Ich glaube, er hat mir gesagt, warum – aber ich hab's vergessen. Mir sind gerade ein paar neue Zeilen für mein Gedicht eingefallen, und deshalb habe ich dann nicht mehr so genau zugehört. Er sucht irgend jemand, glaube ich. Ach ja, er wollte wissen, wo man Bruder Janto finden kann.«

»Wirklich?« Arabis runzelte die Brauen. »Warum? Und woher weiß er überhaupt was von Bruder Janto?«

»Du stellst mehr Fragen als die Obrigkeit, Mädchen! Warum dies und wieso das? Woher soll ich das wissen? Vielleicht braucht er eine Brille. Bitte, gib mir den Käse und einen Becher heißen Kräuterschnaps, um die Kälte zu vertreiben, und dann schreibe ich noch ein paar Verse. Und du geh schlafen, es ist schon spät.«

Arabis räumte den Wagen auf, deckte den Falken zu und legte sich schlafen. Doch ehe sie den Vorhang vor ihrer Koje zuzog, fragte sie noch: »Bleibt der fremde Herr lange in dieser Gegend, Papa?«

»Hm? Hast du was gesagt, Liebes?«

»Der fremde Herr. Dieser Seldschuk. Bleibt er lange hier?«

»Nein«, antwortete Tom Dando und nahm einen großen Bissen Käse. »Er fährt morgen nach Schloß Malyn. Der Graf hat ihn eingeladen, sich seine Sammlung von Goldschätzen anzuschauen. Er scheint sich für so was zu interessieren.«

»Wenn er mit solchen Leuten verkehrt, dann hoff' ich bloß, wir sehen ihn nie wieder.«

»Aber Kind, er interessiert sich doch nur für die goldenen Sachen, das ist alles.«

Doch Arabis war nun noch mehr erleichtert, daß der Seldschuk Owen nicht gesehen hatte. Vielleicht war er wirklich ein Freund des bösen Grafen und hatte dafür gesorgt, daß die Harfe für Graf Malyn gestohlen wurde? Und was wollte er von Bruder Janto? Das war alles sehr seltsam und höchst verdächtig.

Arabis machte sich auch Sorgen um Owen. Als er mit Bruder Janto davonging, sah sogar sein Rücken niedergeschlagen und unglücklich aus, und der Anblick hatte Arabis weh getan. Sie warf sich rastlos auf ihrem Strohsack hin und her und beschloß, am nächsten Morgen als erstes zu Bruder Janto und Owen zu gehen, um mit ihnen zu beraten, was Owen nun am besten tun sollte. Endlich versank sie in unruhigen Schlaf und träumte, daß der Graf die Harfe mit einem Hammer bearbeitete, während Owen hilflos zuschauen mußte.

»Er wird sie kaputtmachen!« murmelte Arabis und setzte sich halb im Bett auf. Dann wurde ihr bewußt, daß sie tatsächlich Klopfen hörte: Jemand klopfte an der Tür. Vielleicht Owen?

Arabis zog schnell ihr Kleid über und schlich auf Zehenspitzen an Tom Dando vorbei, der am Tisch eingeschlafen war.

Vor der Tür stand der kleine bärtige Mann, der Arabis früher am Abend das Klümpchen Gold gegeben hatte.

»Was fehlt Euch jetzt?« fragte Arabis und rieb sich verschlafen die Augen. »Ihr seid wirklich noch spät unterwegs. Bitte, seid leise, damit mein Vater nicht aufwacht.«

Arabis schloß die Tür hinter sich und kam die Stufen herunter. Der kleine Mann ergriff ihre Hand und schaute sie mit einem so flehenden, drängenden Blick an, daß Arabis auch ohne Worte verstand: Irgend etwas Schlimmes mußte passiert sein, obwohl es dem kleinen Mann selbst schon etwas besser zu gehen schien, der Kräutertrank hatte seinen Husten schon ein wenig gelindert.

»Wartet einen Augenblick, bitte«, flüsterte Arabis. Sie war daran gewöhnt, daß sie oder ihr Vater manchmal nachts zu einem Kranken geholt wurden. Rasch zog sie ihren warmen roten Umhang mit der Kapuze an, packte die Heilmittel, die am häufigsten gebraucht wurden, in einen Henkelkorb, legte Tom Dando vorsichtig eine Decke über die Schultern und schrieb ihm hastig eine Nachricht: »Bin zu einem Kranken gegangen. Komme bald wieder. Arabis.«

Dann nahm sie noch eine Laterne mit und eilte hinaus. Der kleine Mann wartete geduldig vor dem Wagen.

Zu ihrer Überraschung führte er sie nicht auf den Weg zum Ort, sondern über einen schmalen Pfad durchs Gebüsch in den Steinbruch hinauf. Endlich blieb er vor einer größeren Höhlenöffnung stehen und warf einen Blick auf Arabis, als ob er ihre Größe abschätzen wollte.

»Hier drin?« sagte sie etwas überrascht. »Wohin führt Ihr mich, mein Freund?«

Der kleine Mann war offensichtlich zu dem Schluß gekommen, daß Arabis nicht zu groß war, und zog sie wortlos in die Höhle hinein.

Arabis hatte keine Angst. Sie wurde neugierig, denn sie vermutete, daß ihr ungewöhnlicher Patient zu den gnomähnlichen Geschöpfen gehörte, die angeblich im Flüsternden Berg hausten. Bis jetzt war Arabis geneigt, die Kobolde für eine Erfindung der ängstlichen und leichtgläubigen Leute von Nant Agerddau zu halten, aber ihre Beschreibung traf in vielen Einzelheiten auf diesen kleinen Mann hier zu. Arabis konnte jedoch nicht glauben, daß er sie plötzlich in eine bodenlose Spalte stoßen oder sie allein lassen würde, so daß sie sich verirrte und nie wieder aus dem Berg herausfand. Sie konnte sich auch nicht vorstellen, daß er sich auf einmal in einen feuerspeienden Drachen verwandelte. Seine Hand fühlte sich warm und menschlich an, und obwohl er nicht mit ihr sprach, spürte Arabis instinktiv, daß er ihr freundlich gesonnen war und sie ihm vertrauen konnte. Außerdem hatte er ihre Medizin getrunken, und sie hatte ihm offensichtlich gutgetan. Das war ein weiterer Beweis, daß er nicht zu den Zauberwesen gehörte, überlegte Arabis, denn dann würde er doch gewiß nicht die Hilfe eines Menschen brauchen!

Im Gegensatz zu der Höhle, in die Owen gekrochen war, um die Harfe zu suchen, endete diese hier nicht gleich nach ein paar Schritten an einer Felswand, sondern führte abwärts tief in den Berg hinein und wurde immer breiter und höher. Die Laterne warf nur einen kleinen Lichtkreis. Arabis konnte nur hin und wieder ein Stückchen Felswand erkennen, in der Kristalle glitzerten oder Stalaktiten, die wie Eiszapfen aus Stein von der Decke hingen. Der Boden war hart, und ihre Schritte klangen hohl. Wie in allen

Höhlen des Flüsternden Berges war die Luft warm und dunstig.

Nach einer Weile blieb der kleine Mann stehen. Sie schienen sich in einem großen Felssaal am Ende des Tunnels zu befinden. Er steckte zwei Finger in den Mund und pfiff. Beinahe im gleichen Moment tauchte aus der Dunkelheit ein zweiter Mann auf, genauso klein und bärtig wie er, und blinzelte ins Laternenlicht. Es schien seinen Augen weh zu tun.

Die beiden redeten in einer melodisch klingenden, fremden Sprache miteinander. Dann führte der zweite ein paar Tiere heran. Bei ihrem Anblick ließ Arabis beinahe ihren Korb fallen, denn sie hatte noch nie so seltsame Geschöpfe gesehen. Sie waren ungefähr so groß wie Esel, aber sie hatten keine Hufe, sondern unförmige flache Füße und lange, wendige Hälse, seltsam bucklige Rücken und einen hochmütigen Gesichtsausdruck. Ihr langhaariges schwarzes Fell sah aus, als sei es stellenweise von Motten zerfressen, und hing in losen Zotteln herunter. Sie rochen stark und unangenehm nach Fisch.

Der kleine Mann, der sie hierher geführt hatte, gab Arabis durch eine Geste zu verstehen, daß sie eines der Tiere besteigen sollte. Jedes trug eine Art Sattel, welcher der eigentümlichen Form des Rückens angepaßt war. Der zweite kleine Mann gab den Tieren einen Klaps, worauf sie niederknieten und dabei einen halb knurrenden, halb schniefenden Laut von sich gaben, der nicht gerade vertrauenerweckend klang. Trotzdem stieg Arabis auf und stellte ihren Korb und ihre Laterne vor sich auf dem Buckel des Tieres ab. Der erste kleine Mann saß ebenfalls auf, rief einen Befehl, und der zweite trat beiseite.

Die Tiere stemmten sich schwerfällig hoch und setzten sich schaukelnd in Bewegung. Ihre flachen Füße verursachten kaum ein Geräusch auf dem Felsboden. Da rundum alles stockfinster war, konnte Arabis nicht genau beurteilen, wie schnell sie liefen, aber es kam ihr wirklich sehr geschwind vor. Die merkwürdigen Geschöpfe schienen bei jedem Schritt fast vornüber zu kippen und sich dann im letzten Augenblick wieder aufzurichten. Arabis war es zumute, als würden ihr sämtliche Knochen durcheinandergeschüttelt. Das war der ungemütlichste Ritt, den sie je erlebt hatte.

Ich glaube, ich weiß doch, was das für Tiere sind, überlegte Arabis, während sie den langen, biegsamen Hals und den schafsähnlichen Kopf vor sich betrachtete. In Papas ›Buch der fernen Länder‹ ist ein Bild von diesen Tieren. Sie heißen Kamele. Das ist es. Sie gleichen Kamelen.

Das letzte Wort hatte sie unwillkürlich halblaut vor sich hin gesagt, und zu ihrer Überraschung schaute ihr Begleiter sie plötzlich mit strahlendem Lächeln an.

»Gamal, gamal!« stimmte er erfreut zu und klopfte seinem Reittier den Hals.

»Sind das tatsächlich Kamele? Aber wie kommen Kamele hierher, nach Wales, und dazu noch in diesen Berg? Das ist wirklich merkwürdig!«

Der kleine Mann antwortete Arabis in seiner eigenen, ihr unverständlichen Sprache. Arabis hätte ihn gern noch mehr gefragt: Warum waren diese Kamele so klein, so zwergenhaft, und wie kam es, daß sie in der Dunkelheit sehen konnten? Aber Fragen waren sinnlos, weil sie seine Antwort nicht verstand.

Owen wird es wissen, dachte Arabis. In seinem Buch der ›Nützlichen Wissenschaften‹ steht sicher alles darüber.

Die Kamele folgten einem scheinbar endlosen, schnurgeraden und ebenen Tunnel, der sich neben einem unterirdischen Fluß entlangzog. Arabis war zwar nicht gerade ängstlich, aber allmählich wurde sie doch ein bißchen besorgt: Wenn die Kamele weiter so rennen, dachte sie, wird es vielleicht Tag, ehe ich meinen Patienten auch nur erreiche, und der Himmel mag wissen, wann ich wieder zu unserem Wagen zurückkomme. Papa wird sich sein Frühstück allein zubereiten müssen.

Arabis fürchtete nicht, daß ihr Vater sich um sie sorgte;

sie kannte ihn. Selbst wenn sie eine Woche lang ausblieb, würde er wahrscheinlich nur hin und wieder einmal den Kopf von seinem Gedicht heben und zerstreut murmeln: »Arabis ist noch immer nicht zurück? Nun ja . . .«, und dann genauso eifrig wie vorher weiterschreiben.

Der Ritt wollte kein Ende nehmen, und Arabis nickte sogar ein wenig im Sattel ein. Dann mündete der Tunnel in eine riesige Höhle, die von blassen, phosphoreszierenden Lichtern unerklärlicher Herkunft beleuchtet wurde.

Die Kamele folgten noch immer dem unterirdischen Fluß, der die Höhle durchzog. Das Wasser strömte glatt und lautlos dahin. Es war milchig grün, ein wenig trüb, aber wunderschön und offensichtlich heiß, denn Dampfschwaden schwebten darüber. Weit vor sich entdeckte Arabis eine Reihe dicker Röhren, die sich genau wie bei einer riesigen Orgel an der Höhlenwand hochreckten und oben irgendwo in der Dunkelheit verschwanden. Der Fluß schien in diese Röhren hineinzufließen, aber Arabis begriff nicht, wie das Wasser plötzlich kerzengerade in die Höhe steigen konnte. Sie wußte auch nicht, wo diese große unterirdische Höhle sich befand, aber sie war sicher, daß sie sehr weit von Nant Agerddau entfernt war.

Nun bogen sie vom Fluß ab und in eine enge, dunkle Öffnung ein, die zwischen Felsbrocken verborgen lag. Dort hielten sie an, und der kleine Mann gab Arabis zu verstehen, daß sie hier absteigen sollte. Arabis war recht froh, daß der Ritt zu Ende war. Ihr Begleiter nahm sie respektvoll bei der Hand und führte sie durch einen schmalen Gang, der immer steiler und steiler anstieg und schließlich in rauhe, in den Fels gehauene Stufen überging. Etwas hier verwunderte Arabis bald sehr und machte ihr sogar angst: Der Fels schien zu vibrieren, als ob ununterbrochen gewaltige Schläge auf ihn niederprasseln würden. Außerdem hörte Arabis eine Art dumpfes Sausen, das manchmal laut anschwoll.

Dieses Geräusch wurde leiser, je höher sie die Stufen

hinaufstiegen. Nach einer Weile drang ein wenig Tageslicht in den Treppengang: Arabis entdeckte eine Spalte in der Felswand. Sie reckte sich auf die Zehenspitzen und versuchte hinauszuschauen, um zu erkennen, wo sie war.

»Oh!« rief sie verblüfft aus. »Kein Wunder, daß mir der Weg so lang vorkam! Eure Kamele sind wirklich schnelle Renner!«

Weit und breit war nichts zu sehen als der Morgenhimmel, vor dem ein paar Seemöwen schwebten. Arabis beugte sich vor, so weit es nur ging, und reckte den Hals: In schwindelerregender Tiefe unter ihr krachten gewaltige Brecher über die zerklüfteten Felsen am Fuß der Klippen. Als sie nach oben blickte, sah sie, daß auch die Klippen über ihr hoch gen Himmel ragten.

»Ich kenne nur einen Ort mit so hohen Klippen, und das ist südlich von Port Malyn, da, wo das Schloß steht«, murmelte Arabis vor sich hin. »Ich hätte nie gedacht, daß er mich so weit führt.«

Es konnte jedoch kein Zweifel daran bestehen, daß sie tatsächlich in der Nähe von Port Malyn waren. Als Arabis noch einmal hinausschaute, entdeckte sie etwas weiter links einen schlanken schwarz-weißen Finger, der aus den Wellen ragte. Das war der Leuchtturm, der die Schiffe vor den Sandbänken warnte.

Ein sanftes Ziehen an ihrer Hand erinnerte Arabis daran, daß es gefährlich war, sich hier so weit hinauszulehnen, und daß außerdem ein Kranker auf sie wartete. Sie trat vorsichtig zurück und stieg weiter hinter dem kleinen Mann die Felstreppe hinauf. Sie hatten nicht mehr weit zu gehen.

Die Treppe verzweigte und teilte sich in viele kleine Gänge, die rechts und links in den Berg drangen. Jeder von ihnen führte zu mehreren zellenähnlichen Räumen unterschiedlicher Größe. Es waren keine natürlichen Höhlen; sie mußten vor sehr langer Zeit von Menschen mit Werkzeugen ausgeschachtet worden sein. Jede Höhle hatte ein winziges Fensterloch zum Meer hin. Alle waren auf die gleiche, einfache Weise eingerichtet und doch mit einem Reichtum ausgestattet, bei dessen Anblick Arabis Mund und Augen aufriß. Selbst die gewöhnlichsten Gebrauchsgegenstände bestanden aus reinem, glänzendem Gold und waren wundervoll gearbeitet. Es gab jedoch keine Tische und Stühle, keine Türen und Schränke, nur Vorhänge, Teppiche und Lager aus dicker, schwarzer Wolle, die von den Kamelen stammen mußte. Die Kammern glichen einander noch in einer anderen Beziehung, und das war traurig: In jedem Raum lagen Kranke. In manchem nur einer oder zwei, in anderen gleich vier. Arabis rührte die Geduld dieser Geschöpfe. Klaglos lagen sie, fiebernd und von Hustenanfällen geschüttelt, auf ihren Betten aus Kamelhaarteppichen. Mit vertrauensvollen Blicken beobachteten sie Arabis, die nun von einer Kammer zur anderen ging, Hustensirup und Pastillen verteilte, den Kranken die Brust mit Immergrünextrakt einrieb und die Stirn mit Pfefferminzessenz kühlte. Es waren Männer, Frauen und Kinder, kleine, blaßhäutige Wesen mit schwarzem Haar und wunderschönen dunklen Augen. Nur sehr wenige waren von der Krankheit verschont geblieben, und jeder, der noch auf den Beinen war, half Arabis eifrig, die Kranken zu versorgen.

Natürlich hatte Arabis bei weitem nicht genug Medizin für so viele Kranke mitgebracht. Ihr Vorrat schmolz viel zu schnell dahin.

Was soll ich jetzt machen? überlegte sie. Kehre ich selbst zum Wagen zurück, um Medikamente zu holen, so brauche ich schrecklich viel Zeit dafür. Und ich fürchte, ein paar von diesen armen Leuten sterben, wenn sie nicht ganz schnell Hilfe bekommen. Vielleicht könnte einer von den Gesunden eine Botschaft zu Papa bringen, während ich mich hier weiter um die Kranken kümmere?

Arabis versuchte, den vier kleinen Männern, die ihr halfen, zu erklären, was sie wollte. Sie hörten aufmerksam zu und schüttelten dann unsicher die Köpfe. Sie schienen hier und da einzelne Worte zu verstehen, aber den Sinn der Erklärung doch nicht zu begreifen. Dann traten sie beiseite und berieten sich in ihrer eigenen Sprache. Arabis schnappte das Wort »Jehimelek« auf, das immer wieder vorkam. Nun nahm der erste kleine Mann sie wieder bei der Hand und führte sie durch einen weiteren Felsgang in eine Höhle, in der Arabis noch nicht gewesen war. Dieser Raum war größer als die anderen und durch einen Vorhang aus Kamelhaarwolle verhängt. Nur ein Mann saß dort auf einem Lager. Er war offensichtlich sehr alt, sein langer Bart und sein Haar waren schneeweiß, und seine Gestalt wirkte unsagbar zerbrechlich. Doch die dunklen Augen in dem ausgezehrten Gesicht verrieten sehr viel Intelligenz. Seine Stimme war schwach und heiser und doch voll Autorität.

»Ich bin Tabut Jehimelek, Architekt, Ingenieur und Erbprinz meines Volkes, das man ›Die Kinder der Bergwerke‹ nennt. In seinem Namen danke ich Euch für Eure Güte und die Hilfe, die Ihr uns bringt. Ich fürchte, wir können Euch wenig geben, um unsere Dankbarkeit zu beweisen, nur nutzloses Gold. Aber wenn Ihr das annehmen wollt, nehmt davon, soviel unsere letzten sieben Kamele tragen können.«

Hier wurde Jehimelek von einem schrecklichen Hustenanfall unterbrochen.

»Ich bin froh, wenn ich Euch ein wenig helfen kann, Sir«, antwortete Arabis, als Jehimelek wieder Luft bekam. »Und ich möchte kein Gold dafür, vielen Dank. Ich habe auch noch längst nicht genug getan, weil ich nicht genug Medizin bei mir habe. Könnte einer von Euren Leuten meinem Vater in Nant Agerddau eine Nachricht überbringen, Sir? Dann könnte er mit unserem Pferdewagen nach Port Malyn kommen, und ich müßte nicht den ganzen Weg zurückreiten, um Medizin zu holen.«

»Schischak!« rief Jehimelek. Der erste kleine Mann, der draußen gewartet hatte, trat ein und verbeugte sich respektvoll.

»Schreibt die Botschaft für Euren Vater, und Schischak wird sie zu ihm bringen. Aber ich bitte Euch, sagt Eurem Vater, daß er unser Geheimnis bewahren muß und mit niemand über uns sprechen darf, denn sonst drohen uns Sklaverei und Tod«, sagte Jehimelek zu Arabis.

»Deswegen braucht Ihr Euch keine Sorgen zu machen, Sir; mein Vater ist nicht geschwätzig«, versicherte Arabis und kritzelte den Brief auf ein Stück Papier, in dem vorher Kräuterpulver eingewickelt gewesen war. Aber sie fügte die Warnung trotzdem hinzu, faltete den Zettel zusammen und gab ihn Schischak, der sich wieder verneigte und dann schnell verschwand. »Ich habe meinen Vater gebeten, Schischak möglichst viel Medizin mitzugeben und selbst sofort nach Port Malyn aufzubrechen. Und nun solltet Ihr auch etwas Sirup nehmen, Sir.«

»Erst wenn alle meine Leute Medizin bekommen haben«, antwortete Jehimelek stolz. »Ein Führer läßt sich nicht helfen, solange seine Gefährten leiden müssen! Niemals!«

Arabis kehrte also zu den anderen Kranken zurück und hatte bald alle ihre Heilkräuter verteilt.

Während sie von einem Krankenbett zum anderen ging, bemerkte sie, daß nur sehr wenig Nahrungsmittel vorhanden waren: ein bißchen getrockneter Fisch, ein paar Möweneier, das war alles. Wer hätte auch Vorräte beschaffen sollen, nachdem fast alle arbeitsfähigen Männer krank geworden waren? Arabis sagte sich, daß ständige Unterernährung und der Mangel an frischem Grünzeug wahrscheinlich der Hauptgrund für die Erkrankung der kleinen Leute war. Sie hatte plötzlich eine Idee und ging wieder zu Jehimelek.

»Sir, führt einer dieser vielen Tunnel hinunter zum Fuß der Klippen, zum Wasser?« fragte sie.

»Natürlich, wie sonst könnten wir die Fische fangen, von denen wir uns und unsere Kamele ernähren?«

»Kann mir jemand den Weg zeigen?«

»Strato! Tennes!« rief Jehimelek.

Zwei der Helfer kamen herein, und er befahl ihnen, Arabis überall hinzuführen, wohin sie wollte. Die beiden kleinen Männer leiteten Arabis Hunderte von Stufen hinab, und das Rauschen des Meeres wurde immer lauter. Endlich gelangten sie zu einem verborgenen Ausgang unten am Fuß der Klippen. Hier gab es keinen Strand, nur Haufen von aufgetürmten großen Steinen, jetzt von der Ebbe freigelegt und gefährlich für die Fischerboote, die sich deshalb immer in respektvoller Entfernung hielten. Deshalb bestand für die kleinen Leute aus dem Berg keine Gefahr, gesehen zu werden. Die Ebbe hatte ganze Wiesen aus Seetang freigelegt. Den pflückte Arabis nun. Strato und Tennes halfen ihr dabei. Sie wuschen den Tang in einem Bächlein aus Süßwasser, das über die Klippen herabrieselte, und trugen ihn dann in eine leere Höhle. Dort zündete Arabis aus Treibholz ein Feuer an und machte Strato und Tennes durch Zeichensprache verständlich, daß sie einen großen Topf brauchte. Die beiden schleppten einen Kessel aus schierem Gold herbei, groß genug, um ein ganzes Schaf darin zu kochen. Arabis füllte ihn halb mit Süßwasser und kochte den Seetang dann zu einer dicken, wohlduftenden und sehr nahrhaften Gemüsebrühe ein. Diese Suppe wurde in goldenen Bechern, Tassen und Schalen an alle Kranken verteilt. Arabis brachte auch Jehimelek ein Schüsselchen voll.

»Oh, das tut gut«, seufzte er, als er seine Suppe getrunken hatte. »Ich war ärgerlich, als ich erfuhr, daß Schischak und Ahiram den Berg verlassen hatten, um Hilfe zu suchen. Aber jetzt sehe ich ein, daß sie klug gehandelt haben. Mit Eurer guten Medizin und dieser stärkenden Suppe könnt Ihr mein Volk vielleicht doch noch retten.«

»Darf ich Euch etwas fragen, Sir?«

»Natürlich.«

»Warum seid Ihr der einzige hier, der meine Sprache spricht?«

»Das ist Gesetz bei uns, seit wir vor einhundertundzwei

Generationen mit Gewalt in dieses Land verschleppt wurden«, antwortete Jehimelek. »Wir haben unsere eigene Sprache behalten. In jeder Generation durfte nur einer von uns die fremde Sprache unserer Unterdrücker erlernen.«

»Einhundert Generationen! Wenn man annimmt, daß die Menschen mit zwanzig heiraten und Kinder bekommen, so sind das zweitausend Jahre!« Arabis war tief beeindruckt. »Aber wer hat Euer Volk hierher verschleppt, Sir? Die alten Römer? Und woher stammt Ihr? Und warum haben sie Euch verschleppt, um Himmels willen?«

»Sie haben uns als Sklaven hierher gebracht, damit wir in diesen Bergen nach Gold für sie schürfen. Sie haben uns gefangengenommen, weil kein anderes Volk so geschickt darin war, Bergwerke anzulegen und Gold zu verarbeiten. Und als die Römer fortgingen, haben sie uns zurückgelassen. Da haben wir uns in den Bergwerken versteckt, die wir selbst ausgeschachtet hatten, und beschlossen, nie wieder als Sklaven zu leben. Wir stammen aus einem herrlichen Land mit blauem Himmel und grünen Palmen, mit goldenem Sand und weißen Städten. Es liegt weit, weit im Süden. Eines Tages werden wir dorthin zurückkehren! Wir leben in Dunkelheit und Furcht. Wir wagen uns nur bei Nacht aus dem Berg, um Fische zu fangen und Kräuter zu pflücken. Mit jeder neuen Generation werden wir weniger und schwächer, denn dieses kalte, feuchte Klima des Nordens bringt uns allmählich um. Sogar unsere Kamele werden immer kleiner und gebrechlicher. Aber eines Tages wird ein Schiff kommen und uns nach Hause holen, zurück in das Land unserer Väter.«

Arabis fragte sich, ob der alte Prinz wirklich daran glaubte.

»Lieber Himmel, das ist ja schrecklich! Immer unter der Erde im Berg leben, wo es so feucht und finster ist! Kein Wunder, daß alle so schwach und krank sind. Aber«, fuhr Arabis sachlich fort, nachdem sie einen Moment nachgedacht hatte, »warum habt Ihr nicht einfach alles zusammengepackt und seid wieder nach Hause gezogen? Ich meine, warum haben Eure Ur-ur-ur-großväter das nicht getan, damals, als die alten Römer Britannien wieder verlassen haben?«

»Weil wir den Weg nicht wußten«, antwortete Jehimelek einfach.

Arabis verstummte und dachte über dieses Problem nach. Wie auf der Suche nach einer Antwort glitt ihr Blick durch den Raum und wurde plötzlich gefangen. Denn auf der Rückseite des Vorhanges aus schwarzer Kamelwolle war mit Goldfäden in natürlicher Größe eine herrliche goldene Harfe eingewebt.

7

Als Owen auf seinen Großvater zutrat, pfiff ein Stein an seinem Kopf vorbei und zertrümmerte ein Fenster im Museum. Owen wirbelte herum und sah gerade noch, wie Hufa Morgan sich bückte und den nächsten Stein aufhob.

»Hör auf!« rief Owen entrüstet.

»Wo ist unsere Harfe? Wieviel Geld hat Graf Malyn dir dafür gegeben?« schrie jemand zurück. Ein zweiter Stein sauste durch die Luft und hätte den alten Mr. Bren beinahe getroffen.

Owen war verzweifelt. »Hört zu, alle miteinander!« rief er. »Hört doch erst zu!«

Damit seine Stimme weiter trug, kletterte Owen auf die Steinstufen neben dem Eingang, die extra dort angebracht worden waren, damit behäbige Reiter leichter ihr Pferd besteigen konnten. Owen achtete nicht auf die verfaulte Lauchstange, die durch die Luft segelte und ihn am Arm traf. Er schrie, so laut er nur konnte: »Wir haben die Harfe nicht an Graf Malyn verkauft! Sie ist gestohlen worden!«

»Komm sofort da runter!« fauchte der alte Mr. Bren, der

dicht neben Owen stand. »Willst du noch mehr Schande über mich bringen? Ich weiß, daß du die Harfe gestohlen hast! Ich habe deinen Brief schon erhalten – auch eine Schande, diese miserable Schrift und all die Rechtschreibefehler! Du bekommst keinen einzigen Penny, darauf kannst du dich verlassen! Du unverschämter Kerl! Wie kannst du es wagen, wieder an den Schauplatz deines Verbrechens zurückzukehren!«

»Ich habe die Harfe nicht gestohlen! Zwei Burschen, die Bilk und Prigman heißen, haben sie gestohlen, und mich haben sie gefesselt und mitgeschleppt«, antwortete Owen.

»Wahrscheinlich steckt ihr alle unter einer Decke!« rief jemand.

»Mich kannst du nicht täuschen, ich kenne deine Schrift!« sagte der alte Mr. Bren.

»Natürlich war es meine Schrift! Die Burschen haben mir ein Messer an die Kehle gehalten und mich gezwungen, die Briefe zu schreiben! Bilk und Prigman haben die Harfe jetzt, und ich glaube, sie haben sie für Graf Malyn gestohlen, weil mein Großvater sie ihm nicht geben wollte.«

Das war offensichtlich eine verblüffende Neuigkeit für die Leute von Pennygaff.

»Vielleicht steckt ein Körnchen Wahrheit in dem, was der Junge da erzählt«, meinte Mr. Morgan, der Wirt, nachdenklich. »Die beiden haben sich in meinem Wirtshaus mit dem Grafen getroffen, das kann ich bezeugen. Das hat mich auch gewundert. Die Burschen kamen mir gleich nicht ganz geheuer vor.«

»Diebesgesindel, alle miteinander!« schrie Mrs. Evans, die Krämerin. »Schmeißt die beiden da in den Fluß, und die zwei anderen hinterher, sobald wir sie erwischen!«

Ein Teil der aufgebrachten Menge murmelte Zustimmung. Noch mehr Geschosse flogen. Ein verfaulter Apfel traf Owen und bespritzte ihn mit säuerlich riechendem Matsch.

»Mein Großvater hat nichts damit zu tun!« schrie er. »Hört mir zu! Ihr müßt mir zuhören! Mein Großvater hat sich geweigert, Graf Malyn die Harfe zu geben, das haben die beiden Burschen mir selbst gesagt! Und deshalb haben sie die Harfe gestohlen!«

»Du lügst! Du lügst! Erzähl keine Märchen!«

»Seid still, Nachbarn! Laßt den Jungen ausreden und hört ihn an!« schrie der stämmige Mr. Morgan. »Er hat wenigstens Mut, das muß man ihm lassen! Ich möchte mal erleben, daß du so mutig bist«, fügte er scharf, zu seinem Sohn Hufa gewandt, hinzu. Hufa ließ daraufhin den Stein, den er gerade nach Owen werfen wollte, wieder auf den Boden fallen und machte ein Schafsgesicht.

»Also, Bub, erzähl deine Geschichte, und wenn jemand dich unterbricht, dann kriegt er es mit mir zu tun!«

Mr. Morgan kam nach vorn, pflanzte sich neben Owen auf und musterte die Umstehenden, die zwar noch murrten, aber keine Steine und kein Gemüse mehr warfen.

Owen berichtete, wie Bilk und Prigman ihn in der Bibliothek überwältigt, bis nach Nant Agerddau mitgeschleppt und ihn dann gefesselt in der Kate zurückgelassen hatten. Er erzählte, daß Falke und Arabis ihn gerettet hatten, die Harfe dann aber schon aus dem Versteck im Steinbruch verschwunden war. Sein ernstes, entschiedenes Auftreten begann die Leute von Pennygaff zu überzeugen.

»So eine Gemeinheit!«

»Das ist wirklich ein Skandal: Ein reicher Graf stiftet zwei Gauner an, unsere Harfe zu klauen! Aber vielleicht war es auch dieser Ausländer, der ebenfalls im Gasthof gewohnt hat. Dem würd' ich auch nicht weiter über den Weg trauen, als sein Schnurrbart lang ist!«

»Und den armen Bub wollten sie einfach umbringen! Da kann's einem wirklich kalt den Rücken runterlaufen!«

Nur der alte Mr. Bren ließ sich nicht umstimmen. Er hörte sich Owens Bericht mit versteinerter Miene an, und hinterher erklärte er laut: »Ich glaube kein Wort! Ich habe noch nie im Leben solche Lügen gehört!«

Owen wurde noch blasser, als er es ohnehin schon war.

»Aber Großvater ...« begann er.

»Und nenn mich nicht mehr Großvater! Ich verstoße dich! Ich will nichts mehr mit dir zu tun haben, hast du verstanden? Ich erkenne dich nicht mehr als mein Fleisch und Blut an. Du hast Schande über den alten Namen Bren gebracht!«

»Genau das tust du selbst, du alter Trottel!« schrie Dai, der Schankknecht aus dem »Drachen«. »Der Bub war tapfer, er hat getan, was er konnte! Schäm dich lieber selbst, daß du deinen eigenen Enkel verstößt!«

»Ja, schäm dich, Bren!«

»Pfui!«

»Er hat überhaupt kein Herz, der alte Knacker!«

Mr. Bren wandte sich wütend zu der anklagenden Menge um. »Verschwindet, alle miteinander!« schrie er. »Seit drei Jahren, seit ich nicht mehr zur See fahre, gebe ich mir Mühe, euer Museum ordentlich zu führen, und wie dankt ihr es mir? Zuerst beschuldigt ihr mich, ich hätte die Harfe gestohlen, und jetzt mischt ihr euch auch noch in meine Familienangelegenheiten ein. Von morgen an könnt ihr euch selbst um euer Museum kümmern. Ich lege mein Amt als Kurator nieder! Und jetzt seid so gut und verschwindet endlich, denn ich möchte zu Bett gehen.«

Mr. Bren ging zur Tür.

»Großvater ...« begann Owen noch einmal.

Aber der alte Mann sah einfach durch ihn hindurch, trat ins Haus und knallte die Tür hinter sich zu.

Einen Augenblick herrschte betretenes Schweigen. Dann begann die Menge sich zu verlaufen.

»Na, dein Großvater ist wirklich ein sturer Bock, Owen«, sagte Luggins beeindruckt. »Es tut mir leid, daß ich manchmal gemein zu dir war, ich wußte nicht, daß du zu Hause schon genug mitmachst.«

Obwohl Hufa Morgan ihm deswegen einen bösen Blick zuwarf, trat der große, gutmütige Luggins zu Owen, der noch immer wie benommen dastand, und klopfte ihm auf die Schulter.

»Kopf hoch, Owen! Ich finde, die machen viel zuviel Wind um diese blöde alte Harfe, die bloß noch eine Saite hat. Was meinst du, Mog?«

Mog nickte. Er aß ein großes Haferbrot und unterbrach das Kauen nur, um zu bemerken: »Ich bin bloß froh, daß mein Großvater mich nicht rausgeschmissen hat. Was machst du jetzt, Owen?«

»Was ich jetzt mache?« Owen war noch immer etwas benommen. Er rieb sich verwirrt die Stirn. Das Wohlwollen dieser beiden Burschen, die bis jetzt seine Feinde gewesen waren, überraschte ihn. Hufa und Dick, Soth, Follentine und Dove musterten ihn weiterhin mit Abneigung und Feindseligkeit. Aber Owen wurde sich bewußt, daß ihn diese Feindschaft nicht mehr einschüchtern und ängstigen konnte.

»Was ich jetzt mache?« wiederholte er. »Nun, ich werde versuchen, die Harfe wieder zu beschaffen«, fuhr er fort. »Ich muß nach Schloß Malyn gehen und mit dem Grafen reden. Ich werde ihm erklären, daß er uns helfen muß, die Harfe wiederzufinden, weil er sonst verdächtigt wird, Bilk und Prigman angestiftet zu haben.«

»Recht so!« stimmte Mr. Morgan zu. Und zu seinem Sohn sagte er: »Der Bub hat zweimal soviel Mut wie du, Hufa! Er will mit Graf Malyn reden! Es gibt hier in Pennygaff eine Menge erwachsener Männer, die das nicht wagen würden!«

Hufa Morgan sah seinen Vater wütend an und brummte widerstrebend: »Ich begreife nicht, was an ihm so großartig sein soll. Aber ich komme mit dir, Owen, wenn du willst.«

Denn Hufa erkannte, daß Owen plötzlich den Respekt der Leute gewonnen hatte. Er sagte sich, daß es seiner eigenen Stellung nicht schaden könnte, wenn er wenigstens so tat, als teile er die allgemeine Meinung über Owen Bren.

»Ich komm' auch mit!« rief Luggins vergnügt. »Ich möcht' auch mal das Schloß mit all den goldenen Möbeln sehen!«

»Ich komm' auch mit!« – »Ich auch!« – »Ich auch!« Dick, Follentine und Dove folgten dem Beispiel ihres Anführers.

»Laßt den armen alten Mog nicht allein zurück!«

Soth warf Hufa einen fragenden Blick zu, und der murmelte hinter der Hand: »Wart nur, bis wir ihn allein im Wald haben auf dem Weg nach Schloß Malyn! Dann machen wir Hackfleisch aus dem Knirps!«

Soth setzte sein widerliches Lächeln auf und lispelte: »Ich komm' auch gern mit, Owen Bren.«

Hufa und seine Kumpane scharten sich um Owen.

»Gehst du sofort los?« fragte Mog.

Owen wäre am liebsten gleich aufgebrochen, aber Mr. Morgan riet ihm, bis zum nächsten Morgen zu warten.

»Bei Nacht kommst du nicht lebendig durch den Wald, Bub. Ihr würdet alle miteinander von den Wölfen aufgefressen. Sogar mein Hufa, und dabei ist er so zäh, daß selbst ein Wolf Bauchweh von ihm kriegen würde. Komm lieber mit uns zum ›Drachen‹. Du kannst bei uns essen und schlafen. Wir haben genug Platz, seitdem die feinen Herren und ihr Gefolge wieder weg sind. Der Fremde mit dem Schnurrbart ist nämlich auch schon abgereist, gleich nach Graf Malyn. Zuerst war er im Museum, und dann hat er sich eine Kutsche gemietet, um nach Nant Agerddau zu fahren. Er will den Teufelssprung besichtigen. Das hat er jedenfalls gesagt.«

Es wurde vereinbart, daß die Jungen bei Tagesanbruch losziehen und genug Proviant und auch eine Waffe mitbringen sollten. Owen klopfte an die Museumstür, um seinen Großvater zu bitten, ihm die alte Armbrust aus der Waffensammlung zu leihen. Aber unnachgiebiges Schweigen war die einzige Antwort.

»Laß nur«, sagte Mr. Morgan. »Ich hab' genug Leder zu Hause. Damit kannst du dir eine Schleuder machen.«

Doch am nächsten Morgen erschien Luggins zu Owens Überraschung mit der Armbrust aus dem Museum und dem Köcher voll Bolzen, der dazu gehörte. Die Armbrust funktionierte tadellos, denn Owen hatte sie oft genug polieren und einfetten müssen.

»Wie hast du meinen Großvater bloß dazu überredet, sie herauszurücken?« fragte Owen, als die acht Jungen mit Stöcken, Messern, Spießen und der Armbrust bewaffnet aufbrachen und in das enge, bewaldete Tal des Flusses Gaff hinabstiegen.

»Das war ganz einfach!« versicherte Luggins und lächelte sein breites, argloses Lächeln. »Ich dachte mir, ich geh' mal rein, weil ich doch sowieso am Museum vorbei muß. Und wie ich hinkomme, steht eine Kutsche vor der Tür, und ein Bursche in einer Livree mit goldenen Litzen sagt gerade zu deinem Großvater: ›Mr. Bren, ich habe den Befehl, Euch sofort zu Seiner Gnaden Graf Malyn zu bringen. Seine Gnaden will Euch unverzüglich sprechen!‹ Natürlich hat dein Großvater nicht im Traum daran gedacht, einfach zu gehorchen und einzusteigen. Er hat angefangen, mit dem Lakaien zu debattieren, und unterdessen bin ich hinter seinem Rücken zur Tür rein, hab' die Armbrust genommen und bin zum Fenster wieder raus. Es war ganz einfach, wirklich!«

Owen beglückwünschte Luggins nur flüchtig zu seiner Geschicklichkeit. Seine Gedanken waren ganz mit dieser Neuigkeit beschäftigt. Das klang ja so, als ob der Graf nicht die Harfe, sondern bloß den Brief bekommen hatte und jetzt nach Mr. Bren schickte, um eine Erklärung zu verlangen. Das war also der zweite Brief. Der Seldschuk war zu früh aus Pennygaff abgereist. Owen hatte den an ihn gerichteten Brief im »Drachen« vorgefunden und ihn bei der erstbesten Gelegenheit in das Küchenfeuer gesteckt. Aber wo war der vierte Brief – an Seine Königliche Hoheit den Prinzen von Wales – geblieben?

Die Jungen folgten dem Lauf des Flusses Gaff durch den Wald. Dies war der kürzeste Weg, aber er war auch besonders gefährlich. Hier gab es viele wilde Tiere, und außerdem überschwemmte der Gaff, der streckenweise unterirdisch floß, bei plötzlichen Regenstürmen auch die sonst trockenen Stücke des Weges manchmal in Sekundenschnelle. Doch heute war der Morgen sonnig, und die Jungen hofften, daß es den ganzen Tag so bliebe.

Sie zogen in Zweierreihen durch das steinige Flußbett. Hufa und Soth marschierten ein gutes Stück voran, sprachen leise miteinander und schauten sich hin und wieder mit Blicken, die nichts Gutes verhießen, nach Owen um.

Dann kamen Dick und Follentine, die mit ihren Stöcken auf alle Büsche einschlugen und mit Steinen nach den Vögeln warfen.

Luggins, Dove, Mog und Owen bildeten die Nachhut, und die ersten drei staunten mit offenem Mund, als Owen aus seinem Buch der ›Nützlichen Wissenschaften‹ zitierte und ihnen die Natur ringsum erklärte.

»Der Igel läßt sich um seiner Sicherheit willen geduldig jede Provokation gefallen – hör auf, an dem armen Ding herumzustochern, Dove. Er wird niemals die Stacheln einziehen und sich auseinanderrollen, solange du das tust! Die Pilze, Moose, Farne und Leberblümchen gehören zum vierundzwanzigsten System des berühmten Botanisten Linnaeus.«

»Huch!« machte Mog, der gerade an einem Pilz kaute. »Ich dachte, das Land hier gehört dem Grafen von Malyn. Meinst du, der alte Linnaeus hat was dagegen, wenn ich seine Pilze pflücke?«

In diesem Augenblick warf Follentine mit einem Kiesel nach einem grauen Fels. Es stellte sich jedoch heraus, daß der Fels kein Fels war, sondern eine Wölfin, die da in der

Morgensonne schlief. Natürlich wachte sie auf und stürzte sich zähnefletschend auf Follentine. Er rannte schreiend davon, aber die Wölfin holte ihn mit ein paar Sätzen ein und schnappte nach seiner Jacke. Alle Jungen standen vor Angst wie gelähmt da, nur Owen spannte blitzschnell die Armbrust und traf so gut, daß die Wölfin sich in der Luft überschlug und auf der Stelle tot war.

»Meine Güte!« keuchte Follentine. »Sie hätte mich beinahe umgebracht! Ich komm' nicht weiter mit. Ich geh' nach Hause!«

»Stell dich nicht so an! Sie hat dich bloß mit den Zähnen gestreift. Das war wirklich ein toller Schuß, Owen!« rief Mog aus und betrachtete die tote Wölfin.

»Ich bin verwundet! Vielleicht muß ich sterben!« jammerte Follentine und verrenkte sich den Hals, um seine Sitzfläche zu inspizieren. »Es ist alles voll Blut! Ich muß nach Hause, sonst verblute ich!«

Obwohl ihm alle gut zuredeten, bestand Follentine darauf, daß er ganz gewiß eine Blutvergiftung bekommen würde, wenn seine Mutter die Wunde nicht ordentlich auswusch. »Muttersöhnchen!« schrien Dick und Hufa ihm nach, als er die Schlucht hinaufhastete und verschwand.

Die restlichen sieben setzten ihren Weg fort. Luggins, Mog und Dove bewunderten Owens Schützenkunst und gratulierten ihm zu seiner Leistung. Aber Hufa, Dick und Soth gingen wieder ein Stück voraus und schienen sich über Owens Tüchtigkeit eher zu ärgern als zu freuen.

»Wir müssen ihm irgendwie die Armbrust wegnehmen, ehe wir uns über ihn hermachen«, entschied Hufa. »Das besorgst du, Soth. Dick und ich, wir suchen uns einen überhängenden Felsen und springen von dort auf ihn runter. Dann werden wir mit ihm fertig.«

»Ich ... ich glaub', ich hab' mir den Knöchel verstaucht«, stotterte Soth nervös und begann zu humpeln. »Ich weiß nicht, ob ich ...«

Aber Hufa sah ihn so drohend an, daß Soth verstummte.

Doch ehe die drei ihren Plan ausführen konnten, stießen sie auf ein Hindernis, das die ganze Gruppe zum Stehen brachte.

Das jetzt ausgetrocknete Flußbett fiel in Wasserfällen den Wald hinab. Jede Stufe war tiefer als die vorhergehende. Mitten in der untersten aber, die gute zehn Meter steil abfiel, sprudelte plötzlich der Fluß wieder hervor. Nun standen die Jungen vor dem Problem, wie sie zuerst diese steile Felswand hinunter, dann über den Wasserfall hinweg und schließlich wieder zu ihrem Pfad hinauf gelangen sollten, der auf der anderen Seite der Schlucht auf einem schmalen Vorsprung weiterführte. Offensichtlich hatte ein Erdrutsch ihn hier unterbrochen.

»So was Dummes«, brummte Luggins und betrachtete den Abgrund und die Kaskade, die weiß schäumend auf die Felsen stürzte.

»Was sollen wir bloß machen?« jammerte Soth.

»Hast du eine Idee, Owen?« fragte Mog und stopfte sich eine Handvoll Brombeeren in den Mund, die er im Vorbeigehen von den Sträuchern gerissen hatte.

Owen schaute sich um. Über ihnen wuchs eine kleine, aber kräftige Eibe aus dem Gestein und lehnte sich halb über die Schlucht.

»Wenn wir auf den Baum klettern . . .« murmelte Owen nachdenklich.

»Und dann? Sollen wir vielleicht zehn Meter weit springen? Wir sind keine Vögel!«

»Nein, aber wenn wir einen Strick hätten . . . Wartet mal einen Augenblick! Ich hab's!« Owen machte kehrt und rannte zurück in die Richtung, aus der sie gekommen waren. Einige Minuten später war er wieder da und zog ein paar lange faserige Schlingpflanzenranken hinter sich her.

»Clematis vitalba oder Virginiana, eine schöne Pflanze und obendrein sehr nützlich, denn sie bildet ein dichtes Dach für jeden Reisenden, der unterwegs Zuflucht vor

Unwetter sucht«, zitierte Owen aus seinem kleinen Buch der ›Nützlichen Wissenschaften‹.

»Ich lasse mich lieber in die Buttermilchsuppe brocken, eh' ich mich an so ein Stückchen Gras hänge!«

»Die Ranken sind sehr stark«, versicherte Owen. »Im Kaukasus flicht man Eierkörbe daraus und...«

»Ich bin aber kein Ei!«

»Ich zeig' euch, wie man's macht«, sagte Owen zuversichtlich. Er schätzte die Breite der Schlucht und die Entfernung zu dem Vorsprung auf der anderen Seite, rechnete schnell nach und verknotete dann zwei Ranken miteinander.

»Ich binde die beiden Ranken mit einem gleitenden Knoten zusammen, weil sie etwas verschieden dick sind. Dann knüpfe ich das eine Ende mit einem festen Knoten an den Baum, so...«

Owen schlang ein Ende der Ranke um seine Taille, schob sich die Armbrust auf den Rücken, kletterte mit großer Behendigkeit an dem Baum hoch und befestigte die Ranke oben an einem dicken Ast. Dann packte er den Strick und rutschte bis ungefähr anderthalb Meter über dem Boden daran herunter.

»Los, wir schneiden den Strick durch, Hufa!« flüsterte Soth. Aber Hufa verfolgte Owens Vorgehen mit größtem Interesse und achtete nicht auf seinen Komplizen.

»Er kann doch nicht von da aus runterspringen? Ach so, er will schaukeln.«

Owen bewegte seinen ganzen Körper vorwärts und rückwärts und geriet bald ins Schaukeln. Als der Strick über die ganze Schlucht hinweg auspendelte, konnte Owen sich drüben auf den Vorsprung fallen lassen.

Mog und Luggins sahen mit offenem Mund zu.

»Um Himmels willen!« sagte Luggins. »Müssen wir das nachmachen? Verdammt! Das gefällt mir nicht. Wenn nun der Strick reißt? Ich bin viel schwerer als du, Owen!«

»Ich weiß, aber die Ranke hält mindestens einhundertsiebzig Pfund aus! Ich hab's genau errechnet!« rief Owen.

»So viel wiege ich ja fast! Gut, ich komme als erster! Wenn der Strick mich aushält, dann trägt er auch die anderen.«

Mit diesen Worten kletterte der große, dicke Luggins auf die Eibe. Owen bekam es ein bißchen mit der Angst zu tun, als Luggins sich an die Ranke hängte. Aber sie hielt sein Gewicht aus, und als er richtig in Schwung geraten war, fand er die Sache sehr vergnüglich, schaukelte ein paarmal hin und her und zählte dabei laut: »Eins ... zwei ... drei ... vier ... fünf ... sechs ... sieben ... acht ... neun ... zehn!«

»Jetzt reicht's! Das ist kein Spiel!« schrie Owen, als Luggins bei zehn angelangt war.

»Es macht aber Spaß!« schnaufte Luggins und landete so dicht neben Owen auf dem schmalen Felsvorsprung, daß er ihn beinahe hinuntergestoßen hätte. »Wir müssen noch mal herkommen, wenn wir bei dem alten Grafen gewesen sind.«

Da die Überquerung der Schlucht Luggins solchen Spaß gemacht hatte, folgten Mog, Dove und Hufa voll Eifer seinem Beispiel, Soth aber war totenbleich und weigerte sich, die Ranke zu ergreifen.

»Ich hab' keine Angst«, versicherte er zähneklappernd. »Aber ich bin nicht schwindelfrei. Ich glaub', ich geh' lieber wieder heim.«

»Feigling! Memme!« schrie Hufa wütend, aber seine Worte beeindruckten Soth nicht im geringsten. Er machte kehrt und marschierte die Schlucht hinauf zurück in Richtung Pennygaff.

»Ich ... ich glaub', ich sollte lieber mit ihm gehen«, sagte Dick hastig. Auch er war ziemlich blaß. »Wir sind jetzt ziemlich weit weg von daheim, nicht? Vielleicht passiert ihm was unterwegs, so ganz allein. Vielleicht begegnet er wieder einem Wolf? Ich geh' lieber mit ihm und paß' auf, daß er sicher nach Hause kommt.«

Und schon rannte Dick hinter Soth her.

»Schade, daß sie es nicht versuchen wollten«, sagte Owen bedauernd, als sie zu fünft weiterwanderten.

»Wo hast du bloß soviel über Stricke und Knoten gelernt?« fragte Mog.

»Auf dem Schiff meines Vaters, als ich noch klein war.«

Und dann vertrieb Owen seinen Gefährten die Zeit mit Geschichten aus den Jahren, die er an Bord des »Sturmvogel« verbracht hatte, ehe der Aufstand in der Provinz Poohoo Kapitän Bren zwang, seine Frau und seinen Sohn auf einem Tee-Frachter zurück nach England zu schicken. Luggins, Dove und Mog hörten fasziniert zu, aber Hufa blieb noch immer abweisend und machte ein düsteres, nachdenkliches Gesicht.

Etliche Stunden wanderten die Jungen ohne weitere Zwischenfälle durch das trockene Bett des Gaff, der wieder einmal in einer Höhle verschwunden war und unterirdisch weiterfloß. Gegen Mittag jedoch kam Wind auf, und schwarze Wolken verdunkelten den Himmel. Herbstblätter raschelten wie Regenschauer von den Bäumen über der Schlucht herab. Owen wandte sich um und runzelte die Brauen. Die Berge von Pennygaff waren in der Ferne gerade noch zu erkennen. Sie hoben sich schwarz gegen den violetten Himmel ab.

»Es sieht nach Regen aus«, sagte Dove beunruhigt.

Owen nickte. »Wie weit ist es noch, bis wir aus der Schlucht herauskommen?« fragte er Mog, der als einziger schon einmal hiergewesen war.

Mog wußte es nicht genau. Er schätzte, fünf oder sechs Meilen.

Owen legte sich hin und preßte das Ohr auf den Boden.

»Ich glaube, wir sollten jetzt sofort aus der Schlucht klettern«, sagte er ruhig.

»Du hast wohl Angst, daß du nasse Füße kriegst, was?« spottete Hufa.

Doch Dove, Luggins und Mog wollten Owens Rat so schnell wie möglich befolgen.

»Aber wie sollen wir das anstellen? Bißchen steil, diese Felswände, und höher als die neue Habakuk-Kapelle!«

Owen rollte die lange Ranke auf, die er sich wie einen Gürtel um die Taille gewickelt und mitgenommen hatte.

»Jetzt brauchst du bloß noch einen kleinen Vogel, der das eine Ende in den Schnabel nimmt und damit aus der Schlucht fliegt!« sagte Hufa säuerlich.

»Den brauch' ich nicht«, antwortete Owen. Er holte eine Rolle Garn aus der Hosentasche, befestigte das eine Ende an einem Bolzen und schoß diesen so ab, daß er über die Astgabel einer Eiche flog, die auf halber Höhe aus der Felswand wuchs. Luggins rannte und brachte den Pfeil zurück, und Owen band eine dünne Schnur an den Faden und dann die Ranke an die Schnur. Auf diese Weise konnte er den Rankenstrick über den Baumstamm ziehen, bis die beiden Enden nebeneinander herunterhingen.

»Er hätte ebensogut gleich ein richtiges Seil mitnehmen können, statt all dem Fadenzeugs!« murmelte Hufa.

Die beiden Rankenhälften wurden zusammengedreht und verknotet. Owen machte vor, wie man daran hochklettern mußte, und Mog, Luggins und Dove krabbelten ungeschickt, aber eifrig an dieser Ersatz-Strickleiter empor und brachten sich außer Gefahr.

Mit Hufa war es nicht so einfach. Er war behäbig und schwerfällig und wollte seine Ungeschicklichkeit nicht zeigen. Mit verschränkten Armen und verächtlichem Gesicht stand er da und verkündete: »Wenn du meinst, du kannst mich dazu bringen, wie ein Affe herumzuturnen, dann bist du schief gewickelt. Ihr seht schön blöd aus, wie ihr da oben in der Eiche hockt!«

»Los, komm schon, Hufa! Es ist großartig hier oben, wie in einem Glockenstuhl!« drängte Luggins.

Besorgt rutschte Owen noch einmal den Strick herunter

und redete Hufa gut zu: »Klettere rauf, wir haben nicht mehr viel Zeit.«

Die ersten schweren Regentropfen fielen schon. Noch bedrohlicher aber klang das dumpfe Donnergrollen, das aus der Richtung von Pennygaff immer näher kam.

»Feiglinge!« höhnte Hufa. »Meine alte Großmutter würde lachen, wenn sie euch wie Hühner auf der Stange da oben sitzen sähe.«

Das Grollen verstärkte sich rasch, und Hufa wurde blaß.

»Hufa, bitte, du mußt raufklettern!« bat Owen. »Du darfst keine Sekunde mehr verlieren! Merkst du nicht, wie der Boden bebt?«

»Verdammt, hört auf zu reden, seht zu, daß ihr raufkommt!« schrie Mog, der von seinem Platz hoch oben im Baum über eine Biegung der Schlucht hinwegsehen konnte. »Der Fluß kommt auf euch zu wie Noahs Sintflut!«

Mit entsetztem Gesicht packte Hufa den Strick.

»Was soll ich machen?« fragte er ärgerlich.

»Greif so hoch du kannst, und dann zieh dich rauf. Verschränk die Beine an den Kniekehlen und drück die Fußsohlen fest gegen den Strick.«

Hufa zog sich schwerfällig hoch, aber er strampelte mit den Beinen, und deshalb fanden seine Füße keinen Halt an dem Strick, der unter ihm hin und her baumelte. Owen packte die Ranke und hielt sie fest.

»Stell dich auf meine Hände! Gut so! Und jetzt stemm dich hoch!«

Owen stützte und schob von unten, so weit er reichen konnte. Luggins lehnte sich von oben herunter, packte Hufa bei den Handgelenken und zerrte ihn das letzte Stück hinauf.

»Owen, schnell, komm rauf, komm rauf!« schrie Mog.

Da Hufa schon halb von Luggins gehalten wurde, zog auch Owen sich am Seil hoch – gerade im letzten Augenblick. Eine massive schwarze Wand aus Wasser, so hoch wie ein Haus, wälzte sich die Schlucht herab, schob große Felsbrocken beiseite, entwurzelte Bäume und wirbelte sie wie Reisig herum. Das Ende der Ranke wurde vom Wasser erfaßt. Der Strick ächzte unter dem Gewicht der beiden Jungen und begann sich zu dehnen. Luggins nahm alle seine Kraft zusammen und zog Hufa in den Baum hinauf, wobei er ihn beinahe bei lebendigem Leib häutete. Und Owen kletterte schneller als jemals zuvor in der Takelage des »Sturmvogel«, wenn sein Vater unten an Deck stand und ihn mit kritischen Augen beobachtete. Gerade als Owen sich oben über den Baumstamm warf, riß die Ranke und versank in der Strömung.

»Puh!« schnaufte Luggins. »Das hat gerade noch geklappt! Ist alles in Ordnung, Owen?«

Owen nickte. Er rang noch nach Luft. Alle starrten erschrocken hinunter auf das tosende Gewässer. Das Hochwasser stieg bis dicht unter die Wurzeln ihres Baumes.

»Ich hab' noch nie erlebt, daß der Fluß so schnell steigt«, sagte Mog. »In Pennygaff muß es einen richtigen Wolkenbruch gegeben haben. Du hast uns wirklich allen das Leben gerettet, Owen!«

»Schließlich wärt ihr nicht hierher geraten, wenn ihr mich nicht begleitet hättet«, sagte Owen. »Ich hoffe nur, die anderen drei sind noch rechtzeitig vor dem Hochwasser nach Hause gekommen.«

»Lieber Himmel, ja«, sagte Luggins.

Hufa schwieg und betrachtete düster seine Kratzer und Abschürfungen.

Zwei Stunden lang rauschte der angeschwollene Fluß unter ihnen dahin, und von oben prasselte Regen herab und riß die letzten Blätter von dem Baum, auf dem die Buben hockten. Dann hellte sich der Himmel allmählich auf, und die Sonne brach durch.

»Wie kommen wir wieder von diesem Krähennest herunter, nachdem unser Strick weg ist?« fragte Luggins.

Dove und Mog sahen Owen erwartungsvoll an. Hufa murmelte: »Mal sehen, was unser Genie jetzt vorschlägt.«

Owen überlegte. Das Hochwasser sank fast so schnell, wie es gestiegen war, aber es mußte noch immer über vier Meter tief sein.

»Am besten, wir springen runter, solange das Wasser noch tief genug ist«, meinte Owen.

»Ich kann nicht schwimmen«, wandte Luggins ein.

»Dann halt dich an mir fest«, sagte Mog, der schwimmen konnte.

»Ich kann auch nicht schwimmen«, meldete sich Dove. Alle sahen Hufa an, der dasaß und an den Nägeln kaute. Er blieb stumm.

»Dann müssen wir eben noch eine Weile warten«, sagte Owen, obwohl er es sehr eilig hatte, weiterzukommen.

Nicht lange danach trug die Flut einen dicken Wust aus Zweigen und Gestrüpp daher: große Äste, ganze junge Bäume und ein Stück von einer hölzernen Brücke waren fest ineinander verkeilt.

»Schnell, das ist die Gelegenheit!« schrie Owen.

»Springt herunter und haltet euch daran fest! Das hält euch über Wasser.«

Mog nickte, und um Hufa zu ermuntern, der bockig wie ein Maulesel dreinschaute, gab er ihm plötzlich und unerwartet einen so heftigen Schubs, daß Hufa kopfüber hinunter ins Wasser flog. Luggins erwies Dove den gleichen Dienst und sprang dann mutig hinterher. Owen nahm sich noch die Zeit, den Riemen seiner Armbrust enger zu schnallen und seine Brille sicher in seiner Jackentasche zu verstauen, ehe er sich hinunterstürzte. Neben ihm gab es einen lauten Platsch, Mog war seinem Beispiel gefolgt.

Luggins und Dove brachten es fertig, sich an der Brücke festzuhalten. Mog schwamm mit der Strömung und packte dann die Zweige einer jungen Birke. Als Owen wieder auftauchte und sich umschaute, konnte er Hufa nirgends entdecken. Dann hörte er dicht hinter sich ein gluckerndes Keuchen. Er wandte sich um und sah Hufas entsetztes

Gesicht für einen Augenblick aus dem Wasser auftauchen und gleich darauf wieder versinken.

Owen tauchte sofort in das halb versunkene Gestrüpp, das flußabwärts gerissen wurde. Einen Moment fürchtete er, er würde Hufa niemals wiederfinden. Verzweiflung überfiel ihn. Doch plötzlich stieß seine tastende Hand gegen ein Gesicht, er konnte Hufa beim Haar packen und ihn mit ein paar kräftigen Beinstößen an die Oberfläche ziehen. Zu ihrem Glück schwamm gerade ein Tannenstamm vorbei. Owen konnte einen Arm darum schlingen und sich festhalten. Er rief Hufa zu, es ebenso zu machen.

»Geht's so?« fragte er. Hufa nickte wortlos.

»Hallo, ihr da drüben! Eine schöne Schlittenfahrt, nicht?« schrie Luggins, der nicht kleinzukriegen war, als der Tannenstamm die Brücke überholte und zwischen den felsigen, baumbewachsenen Schluchtwänden dahinschoß. »Bei Owen Bren ist was los, genau wie auf der Kirchweih! Zuerst für jeden eine Runde auf der Affenschaukel und dann ein Bootsrennen!«

»Es ist eher wie eine Runde auf der Geisterbahn«, murmelte Hufa. »Wir können von Glück sagen, wenn wir nicht alle mitsamt dem Fluß irgendwo in einem Loch verschwinden.«

Auch Owen hatte schon voll Sorge daran gedacht, daß der Fluß Gaff plötzlich wieder in der Unterwelt verschwinden könnte. Doch zum Glück wurden sie nur eine halbe Meile weit mitgerissen. Dann schoß die Strömung um eine Biegung und schwemmte sie alle – zerschunden und zerkratzt, aber sonst unverletzt – auf ein Fleckchen Land, das mitten aus der Flut ragte.

Erschöpft torkelten die Jungen auf etwas höher gelegenen Grund.

»Was nutzt uns das? Es ist eine Insel. Wir sitzen noch immer fest«, bemerkte Dove verärgert.

»Nicht mehr lange. Schau mal, wie schnell sich das

Wasser verläuft. Ich glaube, in einer Viertelstunde können wir ans Ufer waten«, sagte Owen.

»Ich könnte ein bißchen Mittagessen brauchen«, murmelte Mog. »Ob's auf dieser Insel Brombeeren gibt?«

Er verschwand zwischen den Büschen, und gleich darauf hörten sie ihn rufen: »He, kommt mal her! Ich hab' eine Leiche gefunden, einen Ertrunkenen!«

Die Buben rannten zu ihm. Ein Mann lehnte halb liegend, halb sitzend an einem Kastanienbaum. Er trug einen schottisch-karierten Kilt und eine Jagdjacke aus pflaumenfarbenem Samt. Neben ihm lagen eine Muskete und eine kleinere Vogelflinte. Ein Jagdmesser war ihm aus der Hand gefallen. Und ein paar Schritte weiter entdeckten die Jungen zu ihrer Verblüffung nicht weniger als drei wilde Eber, die der Mann offensichtlich erlegt hatte.

»Vielleicht hat das Hochwasser ihn auf dieser Insel gefangengehalten, zusammen mit den Wildschweinen«, meinte Dove. »Er muß tapfer gewesen sein. Schade, daß er ertrunken ist.«

»Du Dummkopf, er ist nicht ertrunken. Seine Kleidung ist ganz trocken«, sagte Hufa.

Das stimmte. Dieser Teil der kleinen Insel war hoch genug gelegen, um der Flut zu entgehen.

»Wieso ist er dann tot?« fragte Luggins erstaunt.

»Kannst du nicht sehen? Er hat eine große Wunde am Bein. Eins von den Wildschweinen muß ihn mit dem Hauer erwischt haben.«

»Ich glaube, er ist gar nicht tot«, sagte Owen, der die scheinbar leblose Gestalt aufmerksam betrachtet hatte. »Seine Augenlider haben eben ein bißchen gezuckt.«

Owen nahm den ledernen Hut, der neben dem Mann lag, und rannte zum Ufer, um Wasser zu schöpfen. Er bemerkte, daß der Hut mit Goldfäden bestickt war und daß die drei weißen Federn darauf von einer Brosche mit einem großen Diamanten gehalten wurden.

Irgendein reicher Lord, dachte Owen, als er mit dem

Wasser zurückkam und dem Mann vorsichtig die Stirn benetzte. Luggins massierte unterdessen die Hände des Jägers, und Dove und Hufa suchten trocken gebliebenes Reisig und zündeten ein Feuer an.

»Er braucht etwas zu essen, falls er lebt«, sagte Mog und hob Eßkastanien auf, die im Gras unter dem Baum verstreut lagen.

Hufa fand einen Jagdbeutel.

»Schaut euch das an! Da ist eine Krone draufgestickt! Und innen steckt eine Flasche Wein. Der würd' ihm sicher guttun, was meinst du, Owen?«

Dies war das allererste Mal, daß Hufa ohne höhnischen oder feindseligen Ton mit Owen sprach.

»Ja, das ist eine gute Idee«, antwortete Owen und nahm die Flasche mit dankbarem Lächeln entgegen. »Kannst du ihm den Kopf stützen, Hufa, während ich ihm etwas Wein einflöße?«

In diesem Moment bewegte sich der verletzte Mann ein wenig, öffnete die Augen und betrachtete verwirrt die Gesichter über sich.

»Was ist denn hier los?« fragte er schwach.

8

Der kleine Hafen von Malyn lag in einer spitz zulaufenden Bucht. An dieser Stelle kam der Gaff wieder an die Oberfläche. Im Lauf der Jahrhunderte hatte er sich durch die schwarzen Klippen, auf denen früher angeblich ein Drache hauste, einen Weg hinaus in den stürmischen Atlantik gefressen.

Heutzutage hauste kein Drache mehr auf den Klippen. Aber viele der in Port Malyn lebenden Fischer fanden, daß der Graf genauso ein Übel und sogar noch schlimmer sei. Allerdings hätten sie nicht gewagt, diesen Gedanken auch nur flüsternd zu äußern. Das Schloß des Grafen lauerte wie ein Geier am äußersten Rand der Klippen, und nur ein einziger schmaler Weg wand sich dicht neben dem Abgrund zu ihm hinauf. Die Leute sagten, daß ein Pfirsichkern, den der Graf aus seinem Schlafzimmerfenster warf, sechshundert Meter tief fiel, ehe er in den Wellen versank. Und viele Leute waren davon überzeugt, daß nicht nur Pfirsichkerne aus diesem Fenster geschleudert wurden. Gäste, die den Grafen verärgert, und Gefangene, die die Tollkühnheit besessen hatten, ihm zu widersprechen, waren verschwunden, ohne eine Spur zu hinterlassen. Natürlich war es auch möglich, daß ihre Knochen irgendwo in der weitläufigen Burg vermoderten oder unten in den finsteren Kellergewölben, die tief, niemand wußte genau, wie tief, in die Klippen gehauen waren.

An einem windigen Abend, etwa zur gleichen Zeit, als Owen im Wald dem wilden Eber begegnete, fuhr ein Reisender in einer Mietkutsche durch Port Malyn. »Wirklich ein romantisches Nest«, bemerkte dieser Herr, während der Kutscher seine Pferde vorsichtig zwischen Hummerkörben und Bergen von Fischnetzen am Kai entlang lenkte. »Aber es wirkt ein bißchen heruntergekommen, etwas schäbig, ziemlich verarmt, findest du nicht auch, guter Mann?«

Viele der kleinen vernachlässigten Häuser standen tatsächlich leer, denn Graf Malyn hatte die Bewohner hinauswerfen lassen, weil sie die Wuchermieten nicht bezahlen konnten, die er verlangte.

»Hm«, knurrte der Kutscher. Schließlich wurde er fürs Kutschieren bezahlt und nicht fürs Reden. Er stieg vom Kutschbock, um die Pferde das letzte steile Stück des Weges am Halfter zu führen, und warf seinen Passagieren einen mißbilligenden Blick zu. Der kleine, dunkelhäutige Diener, der wie sein Herr in Pelz gekleidet war, verstand den Wink und sprang schnell ebenfalls ab. Sein Herr hingegen ließ sich vom Mißmut des Kutschers nicht stören, blieb behaglich in der Kutsche sitzen und bewunderte die Aussicht über die Wälder und Berge.

»Und das da muß der Leuchtturm sein, nehme ich an, vermute, glaube ich. Sehr malerisch, wirklich! Und dort drüben in der Ferne, das ist wohl die Spitze, die Krone, der Gipfel des Schlapphut-Ben, des berühmten Berges, den ich in Nant Agerddau betrachtet habe?«

»Hm«, machte der Kutscher.

»Und diese zinnenbewehrte Burg vor uns ist der Sitz, die Behausung, die Heimstatt des trefflichen Grafen von Malyn? Eine höchst begehrenswerte, gemütliche Residenz!«

»Hm«, brummte der Kutscher. Er zog die Zügel an und brachte sein Gespann vor einem steinernen Torbogen, den ein eisernes Tor ungastlich versperrte, zum Stehen.

Da keine Glocke und kein Türklopfer vorhanden waren, hob der Kutscher einen Stein auf und schlug damit gegen das Tor. Nach einer Weile öffnete sich eine Luke, und ein Torhüter in Livree steckte den Kopf heraus. Verdrossen und abweisend musterte er die Ankömmlinge. Dann zog er den Kopf wieder herein und schob statt dessen ein Schild durch die Luke:

WAS WOLLT IHR?

»Ein Herr will Seine Gnaden besuchen«, antwortete der Kutscher und fügte leise zu sich selbst hinzu: »Ein Glück, daß er da rein muß und nicht ich!«

Der Türhüter drehte sein Schild herum. Auf der Rückseite stand:

NAME?

»Seine Exzellenz der Seldschuk von Rum.«

Der Türhüter knallte die Luke zu und verschwand. Es dauerte ziemlich lange, bis er zurückkam und unter Quietschen und Knarren begann, die eisernen Riegel aufzuschieben.

»Worauf wartest du?« rief der Seldschuk ungeduldig, als das Tor weit genug offenstand, um die Kutsche hindurchzulassen. »Worauf wartest du? Fahr zu und hinein, guter Mann, alter Knabe!«

»Ihr habt mich angestellt, um Euch nach Schloß Malyn zu fahren. Vom Hineinfahren war nicht die Rede. Ich setze Euch lieber hier ab«, antwortete der Kutscher.

»Unsinn, Gefasel und Spinnerei! Fahr weiter, guter Mann!«

Murrend stieg der Kutscher wieder auf den Bock und lenkte die Pferde über einen gepflasterten Hof. Aber als sie zu einem zweiten, inneren Torbogen gelangten, hielt er wieder an.

»Los, los, fahr bitte weiter, mein Guter«, rief der Seldschuk. »Hinter diesem Tor liegt noch ein anderer Hof, ein Patio, ein Platz, siehst du das denn nicht?«

»Ich habe nicht die geringste Lust, noch weiter hinein zu fahren, versteht Ihr?« antwortete der Kutscher.

Und trotz aller Vorwürfe und Befehle fing er an, das Gepäck des Seldschuken vor dem zweiten Torbogen abzuladen. Dann half er seinem Passagier mit mehr Hast als Höflichkeit beim Aussteigen. Da in diesem Moment zwei kräftige Männer in Livree auftauchten – sie wirkten eher wie Ringkämpfer – und sich stumm die Koffer aufluden, bezahlte der Seldschuk den Kutscher ohne weitere Einwände und folgte den Dienern. Der Kutscher verlor keine Zeit, wendete den Wagen und trieb die Pferde im Galopp durch den ersten Hof, das Burgtor und sogar noch ein Stück den gefährlichen Berg hinab.

Inzwischen folgten der Seldschuk von Rum und sein Diener den beiden Lakaien durch ein Labyrinth von Höfen, Laubengängen, Hallen und Fluren, die alle auf verschiedener Höhe lagen, weil Schloß Malyn auf steilen Klippen erbaut war. Endlich erreichten sie einige luxuriös ausgestattete Wohnräume, die für den Gast vorbereitet worden waren. In den Kaminen loderten Feuer aus Treibholz, in einer goldenen Badewanne dampfte heißes Wasser, in goldenen Haltern brannten Kerzen. Ein höflicher, aber schweigsamer Haushofmeister – alle Diener auf Schloß Malyn schienen stumm zu sein, oder man hatte ihnen das Sprechen verboten – überreichte dem Seldschuken von Rum einen Zettel. Darauf stand: »Seine Gnaden der Graf wird sich freuen, Euch um sechs Uhr im Nordturm zu empfangen.«

»Danke, mein Guter«, sagte der Seldschuk, als er diese Botschaft gelesen hatte. »Jetzt ist es fünf Uhr, nicht wahr? Du kannst gehen, dich entfernen, verkrümeln, denn ich brauche deine Dienste einstweilen nicht.«

Der Haushofmeister verbeugte sich und zog sich zurück, nachdem er zu verstehen gegeben hatte, daß er kurz vor sechs Uhr zurückkommen und den Besucher zu Graf Malyn geleiten werde. Mit Hilfe seines eigenen Dieners nahm der Seldschuk von Rum nun schnell ein Bad und vertauschte seine Reisekleidung mit seidenen Pluderhosen, einem Batisthemd und einer orientalischen Smoking-Jacke aus prächtigem pflaumenfarbenem Brokat. Dann zog er eine dicke Zwiebeluhr hervor, stellte zufrieden fest, daß es erst Viertel nach fünf war, und holte daraufhin einen kleinen Kompaß aus seinem Gepäck. Er befahl seinem Diener, hier zu warten. »Auf geht's! Alle an Bord! Vorwärts!« murmelte er, als er seine Räume verließ und in nördlicher Richtung durch die langen Flure ging. Dabei zog er immer wieder seinen Kompaß zu Rate. Ab und an blieb der Seldschuk stehen, um sich staunend umzuschauen. Dies war wirklich ein seltsames Schloß. Obwohl es 600 Meter hoch über dem Atlantik lag, der vollen Wucht der Stürme ausgesetzt, spürte man in seinen mächtigen Mauern kaum einen Hauch des Windes, der draußen blies. Im Gegenteil: Die Luft war drückend warm, und der Seldschuk mußte seinen Schnurrbart zwirbeln, der anfing, herunterzuhängen. In dieser feuchten Hitze gediehen die zahlreichen großen Farne ausgezeichnet; sie wuchsen in goldenen Blumenkübeln und waren bis zu zwei Meter hoch. Die Mauern aus Granit waren fast alle unverputzt, der Fußboden war überall mit knöcheltiefen, goldfarbenen Teppichen bedeckt, auf denen sich der Seldschuk, der türkische Pantoffeln aus weichem Leder trug, lautlos fortbewegen konnte.

Nachdem er etliche Treppen hinaufgestiegen war, gelangte er endlich in einen Saal, der offensichtlich die Haupthalle des Schlosses darstellte. Sie war gute zwölf Meter lang, und ihre Wände waren mit Jagdspeeren und Wildschweinhauern geschmückt. Hier herrschte noch größere Hitze als in den anderen Räumen, und die Farne in den goldenen Kübeln waren groß wie junge Palmen. In ihrem Schutz gelang es dem Seldschuken, der Aufmerksamkeit der Diener zu entgehen, die sich die Zeit mit einem Würfelspiel vertrieben. Unbemerkt erreichte er eine Türöffnung, hinter der die Stimme des Grafen Malyn zu vernehmen war.

Ein dicker gelber Samtvorhang verbarg die Tür zur Hälfte. Der Seldschuk schob sich so zwischen die Falten, daß er vor den Blicken der Diener und der Leute im nächsten Raum geschützt war. Geistesabwesend starrte er auf einen grinsenden Eberkopf an der Wand, während er mit größter Aufmerksamkeit die Unterhaltung belauschte.

»Und ihr erwartet, daß ich euch dafür bezahle?« sagte Graf Malyn gerade.

»Wir waren schließlich im Museum, nicht? Wir sind das Risiko eingegangen, daß die Stadtwache uns kassiert. Es ist ja nicht unsere Schuld, daß das Ding schon weg war.«

»Eine hübsche Geschichte«, sagte Graf Malyn kühl. »Ich soll also glauben, daß ausgerechnet an demselben Abend, an dem ihr beide den Auftrag für mich erledigen solltet, durch einen seltsamen Zufall der Enkel des Kurators mit diesem Gegenstand verschwunden ist?«

»Genauso war es. Es gibt eben manchmal verdammt komische Zufälle. Die kleine Rotznase hat sogar einen Brief für den Großvater hinterlassen: ›Lieber Großvater, es tut mir leid, daß ich etwas von deinem Besitz mitnehmen muß, aber ich verschwinde‹, hat er schön sauber hingeschrieben. Und das ist so wahr, wie ich Elias Prigman heiße, Euer Gnaden. Bilk, sag ihm auch, daß es stimmt. Der Kerl hatte das Ding mitgenommen, bevor wir da rangekommen sind.«

»Ganz bestimmt, so war's, Euer Gnaden«, versicherte Bilk. »Er hat uns das Geschäft vermasselt, der Knirps. Und ich wette, die kleine blinde Eule ist inzwischen schon auf dem Weg nach London.«

»Blinde Eule? Du kennst den Buben? Du weißt, wie er aussieht?« fragte Malyn scharf.

Bilk gab einen unterdrückten Knurrlaut von sich, es klang, als ob sein Komplice ihm einen Tritt versetzt habe.

»Ja, Euer Gnaden, wir haben ihn in Pennygaff gesehen, als wir auf Euer Gnaden gewartet haben«, antwortete Prigman.

»Und er heißt Owen Bren?«

»Jawohl, Euer Gnaden; ein kleiner, magerer Kerl mit schwarzen Haaren und Kiekern ...«

»Mit einer Brille, du Trottel. Seine Gnaden mag unsere Ausdrucksweise nicht«, unterbrach ihn Prigman.

»Und es ist euch nicht eingefallen, diesen Brief, den er für seinen Großvater hinterlassen hat, mitzubringen, damit ich es mit eigenen Augen lesen kann?« fragte der Graf.

»N ... nein, Euer Gnaden.« Bilks Stimme klang überrascht. Dann fügte er tugendsam hinzu: »Außerdem, wenn wir das getan hätten, dann hätte der arme alte Museums-Dachs ja nicht gewußt, wo der Bub abgeblieben ist.«

»Du hast eben gesagt, daß der Brief sauber geschrieben war?«

»Seine Hochwürden der Pastor hätt's nicht schöner hinmalen können, nicht, Bilk?«

»Es war also nicht die gleiche Schrift wie diese hier, deiner Meinung nach?«

Der Seldschuk spitzte die Ohren und glaubte, das Rascheln von Papier zu vernehmen. Stille folgte. Dann räusperte Prigman sich verlegen und sagte: »Ja doch, das ist die gleiche Schrift, nicht wahr, Bilk?«

»Das ist sie«, stimmte Bilk zu. »Verdammt, da kann man wirklich sauer werden. Erst schnappt das grüne Bübchen einem die Harfe vor der Nase weg, und dann geht er noch hin und schreibt dreist an Euer Gnaden und an all die anderen Herren und verlangt tausend ... au!«

Prigman hatte ihm offensichtlich wieder einen Tritt gegeben.

»Seid ihr sicher, daß es dieselbe Schrift ist?« wiederholte Graf Malyn. »Obwohl der andere Brief so schön sauber geschrieben war und dieser hier so unordentlich und voller Fehler ist?«

»Vielleicht hat er es eilig gehabt, als er den hier geschrieben hat«, murmelte Bilk.

»So, meinst du? Aber es scheint doch seltsam, daß er es eilig gehabt und deshalb schlecht geschrieben haben sollte, wenn er längst mit der Harfe durchgebrannt war. Man möchte doch meinen, daß er eher vorher vor Hast und Aufregung schlecht schreibt, wogegen er doch hinterher reichlich Zeit und Muße hatte.«

»Vielleicht hat er den ersten Brief in der Schule geschrieben?«

»Eine sehr wahrscheinliche Erklärung! Woher willst du wissen, ob er überhaupt in die Schule geht? Seid ihr beide sicher, daß ihr die Briefe nicht selbst geschrieben habt?« herrschte Graf Malyn sie plötzlich an.

»Wir? Aber ... aber Euer Gnaden, natürlich nicht! Euer Gnaden weiß doch, daß wir überhaupt nicht schreiben können!«

»Woher wißt ihr dann, daß der Bub noch an andere Leute geschrieben hat?«

»W ... w ... woher ...?«

Bilk war offensichtlich wie gelähmt vor Angst. Aber Prigman antwortete ungerührt: »Jeder weiß das. Alle Leute hier in der Gegend reden darüber, daß er an Euer Gnaden geschrieben hat und an den fremden Herrn und an Seine Königliche Hoheit.«

»Tatsächlich? Bist du ganz sicher?«

»Ja, ja ... ich glaube schon, Euer Gnaden.«

»So, glaubst du? Ist es nicht seltsam, daß ich hier einen Brief habe, der in der gleichen Schrift an Seine Königliche Hoheit den Prinzen von Wales adressiert ist und der noch nicht geöffnet wurde, weil Seine Hoheit noch nicht eingetroffen ist. Und trotzdem weißt du, was darin steht? Soll ich dir mal sagen, was ich glaube?« sagte Graf Malyn drohend. »Ich glaube, daß ihr beide mit dem Bub unter einer Decke steckt. Ihr habt euch diese Briefe von ihm schreiben lassen. Ihr habt ihn mitsamt der Harfe irgendwo versteckt und ...«

»Nein, nein, ganz bestimmt nicht!«

»Und jetzt kommt ihr zu mir und fordert Lohn, den ihr nicht verdient habt. Und obendrein spekuliert ihr auch noch auf einen Anteil des Lösegeldes. Aber ihr irrt euch, meine feinen Freunde. Ihr irrt euch gründlich! Ihr tätet besser daran, mir die Harfe unverzüglich zu bringen, ehe ich die Geduld verliere. Sonst wäre es möglich, daß ihr euch nicht mehr frei bewegen könnt, wenn ihr euch glücklich wieder an das Versteck der Harfe erinnert. Dann könnt ihr sie nicht mehr holen.«

Prigman stieß ein Quieken aus.

»Aber Euer Gnaden, wir wissen nicht, wo die verdammte Harfe ist. Das ist die reine Wahrheit!«

Ein langes, unbehagliches Schweigen folgte. Dann sagte der Graf mit eisiger Stimme: »Jetzt reicht's. Ihr habt bis Mittwoch Zeit, um sie wiederzufinden. Wenn ihr sie bis dahin sicher und unauffällig hierherbringt, bekommt ihr den gleichen Lohn, den ich euch vorher versprochen habe, obwohl ihr ihn nicht verdient. Wenn ihr die Harfe nicht herbeischafft, habt ihr keine Nachsicht zu erwarten. Ich werde euch immer und überall finden. Ich habe euch auch in London gefunden.«

»J . . . ja, Euer Gnaden.«

»Dann vergeßt das nicht. Und jetzt verschwindet. Garble, sorg dafür, daß diese beiden Männer das Schloß sofort verlassen. Noch etwas, Garble. Laß Mr. Owen Bren holen, den Kurator des Museums in Pennygaff, und auch seinen Enkel, wenn der Bub zu finden ist. Und kümmere dich darum, daß bis Mittwoch ein paar Kerker frei und die Daumenschrauben geölt sind.«

Prigman gab wieder ein unterdrücktes Wimmern von sich, dann kamen die beiden Männer, von Garble begleitet, blaß und bebend heraus. Bilk murmelte: »Ich hab' dir ja gleich gesagt, es geht schief, wenn du ihn übers Ohr hauen willst. Jetzt mußt du mir sagen, wo du das Ding versteckt hast!«

Der Seldschuk rührte sich nicht hinter seinem Vorhang, und die drei Männer gingen vorbei, ohne ihn zu bemerken. Dann schritt er weiter, als habe er nur einen Augenblick innegehalten, um ein Paar prächtige Eberhauer zu bewundern.

In diesem Moment kam der geplagte Haushofmeister durch die Halle gerannt. Er suchte den Seldschuken. Der Gedanke, daß ein Besucher ohne Begleitung im Schloß herumlief, verstörte ihn offensichtlich.

Lächelnd ließ sich der Seldschuk zu Graf Malyn führen, der in einem großen Raum auf und ab ging. Er sah nicht ausgesprochen gereizt aus, aber sein dünnlippiger Mund wirkte verkniffen. In seinen Augen lag ein gelbes Glimmen, und seine schlanken Hände hielten einen Fächer aus Gold und Pergament, als ob sie gern jemanden damit erstechen würden. Graf Malyn trug einen eleganten Samtanzug, schwarz wie die Nacht, und dazu eine zitronengelbe Seidenweste.

Im Vergleich zu ihm sah der Seldschuk von Rum beleibt und bunt aufgeputzt aus. Er ging auf Graf Malyn zu und begrüßte ihn.

»Werter Herr! Es ist äußerst liebenswürdig von Euch,

mir das Vergnügen zu verschaffen, Eure Residenz, Eure Behausung und Heimstatt zu besuchen! Und das nach solch kurzer Bekanntschaft!«

»Im Gegenteil, es ist sehr gütig von Euch, mein lieber Seldschuk, mir das Vergnügen Eurer Gesellschaft zu gewähren«, entgegnete Lord Malyn ebenso höflich. »Ohne Euren Besuch würde ich mich langweilen, denn Seine Königliche Hoheit der Prinz von Wales, den ich ebenfalls erwarte, scheint unerklärlicherweise aufgehalten worden zu sein.«

Nach einigen weiteren Höflichkeiten und Komplimenten führte Graf Malyn seinen Gast in ein Eßzimmer, das wie alle bewohnten Räume im Schloß ganz in Schwarz und Gold gehalten war. Auf einem Tisch aus Ebenholz war ein kleines, aber erlesenes Mahl angerichtet.

Es gab gebratenes Perlhuhn, mit Honig golden glasiert, und dazu gelben Safranreis, danach Ananas, Mandarinen und Pfirsiche. Als sie gegessen hatten, sagte Graf Malyn: »Mein lieber Seldschuk, wir wollen unseren Kaffee in der Bibliothek trinken, und dann sagt mir bitte, womit ich Euch unterhalten kann. Möchtet Ihr meine Tigerfische sehen? Oder meine Golddrosseln? Oder meine Schlangensammlung? Sie ist zwar nur klein, aber ungewöhnlich erlesen. Ich habe zum Beispiel gerade zwei Tigerschlangen erworben, reizende Geschöpfe, die, wie Ihr sicher wißt, ein viel stärkeres Gift als jede andere Schlangenart haben.«

»Vielen Dank, vielen Dank«, antwortete der Seldschuk und leerte hastig seine winzige goldene Mokkatasse. »Aber bitte, bemüht Euch nicht, macht Euch meinetwegen keine Umstände, keine Unbequemlichkeiten. Um Euch keine Geschichten, Märchen, Lügen zu erzählen, muß ich gestehen: Wilde Geschöpfe sind nicht nach meinem Geschmack. Wir haben nämlich ein bißchen zuviel von der Sorte in meinem Heimatland. Wenn Ihr mich wirklich trösten, aufmuntern, erfreuen, mir das Herz wärmen und die

Sorgen vertreiben wollt, dann laßt mich Eure Sammlung von goldenen Gegenständen betrachten.«

»Ach ja, richtig«, sagte Graf Malyn gleichgültig, »Ihr seid ja Fachmann für Gold. Ich hatte vergessen, daß Ihr mir das in Pennygaff erzählt habt. Also kommt, bitte.«

Er führte seinen Gast durch die Bibliothek, vorbei an langen Borden voller Bücher mit Goldschnitt und goldgeprägten Einbänden, in einen anderen Raum, in dem sich ausschließlich Glasschränke befanden. All diese Schränke enthielten goldene Gegenstände. Jedes nur erdenkliche Ding, das aus Gold hergestellt werden konnte, schien hier vorhanden zu sein: goldenes Handwerkszeug, goldene Waffen, goldener Zierat und alle möglichen Gebrauchsgegenstände. Es gab ein goldenes Spinnrad, eine goldene Muskete und sogar ein goldenes Lexikon, in dem die Wörter auf Blätter aus schierem Gold geprägt waren.

Graf Malyn ließ von den Dienern noch mehr Kerzen anzünden, und ihr Licht hatte zwischen all diesen Schätzen eine seltsam magische Wirkung. Ein Schimmern verbreitete sich im Raum, als sei sogar die Luft mit Goldstaub durchsetzt.

»Oh, wie wunderschön, welche Augenweide, welch ein Genuß«, rief der Seldschuk, schlenderte zwischen den Reihen Glaskästen hin und her und betrachtete aufmerksam die einzelnen Gegenstände. Während er so Graf Malyns Schätze musterte, beobachtete dieser den Seldschuken scharf und verbarg seine Aufmerksamkeit unter gespielter Gleichgültigkeit.

»Mein werter Gastgeber, welche Schätze, welche Kostbarkeiten Ihr besitzt! Und alles so blank poliert! Und in einem so gemütlich warmen Raum!«

»Für das Polieren sind die Diener da«, sagte Graf Malyn und unterdrückte höflich ein Gähnen. »Und die Wärme ist nicht mein Verdienst, sondern einfach eine Naturerscheinung. Ich habe von Nant Agerddau unterirdische Röhren bis zu meinem Schloß legen lassen. Durch sie zieht der heiße Dampf aus dem Flüsternden Berg bis hierher. So habe ich einen niemals versiegenden Vorrat an Wärme. Diese Röhren enden unter dem Schloß. Deshalb sind sogar meine Kerker warm.« Und Graf Malyn lächelte wohlwollend und ließ seine goldene Schlangenkette von einer Hand in die andere rieseln.

»Äußerst erfindungsreich und luxuriös, wirklich«, bemerkte der Seldschuk etwas zerstreut. Er betrachtete gerade einige goldene Angelhaken. »Mein liebenswürdiger Freund, bitte, woher habt Ihr diese Angelhaken?«

»Sie sind seltsamerweise nicht weit von hier am Strand gefunden worden. Hier tauchen manchmal goldene Gegenstände auf, und es wird vermutet, daß irgendwo nicht weit von unserer Küste ein versunkenes altes Schatzschiff liegt.«

»Ach, wirklich? Und woher stammt diese goldene Flöte?«

»Ich habe sie von einer alten Frau in Nant Agerddau. Und sie hat sie von ihrem Vater geerbt, der immer behauptete, er habe sie in einem Steinbruch am Flüsternden Berg gefunden. Aber wahrscheinlich hat er sie irgendwo gestohlen.«

Es gab auch ein paar goldene Zimbeln und eine kleine goldene Trompete.

»Habt Ihr keine Harfe?« fragte der Seldschuk und warf einen Blick durch den Raum.

»Nein, im Moment nicht«, antwortete Graf Malyn nach einer kurzen Pause. »Interessiert Ihr Euch für Harfen?«

»An einer Harfe wäre es wahrscheinlich am leichtesten zu erkennen«, murmelte der Seldschuk kaum hörbar vor sich hin. Er musterte aufmerksam einen goldenen Wasserkessel und fügte laut hinzu: »Ein Freund hat mir einmal eine Sage von einer goldenen Harfe erzählt, ein gewisser Bruder Janto.«

Graf Malyn zuckte zusammen, als hätte sein goldenes Spielzeug sich in eine lebendige Tigerschlange verwandelt und ihn gebissen. Seine Augen weiteten sich.

»Bruder Janto? Ihr kennt Bruder Janto? Vom Orden des heiligen Ennodag?«

»Ja, zum Glück!« Ein wenig schnaufend beugte sich der Seldschuk vor, um eine goldene Zaumstange anzuschauen. »Ohne den guten Bruder Janto wäre ich längst dahin, verschieden, mausetot, lieber Graf. Ich habe allen Grund, Bruder Janto dankbar zu sein. Er war letztes Jahr so liebenswürdig, mich aus dem fernen Oxus-Strom zu ziehen.«

»Ach, letztes Jahr...« Graf Malyns Aufregung legte sich genauso schnell wieder, wie sie ihn überkommen hatte.

»Deshalb war es natürlich mein Wunsch, diesen menschenfreundlichen Gottesmann wiederzusehen, sobald die Regierungsgeschäfte von Rum es mir gestatteten, Euer Land zu besuchen«, fuhr der Seldschuk fort, während er einen goldenen Blasebalg betrachtete.

»Bruder Janto ist hier in Wales?« Die Augen des Grafen loderten. Den Seldschuken schien das Interesse, das seine Worte entzündet hatten, etwas zu überraschen.

»Ja, erfreulicherweise. Ich hatte gestern das Vergnügen, ihn in seiner heimatlichen Höhle zu besuchen.«

Graf Malyn hatte sich schon umgewandt und zog an einer Glockenschnur. Garble trat sogleich leise ein, und Graf Malyn befahl scharf: »Garble, schick sofort jemand los, um einen Mönch zu holen, einen gewissen Bruder Janto, der in einer Höhle haust... Wo habt Ihr ihn gefunden?« wandte er sich an den Seldschuken. »In Nant Agerddau? Gut. Verlier keine Zeit, Garble. Und falls er eine Harfe bei sich hat, so muß er sie mitbringen.«

»Jawohl, Euer Gnaden.«

Die Tür schloß sich lautlos hinter Garble.

»Wie aufmerksam von Euch, ihn zu holen!« sagte der Seldschuk. »So habe ich auch das Vergnügen, meinen Lebensretter noch mal zu sehen. Aber Bruder Janto hat keine Harfe, das kann ich Euch versichern, garantieren und so weiter. Denn wenn er eine besäße, dann hätte ich sie mir angeschaut.«

»Oh? Und warum, mein geschätzter Gast?«

Graf Malyn bemühte sich, seine Erregung hinter einer Maske der Gleichgültigkeit zu verbergen. Er ging voraus in einen kleinen Raum, der mit Sofas und Aquarien voller Tigerfische ausgestattet war. Dort warf er sich auf ein Sofa und forderte seinen Gast mit einer Geste auf, ebenfalls Platz zu nehmen. Der Seldschuk ließ einen angewiderten Blick über die Tigerfische gleiten, wandte ihnen den breiten Rücken zu und setzte sich so, daß er statt dessen einen zwei Meter hohen Farn betrachten konnte.

»Warum interessiert Ihr Euch so für Harfen? Was könnt Ihr an einer Harfe erkennen?« wiederholte Graf Malyn.

»Nun, wer sie gebaut hat, natürlich«, antwortete der Seldschuk einfach.

»Und was nutzt Euch das?«

»Um das zu erklären, muß ich Euch etwas aus der Geschichte meines Landes erzählen, verehrter Gastgeber und Freund. Vor etwa drei Jahren wurde im größten Hafen meines Landes eine Flaschenpost gefunden. Natürlich hat man sie mir gebracht, weil ich der Seldschuk bin.«

»Und was stand darin?«

»Die Botschaft war in einer sehr, sehr alten Form unserer Sprache geschrieben, und sie lautete: ›O weh, o weh, fern von unserem warmen Heimatland müssen wir, Jehimeleks Stamm, in Dunkelheit und Elend im Flüsternden Berg verborgen leben.‹«

»Wirklich? Und wie habt Ihr diese geheimnisvolle Botschaft ausgelegt?« fragte Graf Malyn.

»Nun, vor vielen Generationen ist ein Teil meiner Untertanen verlorengegangen, verschwunden, uns aus den Augen geraten. Und natürlich liegt es mir sehr am Herzen, die armen Geschöpfe wieder in ihre Heimat zurückzuholen. Seit die Flaschenpost gefunden wurde, habe ich Gesandte in alle Länder der Welt geschickt, in denen es flüsternde Berge gibt. Und als ich dann letztes Jahr zufällig Bruder Janto kennenlernte und er mir von Eurem berühmten Schlapphut-Ben und der legendären Harfe erzählte, da hatte ich eine Eingebung und beschloß, diese gesunde Gegend selbst zu besuchen und jeden Stein umzudrehen, sobald die Amtsgeschäfte mir das erlaubten.«

Graf Malyns Augen glühten.

»Aber was hat die Harfe mit diesem Stamm zu tun? Ich gestehe, daß ich noch immer im dunkeln tappe«, sagte er.

»Jehimelek und sein Stamm, mein lieber Graf, waren seit jeher berühmt für ihre Geschicklichkeit, Gold zu schürfen und zu verarbeiten. Und ihre größte Kunstfertigkeit bestand darin, goldene Harfen zu bauen. Wir haben zum Beispiel in unserem Nationalmuseum eine goldene Harfe, die schon über zweitausend Jahre alt ist.«

Graf Malyns Augen funkelten. »Ihr glaubt also, daß Euer verlorener Stamm die Harfe von Teirtu angefertigt hat?«

»Vielleicht, eventuell, möglich – wer weiß? Ich bedaure außerordentlich, daß die Harfe im Museum von Pennygaff gestohlen wurde, wie ich von dem ehrenwerten Kurator hörte, als ich ihn besuchte. Der arme alte Herr war völlig außer sich deswegen. Natürlich hatte ich gehofft, ein Blick auf diese Harfe würde meine Befürchtungen beschwichtigen.«

»Aber die Harfe von Teirtu ist schon sehr, sehr alt«, sagte Graf Malyn. »Selbst wenn sie von Künstlern aus diesem verschollenen Stamm gebaut wurde, so beweist das noch längst nicht, daß der Stamm noch immer existiert.«

»Gewiß nicht, mein lieber Graf, aber bedenkt die Flaschenpost, die wir vor kaum drei Jahren gefunden haben.«

»Eine Flaschenpost kann Hunderte von Jahren im Meer schwimmen, ehe irgendeine Welle sie ans Ufer spült.«

»Gewiß, aber es war eine ganz moderne Glasflasche, und in das Glas war eingeprägt: Llewellyns Ingwer-Bier, Cardiff.«

»Ihr glaubt also wirklich, daß ein verschwundener Stamm aus dem Lande Rum, Handwerker, die nur Gold verarbeiten, vielleicht noch heute irgendwo im Flüsternden Berg, im Schlapphut-Ben verborgen lebt?« fragte Graf Malyn langsam. »Mein lieber Seldschuk, Ihr erweist Euch als ein ungewöhnlich interessanter Gast! Ich hoffe sehr – ich werde mein möglichstes tun, um dafür zu sorgen –, daß Euer Aufenthalt unter meinem Dach sehr, sehr lange dauern wird.«

»Vielen Dank, Verehrter, ich werde Euer gütiges Angebot mit dem größten Vergnügen, Eifer, annehmen, denn ich bin sicher, Euer Schloß ist ein ausgezeichneter Stützpunkt, um von hier aus die Umgegend zu erkunden. Aber ich vertraue darauf, daß Ihr mich nicht als ungehobelt betrachtet, wenn ich mich jetzt in meine Gemächer zurückziehe, guter Freund? Ich habe einen Reisetag hinter mir.«

»Natürlich nicht, mein lieber Seldschuk. Bitte, fühlt Euch hier ganz zu Hause und tut und laßt, was Euch beliebt.« Graf Malyn läutete zweimal nach dem Haushofmeister. Doch sobald der Seldschuk zu Bett geleitet worden war, läutete der Graf noch einmal.

»Garble«, sagte er, als der Sekretär zum drittenmal erschien. »Ich wünsche, daß du den Seldschuken scharf bewachst. Paß auf, daß er dich nicht dabei erwischt, aber folge ihm wie ein Schatten auf Schritt und Tritt. Laß ihn keine Minute aus den Augen.«

9

Hufas Feuer brannte munter.

»Bewegt Euch noch nicht, Sir«, sagte Owen zu dem verletzten Jäger. »Wir geben Euch gleich etwas warmen Wein.«

Um sich zu vergewissern, daß dies die richtige Behandlung war, zog Owen sein kleines Buch der ›Nützlichen Wissenschaften‹ zu Rate.

»Behandlung von Wunden, Schock und Hysterie: Den Patienten bequem lagern, ein wenig warmes Getränk einflößen. Heiße Umschläge auf den verletzten Körperteil. Kleine Mengen Haferbrei sind erlaubt. Den Patienten bei gutem Mute halten, indem man freundlich, aber fest mit ihm spricht. Wenn nötig, einen Teelöffel Epsom-Salz geben und kaltes Wasser ins Gesicht kippen.«

»He, langsam«, protestierte der Patient und versuchte, sich aufzusetzen. »Von kaltem Wasser halte ich wenig, aber gegen einen warmen Schluck hätte ich nichts.«

Owen hatte ein bißchen Wein in dem silbernen Becher angewärmt, der als Verschluß der Feldflasche diente. Nun flößte er dem Fremden das Getränk ein. Dove und Hufa zerdrückten unterdessen eine Handvoll Eßkastanien und etwas Wein und verkochten das Gemisch zu einem Brei.

»Etwas Besseres haben wir leider nicht, Sir«, entschuldigte sich Owen. Aber als der Verletzte den ersten Löffel davon gekostet hatte, leckte er sich die Lippen und versicherte, das sei der beste Brei, den er jemals südlich von Schottland bekommen habe. Er aß alles auf. Dann wollten die Buben eine Kompresse aus heißem Wein auf die Beinwunde legen, aber beim ersten Versuch stieß der Jäger solch einen Entrüstungsschrei aus, daß sie sofort davon abließen.

»Seid ihr völlig närrisch, ihr Deppen? Schmiert mir den guten Bordeaux nicht auf einen so unedlen Körperteil! Der tut mir drinnen viel besser als draußen!« Und er nahm Owen den Becher aus der Hand, leerte ihn in einem Zug und murmelte dann vor sich hin: »Aber was kannst von einem Waliser Pudding-Fresser schon anderes erwarten?«

Owen wunderte sich ein bißchen. Er vermutete, daß der verletzte Jäger der vermißte Prinz von Wales war. Aber warum trug er dann einen Kilt und sprach obendrein Dialekt?

Dieses Rätsel wurde bald gelöst. Das Kastanienmus tat dem Patienten so gut, daß er sich aufsetzen konnte. Mit viel kräftigerer Stimme als bisher dankte er den Jungen und sagte, jeder Jäger könne froh sein, wenn er vernünftigen und gescheiten Jungen wie ihnen begegnete. Dann versuchte er aufzustehen. Doch das verletzte Bein war steif geworden, und er konnte nicht auftreten.

»Herrje! Ich möchte euch nicht noch mehr Umständ' machen, aber ich glaub', es bleibt mir gar nichts anderes übrig, als euch zu bitten, mich zum nächsten Ort zu bringen. Verdammt! David James Charles Edward George Henry Richard Tudor-Stuart, du hast dir diese blöde Suppe ganz alleine eingebrockt!«

»Oh, Sir!« stieß Owen aus. »Dann seid Ihr Seine Königliche Hoheit der Prinz von Wales!«

Die anderen Buben rissen vor Überraschung den Mund auf, denn sie wußten nicht, daß ein königlicher Bote den Prinzen in Pennygaff gesucht hatte, weil sie an jenem Abend gerade mit allen anderen Leuten zum Museum gelaufen waren.

»Ja, ich bin Wales, aber macht bloß kein Theater. Im Wald und auf der Jagd sind wir alle Freunde«, sagte der Prinz, als die Jungen verlegen die Mützen zogen und sich verbeugten.

Und während sie gefallene Äste sammelten und zu einer rohen Bahre verflochten, unterhielt der Prinz sich herzlich mit ihnen und erzählte von seiner Kindheit auf Schloß Balmoral und der Jagd in den Wäldern Schottlands.

»Aber, Gott helfe uns, unsere schottischen Wildschweine sind lieb und sanft wie Lämmer im Vergleich mit den Waliser Ebern! Die drei da sind wie die Teufel auf mich los, heute morgen, und es war eine Heidenarbeit, mit denen fertig zu werden. Ich bin euch wirklich dankbar«, fügte er hinzu, als die Buben ihm auf die Bahre halfen. »Und es tut mir leid, daß ich euch so aufhalte.«

Das Hochwasser hatte sich inzwischen verlaufen, und

man konnte von der Insel auf das Festland waten. Die Jungen wanderten in südlicher Richtung durch den Wald. Vier trugen die Bahre, der fünfte hielt als Vorhut Ausschau und ruhte sich dabei vom Tragen aus. Es war jetzt viel kälter. Ein scharfer Wind pfiff durch die Bäume, denen der Sturm beinahe alle Blätter abgerissen hatte. Um den verletzten Prinzen warm zu halten, deckten die Jungen ihn mit trockenem Moos zu.

Owen war im stillen ein wenig enttäuscht von dem durchschnittlichen Aussehen des Prinzen. Der schmale, beweglich wirkende Mann Anfang dreißig hatte eine lange Nase, rötliches Haar und wettergegerbte Haut. Doch seine blitzenden dunkelgrauen Augen und seine natürliche Autorität veranlaßte die Jungen, Prinz David mit Respekt zu behandeln, obwohl er sich weiter unbefangen und munter mit ihnen unterhielt.

Nach einer Weile fand Owen, der Prinz habe sich genug erholt, um eine schlechte Nachricht zu ertragen. Schonend brachte er ihm bei, daß sein Vater, König James, krank sei und einen Boten ausgeschickt habe, um ihn nach Hause zu holen. Zu Owens Verblüffung brach der Prinz in Lachen aus.

»Ich weiß, ich weiß, es ist nicht recht, sich über den armen alten Herrn lustig zu machen«, sagte er endlich. »Und ich muß auch zu ihm nach London zurückkehren. Aber ich wette eine Guinea, daß ihn bloß Einsamkeit zwackt. Er bläst immer gleich Trübsal, wenn ich auf der Jagd bin.«

Nun fragte Owen den Prinzen, ob er den Brief schon erhalten habe, den er, Owen, für Bilk und Prigman hatte schreiben müssen. Der Prinz verneinte: Er jage schon seit fünf Tagen allein in diesem Wald, und sicher warte in Malyn, wohin er eigentlich wollte, ein dickes Bündel Briefe auf ihn.

»Oh, wenn Ihr diesen Brief dort vorfindet, zerreißt ihn bitte und werft ihn ins Feuer, Sir! Ich bin gezwungen worden, ihn zu schreiben, aber ich habe die Harfe von Teirtu nicht gestohlen, ganz bestimmt nicht! Ich will nur, daß sie wieder ins Museum von Pennygaff kommt, wohin sie gehört.«

»Du sollst eine Harfe gestohlen haben? Wieso? Erzähl mir alles von Anfang an.«

Owen schilderte noch einmal die ganze Geschichte von der Harfe, und die anderen Jungen ergänzten seinen Bericht durch ihre Ansichten und Vermutungen. Der Prinz hörte mit großem Interesse zu.

»Das ist wirklich haarsträubend«, bemerkte er. »Und wer hat die Harfe jetzt, eurer Meinung nach?«

Owen wollte seinen Verdacht nicht aussprechen, vielleicht war ja Prinz David mit dem Grafen befreundet, da er ja nach Schloß Malyn wollte. Aber die anderen Jungen hatten weniger Hemmungen.

»Graf Malyn natürlich, Sir! Er hat gedroht, er läßt Pennygaff bis auf die letzten Hütten abreißen, wenn er unsere Harfe nicht kriegt!« sagte Mog.

»Unsinn! Du hast alles ganz falsch verstanden! Der Fremde will die Harfe haben, nicht Graf Malyn, hab' ich gehört«, widersprach Luggins.

»Du hast falsch gehört. Graf Malyn steckt dahinter, das steht fest«, versicherte Hufa.

»Nein, es ist der Fremde, ganz bestimmt!« rief Dove.

»Hm«, machte Prinz David. »Als allererstes müssen diese beiden Ganoven, Bilk und Prigman, ins Gefängnis. Wenn sie im Halseisen sitzen, verraten sie schnell genug, welcher Gauner sie dafür bezahlt hat, eure Harfe zu stehlen. Gleich im nächsten Ort werd' ich dem Friedensrichter befehlen, die beiden suchen zu lassen. Wohin bringt ihr mich?«

Die Jungen hatten vorhin hastig über dieses Problem beraten und übereingestimmt, daß es Unsinn sei, den Prinzen den ganzen weiten Weg bis Schloß Malyn zu tragen. Er mußte ja doch nach London zurückkehren, und deshalb hatten sie die Richtung nach Nant Agerddau eingeschlagen, das viel näher lag, höchstens zehn oder elf Meilen südlich. Dort konnte der Prinz seine Wunde richtig behandeln lassen und außerdem bei Mr. Thomas vom »Eberkopf« Pferd und Wagen für die Heimfahrt mieten.

Sie hatten die Schlucht verlassen. Nun wanderten sie durch den Wald und blieben dank Owens Kompaß auf dem richtigen Kurs. Um den Verletzten nicht zu sehr hin und her zu rütteln, waren sie gezwungen, ziemlich langsam zu gehen. Nach einer reichlichen Stunde verkündete der Prinz, daß ihm schwach vor Hunger sei. Hufa, der, mit der Armbrust bewaffnet, als Späher vorausmarschierte, hatte Glück und konnte einen Hasen schießen, den sie, in Stücke zerschnitten, an Stöcken über einem hastig angezündeten Feuer brieten.

Der Prinz nagte eine Hasenkeule ab, trank den Rest des Weines und erklärte, Hufa sei ein guter Schütze. Nachdem er gegessen hatte, wurde er bald schläfrig, und Owen, der sich ein wenig Sorgen um ihn machte, trieb seine Gefährten zur Eile an. Unterdessen war es noch kälter geworden, und der Himmel bewölkte und verdüsterte sich. Es sah aus, als ob es wieder Sturm geben würde. Die Jungen schritten schnell und schweigend voran. Sie sparten ihren Atem für den Anstieg, denn ihr Weg führte jetzt die ersten Anhöhen des Schlapphut-Ben hinauf.

»Es riecht nach Schnee«, meinte Mog nach ungefähr einer Stunde und beobachtete mit zusammengekniffenen Augen die finsteren Wolken. Kaum eine halbe Stunde später wehte der Nordwind, der ihnen eisig in den Rücken blies, tatsächlich einen Schauer weißer Flocken heran.

Dove, der nun vorausging, kam zurück und winkte Owen beiseite, als die Bahrenträger nach einem steilen Aufstieg einen Augenblick innehielten, um zu verschnaufen.

»He, Owen, hör mal«, flüsterte Dove. »Wie sahen die beiden Schurken aus, die die Harfe mitgenommen haben?«

»Bilk und Prigman? Sie haben mir sofort die Brille

zertrümmert, deshalb konnte ich sie nicht so genau erkennen. Aber der eine ist klein und untersetzt und hat rötliches Haar. Der andere ist lang und dunkel und hat ein Pfannkuchengesicht. Warum?«

»Weil da vorn unter einem Felsen zwei Männer hocken, und die sehen genauso aus. Komm mit, ich zeig' sie dir«, antwortete Dove.

Owen folgte Dove, der ihn vorsichtig um eine felsige, mit jungen Tannen bewachsene Erhebung herumführte, die eine gute Deckung bot.

»Sie sind weitergegangen«, murmelte Dove. »Da drüben sind sie, Owen, dort auf dem Hang.«

Owen blinzelte durch das Schneetreiben. Er sah zwei Gestalten, die den Hügel hinaufstiegen, eine kleine und eine große. Waren es Bilk und Prigman? Bei diesem schlechten Licht war das schwer zu sagen. Die beiden Männer blieben einen Augenblick stehen. Sie schienen sich zu streiten, denn sie schüttelten beide drohend die Fäuste. Dann gingen sie wieder weiter.

»Das könnten sie sein«, sagte Owen und runzelte angestrengt die Stirn, während er versuchte, durch den Schneeschleier zu sehen. »Ich bin sogar fast sicher. Aber ich kann doch den Prinzen nicht verlassen, um den beiden zu folgen.«

»Hören wir mal, was die anderen dazu sagen«, schlug Dove vor. »Die beiden Männer scheinen sowieso in die gleiche Richtung zu gehen wie wir.«

Owen und Dove liefen zurück zu den Bahrenträgern, die gerade damit beschäftigt waren, den Kranken mit einer weiteren Schicht Moos zuzudecken.

»Dem Prinzen geht's nicht besonders gut«, berichtete Hufa. »Schau mal, sein Gesicht ist ziegelrot geworden, und er atmet schwer. Wir müssen wirklich zusehen, daß wir ihn rasch nach Nant Agerddau schaffen.«

»Wart einen Augenblick«, sagte Dove. »Wir haben die beiden Diebe gesehen, Bilk und Prigman. Sie steigen gerade den Hügel vor uns rauf. Ich finde, wir sollten sie erst ein bißchen nach ihrer eigenen Methode behandeln.«

Luggins und Mog, die eine ordentliche Prügelei sehr schätzten, grinsten erfreut. Aber Hufa schüttelte den Kopf.

»Wir sollten lieber keine Zeit vergeuden«, meinte er, und Owen, der den Prinzen besorgt betrachtete, stimmte ihm zu.

»Wir können nur hoffen, daß die beiden auch nach Nant Agerddau gehen«, sagte er bedauernd. »Aber Hufa hat recht: Wir müssen Seine Hoheit so schnell wie nur möglich dorthin bringen. Ich fürchte, er fiebert. Vielleicht ist ihm das Hasenfleisch nicht bekommen.«

Der Prinz war unruhig, und sein Gesicht glühte. Er schien zu schlafen, aber manchmal murmelte er vor sich hin oder rief einzelne unverständliche Worte.

»Es wäre aber jammerschade, die beiden nicht zu vertrimmen. Die Gelegenheit ist besonders günstig«, sagte Mog bedauernd. »Wenn wir denen richtig zureden, dann erzählen sie uns vielleicht, wer sie losgeschickt hat, um die Harfe zu stehlen, und wo sie sie gelassen haben. Komm doch mit, Hufa. Wir beide nehmen uns die Gauner vor, und die anderen tragen den Prinzen nach Nant Agerddau. Es sind nur noch ein paar Meilen.«

»Nein, ich bleibe lieber bei dem Prinzen. Was meinst du, Owen?« sagte Hufa.

»Das ist vielleicht keine schlechte Idee«, überlegte Owen. »Mog und Dove könnten den beiden wirklich folgen. Aber nicht, um sie zu verprügeln, sondern um sie zu belauschen und herauszufinden, wohin sie gehen wollen. Wir treffen uns dann in Nant Agerddau im ›Eberkopf‹ wieder.«

»Machen wir!« sagte Mog vergnügt. »Die werden wir schön verhackstücken! Komm, Dove.«

»Nein, nein, findet nur heraus, ob es wirklich Bilk und Prigman sind, aber legt euch nicht mit ihnen an. Die beiden haben Messer. Sie sind gefährlich, vor allem Bilk, der Große«, warnte Owen.

»Keine Angst«, sagte der riesige Mog gelassen. »Zwei Waliser Burschen wie wir hauen die beiden mit der linken Hand zu Brei, du wirst es schon sehen.«

Mog und Dove rannten davon und den Hügel hinauf. Luggins, Hufa und Owen hoben die Bahre auf, und weil sie sich eine Weile ausgeruht hatten, schritten sie jetzt flott aus. Bald darauf erkannte Owen die Gegend wieder: Hier war er auch mit dem Boten des Königs vorbeigekommen. Sie gelangten aus dem Wald heraus, stiegen einen Wiesenhang hinauf, den eine dünne Schneeschicht überzog, und erreichten endlich die enge Schlucht, die nach Nant Agerddau führte.

»Noch nichts von den anderen zu sehen«, bemerkte Hufa und spähte durch den Schnee, der immer dichter und dichter fiel. »Die Gauner haben sicher einen Umweg eingeschlagen, damit niemand sie sieht. Aber Mog und Dove werden ihnen schon auf den Fersen bleiben. Dove liest Spuren wie ein alter Bluthund.«

»Ich hoffe bloß, es ist ihnen nichts passiert«, sagte Owen, der jetzt zweifelte, ob sein Plan klug gewesen war.

»Mach dir keine Sorgen, Mog und Dove werden mit der ganzen britischen Armee fertig«, sagte Hufa.

»Vielleicht gehen die Diebe zurück zu der leeren Kate«, überlegte Owen. »Vielleicht haben sie irgend etwas dort aufbewahrt oder beschlossen, mich doch laufen zu lassen.« Owen wünschte, er hätte Mog und Dove davor gewarnt, in die Kate zu gehen, falls sie noch stand. Doch dann fiel ihm ein, wie eilig es Bilk und Prigman gehabt hatten, wegzukommen; also würden sie wahrscheinlich nicht dorthin zurückkehren.

Die Jungen kamen bald an den verlassenen Katen vorbei, und dann erreichten sie den Eingang zu Bruder Jantos Höhle.

»Wartet einen Augenblick«, sagte Owen. »Wenn jemand weiß, wie man dem Prinzen helfen kann, dann ist es der gute Mönch, der hier lebt.«

Owen steckte den Kopf in die Felsspalte und rief: »Bruder Janto! Seid Ihr zu Hause?«

Keine Antwort. Owen ging hinein und fand die Höhle dunkel und verlassen vor. Die Kienspäne waren heruntergebrannt und verloschen. Er stolperte über etwas, bückte sich danach und fand Bruder Jantos kleinen hölzernen Werkzeugkasten. Er war offen, und Owen, dessen Augen sich allmählich an die Dunkelheit gewöhnten, erkannte, daß die Werkzeuge verstreut auf dem Boden lagen.

Das ist komisch, dachte er beunruhigt. Es sieht Bruder Janto nicht ähnlich, so mit seinem Werkzeug umzugehen. Was ist da passiert?

Hastig legte Owen alles in den Kasten und ging wieder hinaus.

»Bruder Janto ist nicht da«, berichtete er. »Ich werde im Ort nach ihm fragen. Er kann nicht weit sein, denn sonst hätte er seinen Werkzeugkasten mitgenommen. Zum Glück kenne ich hier in der Nachbarschaft noch jemanden, der dem Prinzen helfen kann.«

Die Buben trugen den Kranken schnurstracks zum »Eberkopf«, wo Mr. Thomas, der Wirt, und seine Frau ganz außer sich gerieten vor Sorge um ihren königlichen Gast. Sie waren erfreut über die Ehre, die ihrem Haus widerfuhr; aufgeregt, weil jemand mit der Nachricht vom Unfall des Prinzen irgendwohin geschickt werden mußte, und sie wußten nicht, woher sie so schnell genug Vorräte nehmen sollten, um Mahlzeiten zu bereiten, wie sie einer Königlichen Hoheit gebührten.

Laken wurden gelüftet, Feuer in den Kaminen entfacht, Kessel voll Wasser für heiße Umschläge aufgestellt, und ein Stalljunge wurde losgejagt, um den Arzt zu holen.

»Ein Glück, daß wir den guten Doktor Jenkins haben«, sagte Mr. Thomas. »Er ist ein feiner, geschickter Arzt, und er tut wahre Wunder an den Leuten, die hierherkommen, um in den heißen Quellen zu baden.«

»Er nimmt auch fein viel Geld dafür«, brummte Mrs.

Thomas. »Ich geh' lieber zu der freundlichen jungen Dame und ihrem Vater, die immer zum Markt kommen. Sie hat mir ein gutes Öl aus Immergrün und Engelwurz gegeben für das kranke Knie meiner Küchenmagd, und sie hat nur einen Penny dafür verlangt.«

Als Owen den kleinen, wichtigtuerischen und pompösen Doktor sah, teilte er die Ansicht der Wirtin. Er entfloh dem Aufruhr und der Umständlichkeit, mit welcher der Prinz zu Bett gebracht wurde, und rannte durch den Schneesturm zum Kirchweihplatz.

Owen fürchtete, daß der viel zu frühe Wintereinbruch die fahrenden Händler aus Nant Agerddau vertrieben haben könnte. Er war sehr erleichtert, als er die meisten Zelte und Karren noch immer im Steinbruch stehen sah, obwohl offensichtlich kaum Käufer kamen. An der Stelle, wo Tom Dandos Wagen gestanden hatte, blieb er enttäuscht stehen: Der Wagen war fort.

»Wann sind die Dandos aufgebrochen?« fragte er eine alte Frau, die, in einen roten Umhang gehüllt, eine Rüschenhaube auf dem Kopf, unter dem Eingang ihres Zeltes saß und Pfeife rauchte. Über ihr hing ein Schild: ZIMTKRAPFEN.

»Was?« Sie beugte sich vor und hielt eine Hand ans Ohr.

»Wo sind Mr. Dando und seine Tochter?« schrie Owen.

»Wie soll ich das wissen, Bub? Sie sind gestern weggefahren, aber ich weiß nicht, wohin. Tom Dando ist nicht mitteilsam, und seine Tochter habe ich sowieso schon lange vorher nicht mehr gesehen. Kaufst du mir einen Zimtkrapfen ab, Bub? Sie sind ganz frisch und so locker, daß sie auf der Zunge zerschmelzen.«

Ein warmer Duft von frischem Backwerk kam aus dem Zelt der alten Frau, und Owen lief das Wasser im Mund zusammen. Aber er hatte kein Geld, und so lehnte er voll Bedauern ab. Auf dem Weg zum Gasthof erkundigte er sich bei allen Leuten, denen er begegnete, nach Bruder Janto. Aber niemand hatte ihn gesehen. Im »Eberkopf« fragte

Owen auch noch den Schankknecht. Von ihm erfuhr er, daß ein Bote von Graf Malyn hier nach Bruder Janto gefragt hatte und später mit ihm zusammen in einem zweirädrigen Einspänner wieder in Richtung Schloß Malyn davongefahren war.

»Aber was will der Graf von Bruder Janto?« fragte Owen beunruhigt.

»Woher soll ich das wissen? Sei so gut und laß mich in Ruhe. Ich hab' auch so schon genug Arbeit: Ich soll die Kundschaft bedienen und für Dr. Jenkins diesen Teufelstrank zusammenmixen. Es ist bloß ein Glück, daß der Seldschuk und sein Diener wieder weg sind. Ich wollte, die andern hier würden auch bald verschwinden.«

Der Schankknecht verquirlte in einem Zinnkrug Eier, Terpentin, Essig und Salmiakgeist. Doktor Jenkins lehnte sich über das Treppengeländer und rief hinunter: »Beeil dich, Mann! Soll ich vielleicht den ganzen Tag lang warten?«

»Verdammt! Hier, bring du's dem alten Quacksalber«, sagte der Schankknecht und drückte Owen den Krug in die Hand. Owen trug ihn hinauf in das Zimmer des Prinzen. Hufa kümmerte sich um das Feuer im Kamin, Luggins saß auf dem Bettrand und stützte sorgsam den Prinzen, während Dr. Jenkins versuchte, diesen dazu zu überreden, ein heißes Gebräu aus Feigen, Gerste und Lakritz zu trinken. Aber der Patient wollte einfach nicht. Er wälzte sich von einer Seite auf die andere und stieß seltsame Worte in einem Dialekt aus, den hier kein Mensch verstand. Nur am Klang seiner Stimme war eindeutig zu erkennen, daß der Prinz allmählich wütend wurde.

»Eure Hoheit, bitte!« Doktor Jenkins wischte dem Prinzen ein bißchen Gerste vom Bart.

»Halt mir nicht das stinkende Gesöff unter die Nase, du Trottel!« Der Prinz schien für einen Augenblick wieder zu sich zu kommen. Doch dann verfiel er mit krächzender Stimme sofort wieder in seinen Dialekt, und Doktor Jenkins wiederholte bekümmert: »O lieber Himmel, er fantasiert im Fieberwahn! Wenn ich bloß wüßte, wovon Seine Hoheit überhaupt redet!«

»Ich glaub', ich weiß es«, sagte Hufa. Er hatte ein Wort aufgeschnappt, das er kannte: Aquavit. Hufa rannte nach unten und kam mit einem großen Glas voll farbloser Flüssigkeit wieder zurück.

Bei diesem Anblick breitete sich ein glückliches Lächeln auf dem Gesicht des Prinzen aus. Er fantasierte offensichtlich doch nicht, denn er nahm Hufa das Glas aus der Hand, trank es mit langen Zügen leer und sagte dann zu dem Jungen: »Du bist ein gescheiter Bub, ein Bub nach meinem Herzen. Wenn der innere Mensch zufrieden ist, dann könnt ihr mit dem äußeren Menschen anstellen, was ihr wollt!« Damit drehte er sich auf die Seite und versank auf der Stelle in einen tiefen Schlaf, so daß Doktor Jenkins die Terpentinsalbe auf die Wunde streichen konnte, ohne seinen Patienten zu wecken.

Dann schlichen sie alle auf Zehenspitzen hinaus. Als sie noch auf der Treppe waren, vernahmen sie plötzlich ein seltsam dumpfes Getöse, wie einen fernen Donnerschlag, und das Haus bebte.

»Was war denn das?« fragte Owen.

»Lieber Himmel, ob Seine Hoheit aus dem Bett gefallen ist?« Doktor Jenkins eilte besorgt wieder nach oben.

Aber Hufa meinte: »Es klang eher wie eine Kanone.«

»Oder ein Steinschlag im Bergwerk«, sagte Luggins.

»Hier gibt's keine Gruben«, antwortete Hufa.

Owen wurden plötzlich die Knie weich.

»Schnell, kommt mit! Ich glaub', ich weiß, was das war!«

Er rannte zum Haus hinaus und die Straße hinunter, und Luggins und Hufa liefen hinterher. Doch noch ehe sie den Ortsrand und die verlassenen Häuser erreicht hatten, kamen Mog und Dove ihnen entgegen. Beide waren blaß und verstört.

»Was ist los? Wir haben uns schon gewundert, wo ihr so

lange bleibt. Ihr braucht doch nicht gleich den ganzen Berg runterzuschmeißen!« Hufa sprach spöttisch, aber er war offensichtlich erleichtert, seine Freunde heil wiederzusehen.

Dove bebte am ganzen Körper.

»Es war gräßlich«, begann er. »Einfach gräßlich!«

»Was ist passiert?«

»Kommt, hier auf der Straße sind zuviel Menschen«, sagte Owen.

Halb Nant Agerddau lief im Schneesturm zusammen, um festzustellen, ob das Getöse tatsächlich das bedeutete, was sie alle vermuteten. Die Jungen verließen die Hauptstraße und traten durch den großen Torbogen, der neben dem Rathaus in die Höhle unter dem Flüsternden Berg führte. Neben dem Eingang hing ein Schild:

Stadtverwaltung von Nant Agerddau
TEUFELSSPRUNG-HÖHLE
Eintritt 6 Pennies
Baden 2½ Schilling
Wasser pro Glas 1 Schilling

Aber der Mann, der sonst hinter dem Eingang an einem Tisch saß und das Eintrittsgeld kassierte, war genau wie alle anderen Leute auf die Straße gerannt.

Die Jungen traten ungehindert ein und liefen durch einen Tunnel und eine Reihe von ineinander übergehenden kleineren Felsenkammern in eine tiefer liegende Höhle. Dort befand sich eine heiße Quelle, in der sonst alte Damen ihre rheumatischen Glieder badeten.

»So, jetzt erzählt«, sagte Hufa.

Die Buben setzten sich auf die großen Steine.

»Wir sind den beiden Männern gefolgt«, begann Mog. »Sie haben sich einen Weg ausgesucht, auf dem eine Schlange sich das Kreuz brechen könnte, so gewunden war der. Dann kamen sie endlich in die Nähe von Nant Agerddau. Wir waren noch immer ein gutes Stück hinter ihnen. Scheußlicher Boden in der Gegend, lauter loses Geröll.«

»Ich erinnere mich«, sagte Owen. »Den Weg haben sie mit mir auch genommen.«

»Dann sind wir in die Schlucht gekommen. Da war es leichter, sich an die beiden ranzumachen, weil der Weg so viele Biegungen hat. Wir sind also ganz dicht rangeschlichen. Und auf einmal sind wir beinahe über sie gestolpert, weil sie plötzlich stehengeblieben sind und sich stritten. Wir konnten uns gerade noch hinter einem Felsen ducken, Dove und ich. ›Schwörst du, daß du sie nicht irgendwo versteckt hast?‹ hat der eine gesagt. – ›Ich schwör' bis zum Jüngsten Gericht, aber was nutzt das?‹ hat der andere wütend gesagt. ›In drei Tagen läßt uns der Alte baumeln, wenn wir sie nicht herbeischaffen! Und ich wette, du hast sie doch!‹ – ›Meinst du vielleicht, ich würd' mit dir hier durch die Landschaft latschen, wenn ich sie hätte, du Trottel? Du hast uns in die Tinte gebracht, du mit deinen blöden Ideen. Jetzt sieh zu, wie du uns wieder rausbringst!‹ – ›Am besten schauen wir nach, was aus dem Buben geworden ist. Vielleicht ist er irgendwie da rausgekommen und hat das Ding wieder abgestaubt.‹ – ›In dem Stall ist es zu unsicher!‹ hat der zweite geantwortet. ›Und außerdem, was machen wir, wenn er noch da ist und lebt?‹ – ›Dann stechen wir ihn ab, damit er uns nicht verpfeifen kann. Und dann nichts wie weg über den Kanal nach Frankreich, das ist der einzige Ort, wo der Alte uns nicht kassieren kann. Er schluckt es ja doch niemals, wenn wir ihm sagen, daß wir das Ding nicht finden konnten.‹ – ›Gut, also dann schnell.‹ – ›Ich kann auch allein gehen, falls du Bammel hast.‹ – ›Nein, ich komm' mit‹, sagte der eine mit einem Blick, mit dem man einen Ochsen aufschlitzen könnte. ›Denn ich trau' dir nicht. Du mauschelst vielleicht was mit dem Buben und läßt ihn laufen und versteckst das Ding bei ihm. Ich komm' mit.‹ Und dann sind sie zu den verlassenen Häusern gegangen.«

»Wir sind hinterhergekommen, aber langsam«, warf

Dove ein. »Denn mir war eingefallen, was du uns von den verlassenen Häusern erzählt hast, Owen. Daß jeden Augenblick der ganze Berg auf sie runterfallen kann. Deshalb wollten wir lieber draußen warten, bis die Burschen wieder rauskamen, und sie uns dann vorknöpfen.«

»Und auf einmal haben wir gesehen, wie der Berg hoch oben in Bewegung gerät und anfängt zu rutschen. Der Schnee war daran schuld, er war einfach zu schwer für den Felsrand. Und dann ist alles runter, gräßlich langsam und kriechend und doch ganz schnell. Einen Augenblick lang hing alles in der Schwebe. Und Dove hat sich die Lungen aus dem Hals geschrien, um die Männer zu warnen. Dove hat gebrüllt, ich hab' gebrüllt, bis wir nicht mehr konnten, aber es war zu spät.«

»Der Berg ist auf die Häuser gefallen?« fragte Hufa.

Mog nickte. »Wenn's in der ganzen Häuserreihe noch ein Stückchen Holz oder einen Stein gibt, der größer als eine Erbse ist, dann will ich nie wieder über eine Brücke gehen.«

Schweigen breitete sich aus, und die Buben dachten über Bilks und Prigmans schreckliches Schicksal nach. Dann sagte Hufa, der immer praktisch dachte: »Zu blöd, daß ihr nicht herausgefunden habt, für wen sie die Harfe gestohlen und wo sie sie gelassen haben. Jetzt sind wir genauso schlau wie vorher.«

»Wir wissen bloß, daß die beiden sie verloren haben«, sagte Owen düster.

»Und was nutzt uns das?« murmelte Luggins.

»Da kann man eben nichts machen.« Hufa stand auf. »Ich geh' wieder zum ›Eberkopf‹ und schau, wie's unserem Prinzen geht. Er ist ein netter Bursche, und ich finde, wir sollten diesen Knochensäger und Giftmischer nicht zu lange allein mit ihm lassen.«

Dove, Mog und Luggins nickten und wollten Hufa folgen. Aber Owen fiel plötzlich ein, daß Bilk und Prigman in dem Erpressungsbrief verlangt hatten, das Geld für die Harfe solle hier in der Teufelssprunghöhle hinterlegt werden. Und da er einmal hier war, wollte er sich ein wenig umschauen.

»Geht nur, ich komme nachher«, sagte er zu seinen Gefährten.

»Meinst du, wir hätten lieber bei ihm bleiben sollen?« sagte Mog, als sie draußen auf der Straße waren. »Ein komischer Kerl, dieser Owen. Die Schufte haben ihn zusammengeschlagen. Sie haben ihn in der Kate zurückgelassen, damit er da umkommt. Und trotzdem regt er sich auf, weil es sie nun selbst erwischt hat. Vielleicht ist er ein bißchen verrückt?«

»Er denkt nach«, erklärte Hufa etwas ungeduldig und gab seinem Freund einen Schubs. »Er hat im kleinen Finger mehr Grips als du in deinem ganzen riesengroßen leeren Kopf. Los, komm, und mach dir keine Sorgen um Owen. Ich werd' David Thomas fragen, ob er uns was zu essen gibt.«

10

Tom Dando war nicht im geringsten überrascht, als er beim Aufwachen statt seiner Tochter nur eine Nachricht von ihr vorfand. Nichts konnte Tom Dando jemals überraschen. Er tat, worum Arabis ihn auf dem Zettel gebeten hatte: Er versteckte einen Korb voller Heilkräuter in einer Höhle, spannte Galahad an und brach unverzüglich nach Port Malyn auf. Aber er war spät aufgewacht, und der Tag war schon ziemlich weit fortgeschritten.

Außerdem war Tom Dando inzwischen beim Gesang 290 seines epischen Gedichtes ›König Artus‹ angelangt und hatte nichts anderes im Kopf. Ohne einen Blick für die herrliche bergige und bewaldete Landschaft ringsum saß er auf dem Kutschbock und schrieb, als ob er für seine Finger Mietzins zahlen müsse und sie deshalb keine Sekunde ungenutzt lassen dürfe. Sobald eine Seite vollgeschrieben war, warf Tom Dando das Blatt über die Schulter durch ein kleines Fensterchen hinter sich in den Wagen. Im Lauf der Stunden häufte sich dort ein beachtlicher Papierberg an. Tom Dando überließ es Galahad, den Weg nach Port Malyn allein zu finden. Das tat Galahad auch. Er trottete gemächlich dahin und verhielt ab und an einen Augenblick, um an einer Böschung zu grasen. Galahad kannte jeden Weg und Steg in ganz Wales so gut wie seinen Hafersack. Meistens bestimmte Arabis die Reiseroute, und sie wählte immer versteckte, wenig bekannte Feldwege, weil sie dort seltene Heilkräuter fand. Also folgte Galahad jetzt den gleichen Umwegen. Weil Galahad und Tom Dando so gemächlich reisten, fiel die Dämmerung ein, ehe sie Port Malyn erreichten. Als Tom Dando die Zeilen, die er schrieb, nicht mehr sehen konnte, zog er die Zügel an, spannte Galahad aus und setzte sich in den Wagen, um dort bei Laternenlicht weiterzuschreiben.

Er schrieb die ganze Nacht, als ob jemand hinter ihm stehe und ihm die Worte ins Ohr rufe und er bei diesem Diktat mit Mühe und Not gerade noch mitkomme. Als sich der erste Schimmer der Morgendämmerung am Himmel ausbreitete, zog Tom Dando endlich unten auf der letzten Seite einen Strich und setzte *Finis* darunter.

»So, heute nacht habe ich ganz ordentliche Arbeit geleistet, Arabis«, sagte er, gähnte und massierte seine verkrampften Finger. »Jetzt eine gute Tasse Tee, und dann sortierst du all diese Seiten für deinen alten Papa, wie immer, nicht?«

Niemand antwortete. Tom Dando schaute sich verwundert um, und dann fiel ihm ein, daß Arabis nicht hier und er selbst irgendwo auf dem Weg nach Port Malyn war.

»Dann muß ich mir den Tee eben allein machen«, seufzte er.

Tom Dando war erschöpft, aber auch sehr glücklich. Vor allem hatte er es schrecklich eilig, jemandem sein Gedicht laut vorzulesen. Während er seinen Tee aufgoß und

Galahad fütterte, griff er immer wieder wahllos nach irgendeinem der vielen Blätter, die überall im Wagen verstreut lagen, und las sich selbst einzelne Verse vor. Er fand jede Zeile wunderschön und besser als alles, was er jemals geschrieben hatte.

»Galahad, mein fetter Freund!« rief Tom Dando, als sie aufbrachen, und schüttelte die Zügel. »Kannst du nicht ein bißchen schneller laufen, da du doch den besten Poeten von Wales ziehst?«

Dieser plötzliche Stimmungswechsel seines Herrn überraschte Galahad. Er fiel in donnernden Trab, und so legten sie den letzten Teil ihrer Reise sehr schnell zurück. Als sie in Port Malyn eintrafen, lag die kleine Stadt noch immer tief im Schatten, und niemand rührte sich.

Es war Ebbe. Fischerboote lagen auf dem Schlick an dem kleinen Kai, und die mit Tang bedeckten Mauern des Hafenbeckens strömten einen kräftigen, salzigen Fischgeruch aus. Eine große Felsbank ragte aus dem Schlick. Dort war Arabis und sammelte Tang. Als sie die Wagenräder und das Geklapper von Galahads Hufen hörte, wandte sie sich um und kam schnell die glitschigen Stufen zum Kai hinaufgerannt.

»Hallo, Papa!« rief sie leise. »Wo bist du nur so lange geblieben? Ich habe die ganze Nacht auf dich gewartet! Ich hab' schon gedacht, die Wölfe hätten dich gefressen! Da wären sie an einen zähen Brocken geraten, nicht wahr, Galahad, mein Guter? Komm, ich führe dich.«

Arabis nahm Galahad beim Halfter und lenkte Pferd und Wagen über einen schmalen Weg, der vom Hafen fort und um den Fuß einer Klippe herum in einen Steinbruch führte. Dort konnte man geschützt und verborgen Rast halten.

»Und jetzt ein gutes Frühstück, ich bin halb verhungert!«

Arabis kletterte behende in den Wagen und begann, vier Dinge auf einmal zu tun: Sie besänftigte Falke, der gekränkt war, weil sich so lange niemand um ihn gekümmert hatte;

sie stellte den Wasserkessel auf, briet ein paar Scheiben Speck und packte einen großen Korb voll mit Medizin und allen Lebensmitteln, die sie besaßen.

»Du liebe Zeit, Papa, du mußt ja die ganze Nacht wie der Blitz geschrieben haben«, sagte Arabis und schob die beschriebenen Blätter bündelweise zusammen.

»Arabis, es ist fertig! Mein Gedicht über König Artus ist fertig! Warte nur, bis ich es dir vorlese! Es ist so schön, daß du ganze Fässer voll Tränen darüber vergießen wirst!« Und Tom Dando stürzte sich auf einen Berg Papier, packte ein Bündel Blätter und begann, Arabis die besten Stücke vorzulesen. »Hier, hör dir das an! Nein, warte, der Anfang von Gesang 219 ist sogar noch besser . . . Und hier ist mein Lieblingsvers, der muß doch sogar ein Herz aus Granit erweichen!«

Arabis trank hastig ihren Kräutertee, aß Speck und Gewürzbrot, hörte ihrem Vater zu und lobte.

»Der Vers klingt wie Trompetengeschmetter, Papa! Bitte, lies ihn noch einmal. Es ist wirklich wundervoll. Aber laß trotzdem dein Frühstück nicht kalt werden; du hast sicher gestern den ganzen Tag nichts gegessen.«

Tom Dando merkte plötzlich, wie hungrig er war, und begann zu essen. Unterdessen erzählte Arabis ihm von Jehimeleks Stamm und wie dringend die kleinen Leute aus dem Berg Hilfe, Nahrung und Medizin brauchten.

Zuerst drangen ihre Worte kaum bis in Tom Dandos Bewußtsein, weil er so erschöpft war. Doch dann weckten sie seine Aufmerksamkeit, und er hörte voll Anteilnahme zu.

»Die Kinder der Bergwerke?« fragte er. »Und du sagst, sie leben schon seit Tausenden von Jahren unter der Erde? Kein Wunder, daß sie dabei ein bißchen klein geworden sind. Was für ein Leben!« Seine Phantasie entzündete sich, und er fügte hinzu: »Das wäre ein Thema für ein Gedicht! Die Kinder der Bergwerke, die im Dunkel leben, bis ihr Befreier kommt! Warte mal . . .« Und schon begann Tom

Dando, zwischen den vielen losen Blättern nach seinem Gänsekiel zu suchen.

»Aber Papa, du hast gerade eben erst das Gedicht über König Artus fertiggeschrieben, und außerdem mußte ich Jehimelek versprechen, daß wir keiner Menschenseele davon erzählen«, sagte Arabis.

»Stimmt, aber es kann doch nicht schaden, wenn ich ein Gedicht schreibe? Ich heb's in meiner Poesie-Schachtel auf, bis alle wieder in ihrer Heimat sind, und veröffentliche es dann!«

»Aber Papa, sie wissen doch nicht, wie sie wieder nach Hause gelangen können!«

»Hm«, machte Tom Dando und gähnte. »So was Dummes. Wir müssen ihnen irgendwie helfen. Laß mich mal überlegen ... Ich hab' so ein Gefühl, als ob ich schon mal was davon gehört hätte. Goldschmiede, von den alten Römern hierher verschleppt? Irgendwo im Keller meiner Erinnerung klingelt ein Glöckchen. Irgend jemand hat mir was erzählt ...«

Arabis wartete hoffnungsvoll. Aber Tom rieb sich die Augen, gähnte noch einmal herzhaft und sagte: »Du mußt bis heute abend warten. Ich hab' den Kopf voll Spinnweben und schlaf' gleich im Stehen ein. Vielleicht erinnere ich mich im Traum wieder daran.«

»Dann ins Bett mit dir, Papa. Ich komm' rechtzeitig zurück, um dir das Essen zu richten«, sagte Arabis, umarmte ihn und schob ihn auf seine Koje zu.

Tom gähnte wieder, und als Arabis den Wagen verließ, schlief er schon und schnarchte so laut, daß der ganze Wagen davon zu beben schien.

Arabis hätte ihren Vater gerne noch gefragt, ob er Owen gesehen hatte, ehe er Nant Agerddau verließ. Aber auch diese Frage mußte bis zum Abend warten. Bruder Janto wird sich um ihn kümmern, dachte Arabis. Jetzt im Augenblick war am allerwichtigsten, daß sie zu Jehimeleks Stamm zurückkehrte, rechtzeitig, ehe die Leute von Port

Malyn aufwachten und jemand beobachten konnte, wohin sie ging, und bevor die Flut stieg und den Zugang zu den Höhlen abschnitt.

Eilends kletterte Arabis über die Felsbrocken am Fuß der Klippen zu dem verborgenen Eingang. Dort stieß sie einen leisen Pfiff aus. Sofort steckten Tennes und Strato die Köpfe hervor, drückten zur Begrüßung Arabis' Hand an die bärtigen Backen und nahmen ihr die Körbe ab.

Arabis verbrachte einen arbeitsreichen Vormittag bei ihren Patienten. Allmählich verstand sie hier und da den Sinn einzelner Sätze. Eine ganze Anzahl Wörter klangen seltsam vertraut und erinnerten Arabis an alte, halb vergessene Lieder, die ihre Mutter ihr vor langer, langer Zeit vorgesungen hatte. Arabis fand heraus, daß etliche der kleinen Leute aus dem Berg ein wenig Walisisch konnten. Wahrscheinlich hatten sie das aufgeschnappt, wenn sie sich unbemerkt in der Nähe von Port Malyn und Nant Agerddau herumtrieben. Jehimelek wußte nichts davon.

Als der Tag fortschritt, stellte Arabis voll Zufriedenheit fest, daß es den meisten Kranken schon eindeutig besser ging als gestern. Die Heilkräuter und die nahrhafte Seetangsuppe wirkten schnell.

Nachdem sie alle Patienten besucht und den nächsten Topf Seetangsuppe aufgesetzt hatte, ging Arabis zu Jehimelek. Auch ihm ging es besser. Er saß, in ein Gewand aus Kamelhaarwolle gehüllt, vor dem winzigen Fenster. Seine schwarzen Augen waren wieder voll Feuer. Arabis fand, daß er wie ein kleiner alter Adler aussah, hakennasig und weißhaarig und ein bißchen zerzaust, aber doch selbstbewußt und stolz.

Jehimelek hieß sie herzlich willkommen.

»Seid gegrüßt, edle Retterin. Mögen Eure Netze immer voller Fische sein! Wie soll ich Euch nennen? Wie heißt Ihr?«

»Mein Name ist Arabis, Sir.«

»Arabis?« wiederholte er. »Das klingt wie ein Wort aus

unserer Sprache. Wie seid Ihr zu diesem Namen gekommen?«

»Es ist ein Waliser Wort, Sir, und es bedeutet ›witzig‹. Außerdem hieß meine Mutter auch so.«

»War Eure Mutter eine Waliserin?«

»Nein, Sir, sie stammte von der Insel Melita, und sie war eine fahrende Sängerin.«

»Melita?« Jehimelek wurde aufgeregt. »Wie seltsam! Der Name ist mit der Geschichte unseres Volkes verbunden! Diese Insel gehörte früher zu unserem Reich. Aber ich weiß nicht mehr, wo sie liegt. Ach, herrje, ich werde alt, und mein Gedächtnis läßt nach.«

»O Sir, bitte, versucht Euch zu erinnern«, drängte Arabis. »Ich weiß, daß die Insel Melita im Mittelmeer liegt. Vielleicht stammen Eure Vorfahren aus Italien? Ich glaube, das ist nicht weit von Melita.«

Doch so sehr er es auch versuchte, Jehimelek konnte sich nicht daran erinnern, ob die Insel westlich oder östlich von seinem Vaterland lag. Oder war es im Norden – oder im Süden?

»Wenn nur Abipaal hier wäre«, seufzte Jehimelek.

»Wer ist Abipaal, Sir?«

»Einer der Ältesten unseres Stammes, ein Mann mit einem fantastischen Gedächtnis. Obwohl es schon so lange her ist, daß unsere Vorfahren verschleppt wurden, kann Abipaal die Straßen unserer Städte beschreiben, als hätte er selbst dort gelebt.«

»Soll ich ihn holen, Sir?«

Jehimelek schüttelte den Kopf.

»Abipaal ist ein Einzelgänger, ein Eremit. Als Nant Agerddau immer größer wurde, kamen viele Leute, um in der heißen Quelle zu baden. Sie drangen in die Höhle ein, in der wir so viele hundert Jahre lang ungestört gelebt haben, und wir fürchteten, daß wir entdeckt würden. Wir waren schon lange daran gewöhnt, den unterirdischen Fluß mit unseren Booten aus Kamelhäuten zu befahren und auf diese

Weise an die Küste zu gelangen, um nachts zu fischen. So sind wir von Nant Agerddau weggezogen und haben uns mit unseren letzten Kamelen hier im Berg verborgen. Nur Abipaal wollte nicht mitkommen. Er liebt den Flüsternden Berg, und er lebt lieber ganz allein dort versteckt, mit seiner Musik und den alten Geschichten aus unserem Land. Und weil er eine etwas mürrische Art hat, waren die anderen ganz froh, daß er sich von uns trennte.«

»Abipaal kann musizieren?« Das interessierte Arabis sehr. »Was für ein Instrument hat er, Sir? Ich sehe, auf dem Vorhang an Eurer Tür ist das Bild einer Harfe eingewebt.«

»Früher war mein Stamm für seine Kunstfertigkeit im Harfenbau berühmt«, erklärte Jehimelek. »Früher hatten wir auch immer viele Harfen auf Vorrat. Aber heutzutage können wir sie nicht mehr verkaufen, weil wir sonst entdeckt würden. Deshalb haben wir alle Instrumente eingeschmolzen und das Gold zu nützlicheren Dingen wie Angelhaken und Kochtöpfen verarbeitet.«

»Ach, wie jammerschade!« rief Arabis bekümmert aus. »Ich hätte zu gerne eine gekauft. Ich habe mir schon immer eine Harfe gewünscht.«

Jehimelek betrachtete sie ernsthaft und freundlich.

»Und ich wünschte, wir hätten wenigstens eine übrigbehalten und könnten sie Euch schenken. Aber ich fürchte, keiner von uns besitzt noch eine Harfe, außer Abipaal ..., falls er sie nicht inzwischen im Zorn zerschlagen hat. Denn eines ist seltsam: Wir können Instrumente bauen, wir lieben die Musik, aber wir haben kein Talent zum Musizieren. Wir können mit unseren Händen schöne Dinge aus Gold und Elfenbein formen, aber wir besitzen nicht die Gabe, Schönheit aus den Schwingungen der Luft zu weben, und das ist unser Kummer. Abipaal ist darin gewandter als sonst irgend jemand von uns. Doch auch seine Geschicklichkeit ist nicht sehr groß, und manchmal schleudert er seine Harfe vor Zorn zu Boden. Denn seine Musik verursacht einem eher Zahnschmerzen, als daß sie das Herz mit Freude erfüllt.«

Einem plötzlichen Einfall nachgebend, griff Arabis nach ihrer Mandoline, die sie immer mitnahm, wenn sie ihren Wohnwagen für längere Zeit verließ, und begann die Saiten zu stimmen. Jehimelek hörte sich sogar diese ersten, unzusammenhängenden Töne voll Vergnügen an. Tennes und Strato steckten sofort die Köpfe durch die Tür und kamen dann ganz herein. Ein paar Patienten, die schon wieder aufstehen konnten, folgten auf Zehenspitzen, als könnten sie den Lauten nicht widerstehen. Arabis spielte ein einfaches Wiegenlied. Immer mehr kleine Leute kamen leise in Jehimeleks Höhle und setzten sich auf den Boden. Als Arabis mit dem ersten Lied fertig war, saßen wohl fünfzehn bis zwanzig da, in stummen Genuß versunken, mit verträumten Augen und voll Erinnerung an Dinge, die sich lange vor ihrer Geburt ereignet hatten.

Es schien beinahe, als hülfe die Musik ihnen noch mehr als Nahrung und Medizin.

Arabis spielte alle Melodien, die ihr einfielen, und dann fragte sie Jehimelek: »Sir, habt Ihr jemals von der Harfe von Teirtu gehört?«

Er schüttelte den Kopf. »Diesen Namen kenne ich nicht, Arabis.«

Da erzählte Arabis ihm die Geschichte der Harfe, und wie das Instrument dann später in den Besitz des heiligen Ennodag gelangte.

»Meint Ihr, daß diese Harfe vielleicht auch von Eurem Volk gebaut wurde, Sir?«

»Wahrscheinlich, mein Kind. Kannst du sie beschreiben?«

»Ich habe sie nie mit eigenen Augen gesehen, aber ich weiß, daß der Rahmen aus Gold ist und Worte einer alten Sprache darin eingeprägt sind«, antwortete Arabis.

»Das klingt tatsächlich so, als wäre die Harfe von uns gebaut. Wo ist sie jetzt?«

»Sie ist gestohlen worden, Sir.« Arabis berichtete Jehimelek nun auch, wie die Harfe in der Ruine des alten Klosters bei Pennygaff gefunden und dann aus dem Museum geraubt wurde. Und daß Owen noch immer danach suchte. »Und ich bin sicher, Graf Malyn steckt dahinter!« schloß sie.

»Dann ist die Harfe in böse Hände gefallen«, sagte Jehimelek. »Sogar wir, die wir im Verborgenen leben müssen, kennen seine Grausamkeit. Manchmal hören wir seine Gefangenen schreien. Unsere obersten Wohnhöhlen liegen dicht unter den tiefsten Kerkern der Burg. Sie sind nur durch eine dicke Felswand voneinander getrennt.«

»Ist das nicht gefährlich, Sir? Ein Wunder, daß seine Diener Eure Leute noch nicht entdeckt haben.«

»Wir sind sehr vorsichtig, mein Kind. Wir stellen Tag und Nacht Wachtposten auf. Unser Leben hängt davon ab.«

Arabis schauderte bei der Vorstellung, wie es den Kindern der Bergwerke ergehen würde, falls Graf Malyn jemals von ihrer Existenz erfuhr. Wie Sklaven würde er sie gefangenhalten und sie zwingen, für ihn zu arbeiten. Unter seiner Herrschaft hätten sie nicht mehr lange zu leben.

»Vielleicht weiß Abipaal etwas über die Harfe von Teirtu?« warf jemand ein.

»Das ist eine gute Idee«, sagte Jehimelek. »Tennes und Strato, wenn ihr morgen nicht bei der Krankenpflege gebraucht werdet, so sucht ihn und holt ihn her.«

Die Abendsuppe wurde ausgeteilt, und dann mußte Arabis gehen. Der Himmel vor Jehimeleks Fensterchen hatte sich bedrohlich verdunkelt. Ein paar Schneeflocken fanden den Weg herein.

»Morgen komme ich vor Tagesanbruch zurück. Ich lasse meine Mandoline bei Euch«, sagte Arabis.

»Gute Nacht, Lady Arabis. Unser Dank begleitet Euch. Möge der Vogel der Zufriedenheit immer auf Eurem Dache nisten.«

Arabis rannte die Stufen zum Fuß der Klippen hinab. Sie

vergewisserte sich, daß draußen weit und breit kein Fischerboot zu sehen war, und kletterte flink über das Gestein am Ufer entlang.

Es wurde schnell Nacht, und die Schneeflocken verdichteten sich zu einem Schneesturm. Tom Dandos Wagen stand in dem Steinbruch gut geschützt und wirkte warm und einladend, denn ein Licht brannte hinter dem Fenster. Als Arabis näher kam, hörte sie Stimmen. Sie nahm an, daß irgend jemand aus Port Malyn den Wagen doch entdeckt hatte und die Gelegenheit benutzte, sich die Haare schneiden zu lassen oder sich Hustensaft zu holen.

Arabis wollte gerade die Stufen vor der Wagentür hinaufgehen, da hielt sie inne und wandte sich um. Ihr war, als hätte sie Schritte hinter sich vernommen.

»Ist da jemand?« fragte sie. Keine Antwort. Nur das Seufzen des Windes und das Rieseln der Schneeflocken waren zu hören.

Arabis öffnete die Wagentür und war einen Augenblick völlig verblüfft: Der Seldschuk von Rum lag gemütlich auf ihrer Koje, lächelte von einem Ohr zum anderen, rauchte eine Wasserpfeife und hörte zu, wie Tom Dando ihm von König Artus vorlas.

Arabis ärgerte sich. Warum muß dieser fette, dreiste Vogel uns überallhin folgen? dachte sie. Genügt ihm die Gastlichkeit seines feinen Freundes, des Grafen Malyn nicht? Ausgerechnet jetzt muß er da hocken, wo ich mit Papa über Jehimelek und seine Leute sprechen wollte.

Zu ihrem Schrecken schien der Seldschuk ihre Gedanken lesen zu können.

»Oh, hallo! Da kommt die liebenswürdige junge Dame, Person, Jungfer, die mir den Weg zum Teufelssprung erklärt hat«, sagte er. »Zweifellos seid Ihr müde von des Tages Müh' und wünscht mich nach Jericho, Timbuktu, ans Ende der Welt. Also werde ich eiligst verschwinden, mich unsichtbar machen, mich verabschieden! Ich habe mit

Eurem Papa eine höchst erfreuliche, vergnügliche Unterhaltung, Konversation geführt.«

»Es besteht kein Anlaß, schon jetzt zu gehen«, sagte Tom Dando, der gerne noch ein Stück aus seinem Gedicht vorlesen wollte. »Meine Tochter macht uns etwas zum Essen, nicht wahr, Arabis, meine Gute?«

Der Seldschuk schaute drein, als ob er mit Vergnügen bleiben würde. Also lud Arabis ihn notgedrungen ein, zu bleiben, und begann schlechtgelaunt, Knoblauch zu schneiden und ein Gericht aus Austern und Petersilienwurzeln zu kochen.

»Beim Barte des Propheten, das duftet so köstlich, daß einem das Wasser im Mund zusammenläuft!« seufzte der Seldschuk nach einer Weile. »Ich muß gestehen, daß ich die Verpflegung, Kost, Diät bei Seiner Lordschaft, der nur gelbe Nahrung auf dem Tisch duldet, etwas langweilig finde. Das ist der Grund, warum ich herunter in den Ort, in diesen Seehafen gekommen bin. Ich wollte sehen, ob ich irgendwo irgend etwas Grünes kaufen kann. Aber kein einziger Laden hat offen! Und diese schreckliche Kälte! Stellt Euch meine Freude, Glückseligkeit und Begeisterung vor, als ich meinen lieben Bekannten, Mr. Dando, wieder entdeckte!«

Arabis begann, das Austerngericht in Schüsselchen zu schöpfen, und hoffte inständig, daß ihr Vater nichts über die Kinder der Bergwerke gesagt hatte.

Erst als sie das Essen auftrug, bemerkte Arabis überrascht, daß der kleine braunhäutige Diener des Seldschuken zusammengekauert unter dem Tisch auf dem Boden saß. Sie hatte ihn vorher nicht gesehen.

Er schüttelte verständnislos den Kopf, als Arabis ihn fragte, ob er auch essen wolle. Erst nachdem der Seldschuk Arabis' Frage übersetzt hatte, nickte er dankend. Er schien zu frieren, obwohl er in Pelze gekleidet und der Wagen warm wie ein Backofen war, und er mußte niesen, als er die Schale entgegennahm.

»Er hat eine Erkältung, Sir«, sagte Arabis vorwurfsvoll

zum Seldschuken. »Ihr müßt ihn bei so einem Wetter zu Hause lassen.«

»Ich weiß, ich weiß, meine liebe junge Dame! Aber um die Wahrheit zu sagen: Er weigert sich, allein in Schloß Malyn zu bleiben. Der alte Kasten flößt ihm Todesangst ein! Also habe ich ihn notgedrungen mitkommen lassen, nicht wahr, Ribaddi?«

Ribaddi nickte dankbar und zeigte dann ein strahlendes Lächeln. Er hatte seinen Herrn offensichtlich gern, und Arabis' Meinung über den Seldschuken besserte sich ein wenig.

Der Seldschuk löffelte mit nachdenklicher Miene das Essen aus seiner irdenen Schale und fuhr, zu Tom Dando gewandt, fort: »Das Schloß beunruhigt mich offengestanden auch, und ich würde gern Euren Rat einholen, mein lieber Freund in der Not.«

»Ich gebe gerne Rat, wenn ich das kann«, antwortete Tom Dando. »Wir haben auch keine besonders große Zuneigung zum Grafen.«

»Ganz unter uns, unter vier Augen und um Euch mein Herz zu öffnen: Ich bin gekommen, um Ordnungshüter, die Gendarmerie, Stadtwache zu suchen, aber ich habe sie nicht gefunden!« sagte der Seldschuk.

»Lieber Himmel, natürlich findet Ihr in einem achtbaren Waliser Ort keinen Gendarmen!« sagte Arabis spöttisch. »Wozu auch? Haltet Ihr uns für einen Haufen wilder Räuber?«

»Arabis!« sagte ihr Vater mahnend. »Aber wirklich, Sir, warum wolltet Ihr die Stadtwache holen?«

»Zwei oder drei, einige, etliche, verschiedene Leute sind in den letzten Tagen ins Schloß gekommen«, erklärte der Seldschuk. »Wie Ihr wißt, interessiert Seine Lordschaft sich sehr für Dinge aus Gold. Ich interessiere mich ebenfalls für solche Dinge, wenn auch aus anderen Gründen. Und deshalb – hm – interessiere ich mich für das, was Seine Lordschaft tut und treibt. Mit einigen dieser Besucher hat er hinter verschlossenen Türen verhandelt, so daß ich nicht genau hören konnte, was er zu ihnen gesagt hat ...«, der Seldschuk sah ziemlich verärgert darüber aus, »... aber jedenfalls bin ich zu der Meinung, Ansicht, Schlußfolgerung gelangt, daß er sie nicht gerade gut behandelt hat.« Arabis und Tom Dando wechselten einen besorgten Blick. »Einer dieser Besucher war der ehrenwerte Mr. Bren, der mir zuvorkommenderweise das Museum von Pennygaff gezeigt hat, und der andere ist, wie ich leider fürchten muß, mein alter Freund und Wohltäter Bruder Janto.«

»Bruder Janto?« Arabis wurde immer besorgter. »Was kann Graf Malyn von Bruder Janto wollen?«

»Das hängt alles mit einer Harfe zusammen, mit der Harfe von Teirtu, wie ich vermutet, erraten und erfahren habe. Offenbar will er diese Harfe unbedingt finden, sich beschaffen, in die Finger kriegen, und es gelingt ihm nicht.«

»So?« Arabis musterte den Seldschuken mit mißtrauischem Blick. »Ich dachte, er hat die Harfe längst. Aber warum hat er Bruder Janto holen lassen?«

»Weil Bruder Janto der rechtmäßige Hüter der Harfe von Teirtu ist, natürlich«, warf Tom Dando etwas ungeduldig ein. Diese Bemerkung überraschte seine Tochter sehr. Als sie ihm von der Entdeckung der Harfe in der Klosterruine erzählt hatte, war er noch so in sein Gedicht über König Artus vertieft, daß Arabis den Eindruck hatte, die Neuigkeit sei zum einen Ohr hinein- und zum anderen gleich wieder hinausgegangen. »Bruder Janto ist der letzte Mönch aus dem Kloster des heiligen Ennodag. Und diesem Orden wurde die Harfe anvertraut.«

»Woher weißt du das, Papa?«

»Ich hab's in einem Gedicht gelesen.«

»Aber, du liebe Zeit, in dem Fall ist Bruder Jantos Leben keine Prise Schnupftabak mehr wert!« rief Arabis entsetzt. »Und der arme alte Herr, Mr. Bren, was wird aus dem? Er besteht darauf, die Harfe nur dem rechtmäßigen Besitzer zu übergeben, hat Owen mir erzählt. Und er hat eine scharfe

Zunge. Er wird sofort Graf Malyns Zorn erregen, davon bin ich überzeugt. War sein Enkel auch dort, Sir? Ein Bub in meinem Alter, sehr mager und kurzsichtig und mit schwarzem Haar?«

»Das weiß ich leider nicht, meine Liebe«, antwortete der Seldschuk. »Ich habe die Ankunft von Mr. Bren nicht mit eigenen Augen gesehen, beobachtet, ausspioniert. Ich habe nur Graf Malyns Gespräch mit ihm durch die Tür belauscht. Und mein Wort, sie waren offensichtlich beide wütend, aufgeregt und sehr gereizt! Ich glaube, all diese Besucher haben das Schloß noch nicht wieder verlassen. Ich bin überzeugt, sie werden dort gefangengehalten!«

»Papa«, sagte Arabis und stand energisch auf. »Wir müssen etwas tun!«

»Der Meinung bin ich auch«, stimmte Tom Dando zu. »Aber was? Was schlägst du vor, Kind?«

»Du mußt den Prinzen von Wales holen, Papa. Es ist wirklich höchste Zeit, daß dieser bösartige Kerl die Strafe kriegt, die er verdient. Und nur Prinz David hat die Macht, das zu erreichen.«

»Ja, aber wo soll ich den Prinzen finden?« meinte Tom Dando etwas überrascht. »Es ist schließlich ein weiter Weg bis London.«

»Wenn du in den letzten Tagen nicht so in dein Gedicht vertieft gewesen wärst, hättest du gehört, daß er zur Wildschweinjagd nach Schloß Malyn kommt, Papa. Die Leute von Nant Agerddau haben von nichts anderem geredet, als wir dort waren. Du brauchst bloß über die Landstraße zurückzufahren, dann begegnest du ihm bestimmt. Und dann erzählst du ihm, was hier vor sich geht, und sagst ihm, er soll Graf Malyn verhaften lassen.«

»Gut.« Auch Tom Dando erhob sich. Er wollte sofort aufbrechen. »Aber was wird inzwischen aus den Besuchern oben im Schloß? Graf Malyn ist sehr jähzornig. Wenn er sie nun inzwischen aus seinem Schlafzimmerfenster wirft?«

»Ich glaube nicht, daß er das tut, solange er die Harfe

noch nicht hat«, meinte Arabis. »Jedenfalls gehen wir zurück ins Schloß.«

»Wir?« sagte der Seldschuk. »Wir?«

»Ja, Sir, wir beide!«

Der Seldschuk sperrte vor Verblüffung den Mund auf. »Aber meine liebe junge Dame, mein liebes Kind, ich stelle die Gerechtigkeit über alles, aber ist das klug gehandelt und unbedingt nötig?« protestierte er. »Wenn ich in meinem eigenen Land wäre, umgeben von meinen Gefolgsleuten, dann wäre das etwas ganz anderes, ein Unterschied. Aber hier bin ich nur ein Privatmann! Und das Wichtigste: Wie wollt Ihr überhaupt ins Schloß hineingelangen? Sicherlich wißt Ihr doch, daß der Graf eine tiefverwurzelte Abneigung gegen das ganze zarte Geschlecht hegt.«

»Ich ziehe natürlich die Kleidung Eures Dieners an. Er sollte sowieso auf keinen Fall heute abend noch einmal hinaus in die Kälte. Er kann hier in der Koje schlafen, während Papa in Richtung Nant Agerddau fährt, bis er dem Prinzen begegnet.«

»Lieber Himmel!«

Der Seldschuk war gar nicht entzückt von dieser Idee. Aber wenn Arabis sich einmal etwas in den Kopf gesetzt hatte, kamen die meisten Leute ziemlich schnell zu der Einsicht, daß es am bequemsten war, ihr nachzugeben.

Deshalb zog der tapfere Galahad bald darauf den Wagen durch den Schneesturm in Richtung Nant Agerddau, während Ribaddi unter einem Berg von Federbetten in Tom Dandos Koje lag und behaglich schlief.

Und der Seldschuk kletterte schnaufend und ziemlich nervös den steilen Berg zum Schloß hinauf, begleitet von Arabis, die sich das Gesicht mit Walnuß-Saft gebräunt und ihr schwarzes Haar unter Ribaddis Fez versteckt hatte; außerdem trug sie eine Pelzjacke und Pluderhosen.

Als sie auf halber Höhe waren, kam ihnen etwas aus der schneeverhangenen Dunkelheit entgegengeflattert und landete mit vorwurfsvollem Krächzen auf Arabis' Fez.

»Ach herrje, das hab' ich befürchtet, daß er das macht! Er war so beleidigt, daß ich ihn nicht mitgenommen habe, als ich ...« Arabis brach erschrocken ab und wandte sich an den Vogel: »Mußt du dich bei diesem schrecklichen Schnee draußen rumtreiben, du Dummer? Sofort nach Hause mit dir, böser Falke!«

Aber der Falke gehorchte nicht.

»Es tut mir leid, Sir, aber Ihr werdet dem Grafen erzählen müssen, daß Ihr ihn im Dorf gekauft habt.«

Der Seldschuk hatte nichts dagegen.

»Aber was sollen wir tun, wenn wir im Schloß sind, meine liebe junge Kollegin, Komplicin und Verbündete? Nach welchem Plan sollen wir vorgehen?«

»Ach, ich habe verschiedene Pläne«, sagte Arabis leichthin. »Als allerererstes müssen wir herausfinden, ob Owen, Bruder Janto und Mr. Bren noch dort sind. Und dann müssen wir dafür sorgen, daß er ihnen nichts antut, bis Prinz David kommt.«

»Ja, natürlich«, antwortete der Seldschuk ziemlich matt.

»Es ist ganz einfach.«

»Klarer Fall, bloßes Kinderspiel, kein Grund zur Aufregung, was?«

»Ja, Sir«, sagte Arabis. Und dann mußten sie beide ihre Aufmerksamkeit auf den steilen Weg richten, der nun vereist und glatt war.

Als sie das eiserne Schloßtor erreichten, erhob Falke sich von Ribaddis Fez und verschwand wieder im Schneegestöber. Ihm gefiel dieser Ort offensichtlich nicht.

»Der Vogel hat Verstand in seiner Gehirnschale«, murmelte der Seldschuk düster und hob die Hand, um ans Tor zu klopfen.

Zwanzig Schritte hinter ihnen schlich eine dunkle Gestalt, die in dem dichten Schneetreiben verborgen blieb und auf dem ganzen Weg immer den gleichen Abstand gehalten hatte.

11

Als Arabis und der Seldschuk Schloß Malyn betraten, schlug ein Diener gerade auf einen riesigen Gong. Das Abendessen war serviert.

»Ach herrje, noch mehr gelbe Gerichte«, seufzte der Seldschuk.

Arabis dachte, er könne nach der ausgiebigen Mahlzeit bei ihnen sowieso kaum etwas essen. Doch als der Haushofmeister den Seldschuken ins Eßzimmer geleitet und Arabis sich hinter dessen Stuhl gestellt hatte, wie es sich für einen Diener gehörte, sah sie mit Staunen, daß der Seldschuk Eier in Curry, Huhn mit Safran, geräucherten Schellfisch mit Senfsoße, Pfirsiche, Bananen und gelbe Pflaumen futterte, als habe er noch nie im Leben satt zu essen bekommen.

Angespannt beobachtete Arabis Graf Malyn. Sie hatte immer angenommen, daß so ein Unmensch viel häßlicher sein müßte, als Graf Malyn auf den ersten Blick wirkte. Doch als sie zum zweitenmal seine seltsamen, tiefliegenden gelben Augen betrachtete, überlief sie ein Schauder von Widerwillen und Furcht. Fast hätte sie die golddurchwirkte Serviette fallen lassen, die sie unter dem Doppelkinn des Seldschuken befestigen sollte. Graf Malyn schien Arabis überhaupt nicht zu bemerken. Sein Blick glitt an ihr vorbei, als ob sie nicht vorhanden sei, und dafür war Arabis dankbar.

Bis zum Nachtisch unterhielten sich die beiden Männer über Graf Malyns Goldsammlung. Der Graf kringelte seine kleine Goldschlange um den Fuß seines Weinglases und erkundigte sich beiläufig: »Wie steht es denn mit Euren Nachforschungen, mein lieber Gast? Habt Ihr Fortschritte erzielt? Ihr habt heute nachmittag einen Spaziergang gemacht und mein bescheidenes Dorf mit Eurem Besuch beehrt, nicht wahr? Habt Ihr dort irgend etwas Interessantes über Eure verschwundenen Goldschmiede gehört?

Wie heißen sie doch noch? Jehimeleks Stamm? Lieber Himmel, was für eine romantische Geschichte! Ich kann es kaum erwarten, bis sie wieder mit ihrem Volk vereint werden!«

Arabis, die dem Seldschuken gerade eine goldene Fingerschale hinstellen wollte, ließ sie fallen, und das Wasser spritzte über den goldgelben Samtteppich. Das Mädchen hielt hörbar den Atem an, und Graf Malyn warf ihr einen kurzen, kalten Blick zu. Dann musterte er sie eingehender, und seine Augen wurden schmaler.

Der Seldschuk bemerkte dies nicht, er schälte weiter seinen Pfirsich und antwortete gelassen: »Nein, mein Lieber! Im Vertrauen und um die Wahrheit zu sagen, ich habe meine Nachforschungen unterbrochen, aufgeschoben – Euer Klima ist so unfreundlich – und statt dessen einen Bekannten besucht.«

»Ach nein? Darf man fragen, wer das ist? Ich wußte gar nicht, daß Ihr in dieser Gegend Bekannte habt, außer diesem reizenden Bruder Janto, natürlich«, sagte Graf Malyn. Er blickte Arabis noch immer unverwandt an, und ihr wurde allmählich unbehaglich zumute. Sie schien irgendeine Erinnerung in ihm zu wecken.

»Oh, ein äußerst begabter Mann, ein fahrender Sänger, Barde, Poet und Verseschmied namens Tom Dando«, sagte der Seldschuk begeistert. Graf Malyn machte eine überraschte Geste, aber er wandte den Blick nicht von Arabis ab. »Dieser liebenswürdige Troubadour hat mir nicht nur aus seinen ausgezeichneten Werken vorgelesen, sondern mir auch einiges aus der Vergangenheit von Nant Agerddau erzählt. Manches war mir zufälligerweise entgangen, entwischt, nicht zu Ohren gekommen, als ich in der Gegend war. Mr. Dando hat mir von einer alten Sage berichtet: Bei Nacht sollen dort kleine dunkelhäutige Gestalten aufgetaucht sein. Das könnte doch mein verschwundener Volksstamm sein, nicht wahr? Und deshalb, mein lieber Gastgeber, werde ich mich morgen zurück zu den erhabenen

Hängen des Schlapphut-Ben begeben und Eure Gastfreundschaft nicht noch länger ausnutzen.«

»Aber, mein guter Freund, Ihr beansprucht meine Gastfreundschaft keineswegs über Gebühr!« antwortete Graf Malyn, ohne Arabis aus den Augen zu lassen. »Ich schätze Eure Gesellschaft so sehr, daß ich Euch mit dem größten Vergnügen bei Eurem Ausflug nach Nant Agerddau begleiten werde. Wenn Euer verlorener Stamm tatsächlich in den Höhlen dort lebt, dann möchte ich gern den rührenden Augenblick des Wiedersehens miterleben!«

Das kann ich mir vorstellen, dachte Arabis. Sie litt Höllenqualen, denn sie konnte Graf Malyns Blick nicht ausweichen und dem Seldschuken keinen Wink geben. Warum, warum hab' ich bloß niemals daran gedacht? fragte sich Arabis. Aber wer wäre auf ihn gekommen. Er ist so fett und wirkt leicht verdreht. Niemand käme darauf, daß er der Retter sein könnte. Was soll ich nur tun? Vielleicht gelingt es mir doch irgendwie, Jehimelek eine Warnung zu schicken: Seine Leute sollen sich gut verstecken, bis der Prinz von Wales kommt. Aber zuerst und vor allem muß ich den Seldschuken warnen, damit er nicht noch mehr ausplappert. Und auch die armen Gefangenen müssen noch gerettet werden. Lieber Himmel, ein schöner Schlamassel.

In diesem Augenblick kam ein magerer, schwarzhaariger Mann herein, trat hinter Graf Malyns Stuhl und begann, ihm etwas ins Ohr zu flüstern. Der Graf hörte aufmerksam zu. Sein Blick wanderte von Arabis zum Seldschuken und wieder zu Arabis. Sein Gesichtsausdruck veränderte sich nicht, nur seine Nasenflügel bebten. Dann sagte er mit kalter Stimme: »Danke, Garble.« Der Mann wollte gehen. »Nein, bleib, vielleicht brauche ich dich.« Garble trat zwei Schritte zurück.

»Ihr mißbraucht also meine Gastfreundschaft!« zischte Graf Malyn. »All das liebenswürdige Gerede ist nur eine Tarnung, unter deren Schutz Ihr gegen mich intrigiert?«

Graf Malyn ließ seine goldene Schlange auf sein Weinglas niedersausen und zertrümmerte es.

»Wie bitte?« Der Seldschuk verschluckte vor Überraschung beinahe einen Pfirsichkern. »Entschuldigt vielmals, aber ich verstehe leider nicht, komme nicht ganz mit, weiß nicht, was Ihr meint, mein Bester.«

»Ihr versteht sehr gut«, sagte der Graf drohend. »Mein Sekretär teilt mir gerade mit, daß er gehört hat, was Ihr und Tom Dando – ein starrsinniger, aufsässiger Nichtsnutz, der mich schon einmal geärgert hat – geplant habt. Ihr wollt mir die Gendarmen auf den Hals schicken und den Prinzen von Wales gegen mich aufhetzen! Was habt Ihr dazu zu sagen, mein verräterischer Freund?«

»Nun, ich sage, das ist alles nur ein Haufen Geschwätz, Schwindel, Blabla, Spinnerei und Blödsinn!« antwortete der Seldschuk unerschütterlich. »Woher will Euer Sekretär das wissen? Hat er vielleicht eine höchst private Unterhaltung belauscht? Seid so gut und erklärt mir das bitte.«

»Er hat in meinem Interesse gehandelt, denn dafür wird er bezahlt«, entgegnete Graf Malyn. »Er berichtet mir auch, daß Ihr außerdem vorhabt, verschiedene Personen zu befreien, die ich gefangenhalte. Ich kann auf meinem Schloß gefangennehmen, wen ich will! Und obendrein habt Ihr eine weibliche Komplicin dieses respektlosen Dando, als Euren Diener verkleidet, ins Schloß geschmuggelt, damit sie Euch dabei hilft. Und was habt Ihr dazu zu sagen?«

Der Seldschuk wollte gerade antworten, da riß Garble, der unbemerkt hinter Arabis getreten war, ihr schon den Fez vom Kopf, und ihr langes Haar kam zum Vorschein.

»O verflixt und zugenäht!« rief der Seldschuk ärgerlich und sah Arabis an. »Jetzt sitzen wir in der Tinte, in der Patsche, zwischen sämtlichen Stühlen, und die Katze ist aus dem Sack! Ich hab's Euch ja gleich gesagt!«

»Wie heißt du?« fragte Graf Malyn in eisigem, unheilverkündendem Ton. »Wie kannst du es wagen, dich verkleidet in mein Schloß einzuschleichen?«

Aber Arabis empfand jetzt, da alles entdeckt war, viel weniger Angst als vorher. Sie antwortete kühn: »Mein Name ist Arabis Dando, und ich würde gerne erfahren, was ich Unrechtes getan haben soll. Soviel ich weiß, gibt es kein Gesetz, welches das Tragen von Pelzmützen verbietet. Und alles andere ist nur Getratsch von diesem Burschen mit dem Totengräbergesicht!«

»Arabis Dando«, wiederholte Graf Malyn nachdenklich. »Ja natürlich! Jetzt fällt mir auch auf, daß du deiner Mutter gleichst. Du siehst ein wenig aus wie sie damals, als sie auf der Bühne ihre fremdländischen Lieder sang! Arabis Camilleri! Wie der Name die alten Zeiten wieder auferstehen läßt!«

Doch offensichtlich keine erfreulichen alten Zeiten. Der Ausdruck seiner Augen war alles andere als freundlich. Seltsamerweise weckte der Klang seiner Stimme auch in Arabis eine verschüttete Erinnerung. Obwohl sie bis zu diesem Zeitpunkt glaubte, ihn noch nie erblickt zu haben, sah sie plötzlich ein weit zurückliegendes Ereignis vor sich: Es war Schneesturm und sie selbst noch sehr klein. Die Worte drängten sich über ihre Lippen. Irgendeine Macht von außen schien ihren Arm anzuheben, bis ihr Finger auf Graf Malyn zeigte.

»Fluch über Euch, Malyn! Fluch über Euer Dach und alle, die darunter wohnen! Mögt Ihr für immer und ewig in der Hölle braten. Fluch über Euren ganzen Besitz, möge er in alle vier Winde zerstreut werden!«

»Genug!« schrie Graf Malyn, weiß vor Wut. »Garble, schaff sie weg! Wirf sie in den tiefsten Kerker zu dem salbadernden, sabbernden Mönch. Sie können zusammen von Luft leben. Hat er endlich verraten, wo die Harfe geblieben ist?«

»Kein einziges Wort, Euer Gnaden. Ich kann nichts aus ihm herausholen.«

»Gut. Dann können wir uns die beiden ohne Zeitvergeuden vom Hals schaffen. Bring Gog und Magog zu ihnen hinein; das geht am schnellsten.«

»Aber, Euer Gnaden ...« begann Garble mit unsicherer Stimme.

»Schweig! Wenn ich deine Ansichten hören möchte, sag' ich es dir. Falls der alte Mönch etwas zu sagen hat, so lockt es der Anblick von Gog und Magog vielleicht doch noch aus ihm heraus.«

»Jawohl, Euer Gnaden.«

»Diesen fetten Betrüger hier ...«

»Bei meinem Königreich!« keuchte der Seldschuk erzürnt.

»... verhöre ich selbst. Hinterher kannst du ihn zu dem Kurator sperren.«

»Jetzt seht Ihr, was Ihr mir mit Euren Einfällen und Plänen eingebrockt habt!« rief der Seldschuk vorwurfsvoll Arabis nach, die schon von Garble, der viel stärker war, als er aussah, aus dem Zimmer geschleift wurde. Ein stämmiger Diener half ihm dabei. Arabis war viel zu froh, daß Mr. Bren und Bruder Janto noch lebten, um völlig niedergeschlagen zu sein. Sie fand auch den Seldschuken ziemlich unfair: Schließlich sollte er nur zusammen mit dem alten Mr. Bren eingesperrt werden, während sie und Bruder Janto es mit Gog und Magog zu tun bekamen. Arabis hatte keine Ahnung, wer die beiden waren, aber sie war überzeugt, daß ihre Gesellschaft keine angenehme Überraschung sein würde.

Garble führte Arabis endlos lange Wendeltreppen hinab. Die Stufen waren aus Fels gehauen, ausgetreten und glitschig vor Feuchtigkeit. Endlich kamen sie in eine niedrige, geräumige Höhle mit einer seltsam faltigen Decke, die der Muschel eines großen Ohres glich. Ringsum befanden sich eisenbeschlagene Türen; hinter einigen war Stöhnen zu hören. Garble führte Arabis zu der untersten Tür, suchte einen Schlüssel aus dem Bündel, das er am

Gürtel trug, steckte ihn ins Schloß und drehte ihn mit einiger Mühe um; das Schloß schien sehr verrostet zu sein.

»Versuch nicht, aus dem Fenster zu klettern, es sei denn, es macht dir Spaß, vierhundert Meter tief ins Meer hinabzufallen«, sagte er grob. Dann gab er Arabis einen Stoß, so daß sie eine kleine Treppe hinunterfiel. Hinter ihr knallte die Tür zu.

»Bruder Janto!« rief Arabis. »Bruder Janto, seid Ihr wirklich hier? Wie ist es Euch ergangen?«

»Lieber Himmel, Arabis, bist du das, mein Kind? Wie bist du bloß hierher geraten?«

Arabis' Augen gewöhnten sich an das dämmrige Licht, das durch das schmale Fenster hereinfiel, und sie erblickte in einer Ecke Bruder Janto, der sich steif erhob. Sie stürzte zu ihm und umarmte ihn.

»O Bruder Janto, ich bin so froh, daß Ihr noch lebt! Wenn der Kerl Euch was angetan hat, dann kratz' ich ihm eigenhändig die Augen aus!«

»Pst, Kind«, warnte Bruder Janto. »Hier mußt du deine Zunge hüten. Jedes Wort, das wir sagen, klingt bis zu ihm hinauf.« Er wies zur Decke.

»Das ist mir egal!« rief Arabis. »Ich hoffe, daß ihm die Ohren dabei verbrennen! Nun, mein Papa und der Prinz von Wales werden uns bald hier rausholen. Aber fehlt Euch wirklich nichts, Bruder Janto?«

»Kein Härchen gekrümmt«, sagte Bruder Janto. »Das hier ist der richtige Fleck, um ungestört nachzudenken. Ich hab' keine Klagen, wirklich. Ich spüre nur ein bißchen Rheumatismus in meinen alten Knochen.«

»Das vertreib' ich Euch schnell, während wir auf Gog und Magog warten«, sagte Arabis. »Ich habe ein Fläschchen Wintergrünöl in der Tasche und kann Euch damit einreiben.«

Bruder Janto knöpfte sein härenes Hemd auf, und Arabis massierte ihn gründlich, bis der Kerker angenehm nach warmem Wintergrün duftete.

»Wer mögen Gog und Magog sein, mein Kind?« fragte Bruder Janto, als Arabis fertig war.

»Das weiß ich noch nicht«, antwortete Arabis und steckte den Stöpsel wieder auf die Ölflasche. Dann legte sie den Kopf auf die Seite und fügte hinzu: »Aber ich glaube, wir werden es gleich erfahren.«

Sie konnte Schritte hören und dann die laute Stimme des Seldschuken, der entrüstet protestierte, während man ihn die Treppe hinuntertrieb. Irgendwo in der Nähe fiel eine Tür zu. Dann wurde ihre eigene Kerkertür kurz geöffnet, gerade weit genug, daß man einen Korb hineinwerfen konnte. Der Korb fiel um, und ein glänzendes Geknäuel aus Schwarz und Gelb plumpste heraus, aus dem sich zwei große, wütende Tigerschlangen lösten.

»Nicht ganz die geeignete Umgebung für die beiden hier unten«, bemerkte Bruder Janto mißbilligend. »Harter, nackter Stein und nichts zu fressen. Kein Wunder, wenn sie ein bißchen schlechte Laune bekommen. Am besten bleiben wir ganz still stehen, Arabis, mein Kind. Tigerschlangen sind ziemlich ungemütlich.«

»Seid Ihr wohlbehalten, Eure Exzellenz?« rief Arabis zu dem Seldschuken hinüber. Sie stand ganz still und beobachtete die Tigerschlangen, die wütend und gereizt im Kerker herumschlängelten und sich anzischten, sooft sie sich gegenseitig in die Quere kamen.

»Nein, ich bin nicht wohlbehalten, keineswegs und ganz im Gegenteil!« rief der Seldschuk gekränkt aus einer Nachbarzelle zurück. »Dieser Wolf im Schafspelz, dieser Betrüger hat mir meinen Schnurrbart abgeschnitten!«

»Ach du lieber Himmel, das tut mir leid!« Arabis schwankte zwischen Entsetzen und Lachen. Sie versuchte, sich vorzustellen, wie der Seldschuk jetzt aussehen mochte, und fragte sich unwillkürlich, ob der Schnurrbart abgeschnitten oder abrasiert worden war.

»Laßt mich hier heraus, ihr Schurken!« schrie eine andere Stimme. Das war Mr. Bren.

»Ich protestiere ganz energisch gegen die Art und Weise, in der man mich hier behandelt! Ich werde eine Beschwerde einreichen!«

»Tu das ruhig!« entgegneten die Kerkerwärter. »Protestieren wird hier nicht extra berechnet.«

Mr. Bren kochte. »Einfach himmelschreiend! Eine Schande! Und gegen alle Gesetze!« Dann fügte er, offensichtlich zum Seldschuken gewandt, hinzu: »Ich bedaure sehr, Euch in der gleichen mißlichen Lage zu sehen, mein lieber Sir! Unter welchem Vorwand hat dieser anmaßende Graf Euch festgehalten, wenn ich fragen darf?«

»Das habe ich leider selbst nicht ganz erfahren, herausgefunden, begriffen. Er scheint der Meinung zu sein, daß meine Nachforschungen ihn zu dieser Harfe von Teirtu führen könnten, auf die er so versessen ist. Aber als er entdeckte, daß ich den Prinzen von Wales auf sein Tun und Treiben aufmerksam machen wollte, da hat er einen Wutanfall bekommen, ist Amok gelaufen und hat mich gefangengenommen, einkassiert, hinter Schloß und Riegel gebracht, wie Ihr seht.«

»Tyrannei!« zürnte Mr. Bren. »Der Graf ist ein Trottel! Mein Enkel ist mit der Harfe durchgebrannt, das muß er doch wissen.«

»Nein, so was! Wenn das nicht mein alter Schulkamerad Owen Bren ist!« rief Bruder Janto. »Es ist schon lange her, seit wir zusammen Kastanien gesammelt haben, und es tut mir leid, daß du auch hier unten steckst, Owen Bren!«

»Janto Richards, bist du das wirklich? Ich dachte, du bist in China!«

»Das war ich auch, aber ich wollte mal sehen, wie's nach so langer Zeit zu Hause ausschaut«, antwortete Bruder Janto.

»Aber du bist jetzt der rechtmäßige Besitzer der Harfe! Kein Wunder, daß dieser Aasgeier sich auf dich gestürzt hat!«

»Die Mühe hätte er sich sparen können«, antwortete

Bruder Janto gelassen. »Unser Orden hat die Harfe dem letzten direkten Nachkommen des ersten Teirtu zurückgegeben. Und das war ganz richtig so.«

»Was? Die Harfe ist zurückgegeben worden?« keuchte Mr. Bren. »Wann soll das gewesen sein, und wer war dieser Nachkomme?«

»Vor ungefähr fünfzig Jahren, an eine gewisse Miß Tegwin Jones. Aus lauter Dankbarkeit hat sie den Mönchen von St. Ennodag genug Salbe für Frostbeulen geschenkt, um den ganzen Orden zwei Generationen lang zu versorgen.«

»Aber wenn die Harfe an Miß Jones zurückgegeben worden ist, wieso habe ich sie dann in der Ruine des Klosters gefunden?« wollte Mr. Bren wissen.

»Miß Tegwin Jones wollte sie lieber in der Obhut des Klosters lassen, weil es ein wertvolles Instrument ist und weil sie selbst viel unterwegs auf Reisen war«, erklärte Bruder Janto.

»Nun, das ist äußerst interessant und völlig neu für mich. Ich vermute, Miß Tegwin Jones ist inzwischen gestorben. Denn sie ist ja niemals zurückgekommen, um ihre Harfe zu holen. Aber das ändert alles nichts an der Tatsache, daß mein Enkel, dieser Taugenichts, die Harfe jetzt gestohlen hat«, sagte Mr. Bren bitter.

»O nein, Owen Bren, da irrst du dich gründlich!« versicherte Bruder Janto und sah mahnend Arabis an, die mit ihrer Meinung herausplatzen wollte. »Die Sache war ganz anders. Zwei Gauner namens Bilk und Prigman haben die Harfe gestohlen, und deinen Enkel haben sie mit Gewalt entführt, damit es so aussieht, als ob er es gewesen sei. Jemand, den ich sehr gut kenne, hat zufällig beobachtet, wie die beiden die Harfe in einer Höhle bei Nant Agerddau versteckt haben.«

»Hm«, machte Mr. Bren und war schon halb von der Geschichte überzeugt, weil es Bruder Janto war, der sie ihm berichtete. »Aber wo ist mein Enkel jetzt? Und woher soll ich wissen, daß er zuerst nicht doch mit den Dieben gemeinsame Sache gemacht hat?«

Da konnte Arabis sich nicht länger beherrschen. »Ihr dummer alter Mann!« schrie sie entrüstet. »Es ist eine Schande, so an Eurem eigenen Fleisch und Blut zu zweifeln. Der arme Bub hat sein Leben riskiert, um Euch die Harfe wieder zu beschaffen! Es würde Euch ganz recht geschehen, wenn Miß Tegwin Jones auftauchen und Euch fragen würde, mit welchem Recht Ihr die Harfe in Eurem dummen Museum aufbewahrt habt, schmutzig und staubig. Nicht einmal die Saiten habt Ihr erneuern lassen!«

Schweigen breitete sich aus. Dann sagte Mr. Bren in eisigem Ton: »Darf ich höflich anfragen, wer da eben gesprochen hat?«

Arabis bereute ihren Ausbruch schon. Sie antwortete jedoch nicht sofort, denn in ihrer Aufregung hatte sie ein paar Schritte gemacht und dadurch die Aufmerksamkeit der beiden Tigerschlangen auf sich gelenkt, die nun beide zielstrebig auf sie zu krochen.

Oben in seinem Zimmer saß Graf Malyn und lauschte an einem langen Hörrohr, durch das die Stimmen der Gefangenen bis zu ihm hinaufdrangen. Nachdenklich nickte er vor sich hin und sagte zu Garble: »Ich wußte ja gleich, daß wir etwas erfahren, wenn wir sie unter sich lassen. Miß Tegwin Jones . . . nie gehört. Sie muß längst gestorben sein. Und diese Gauner Bilk und Prigman haben mich hereingelegt! Wirf sie sofort in den Kerker, wenn sie wieder auftauchen, Garble, ganz gleich, ob sie mit oder ohne Harfe kommen.«

»Und was soll mit dem Enkel des alten Mannes geschehen, Euer Gnaden?«

»Er ist eigentlich unwichtig, es sei denn, er führt uns auf Bilks und Prigmans Spur. Falls er während meiner Abwesenheit hier auftaucht, so sperr ihn vorsichtshalber auch ein, bis ich wieder zurückkehre.«

»Während Eurer Abwesenheit? Wohin fahren Euer Gnaden?«

»Nach Nant Agerddau natürlich, du Dummkopf. Wohin denn sonst? Erstens, um diesen lästigen Tom Dando daran zu hindern, mich beim Prinzen von Wales anzuschwärzen. Ich werde ihn schnell genug auf der Landstraße einholen. Zweitens, um Bilk und Prigman zu suchen, die dort zum letztenmal mit der Harfe gesehen wurden. Und drittens, weil ich neugierig bin, ob ich nicht die kleinen unterirdischen Untertanen des fetten Seldschuken ausgraben kann. Das wäre ein guter Fang: Ein ganzer Stamm von geschickten Goldschmieden, die nur für mich allein arbeiten! Laß den Wagen vorfahren, Garble.«

»Aber Euer Gnaden, es schneit!«

»Na und?« sagte Graf Malyn eisig. »Habe ich mich schon einmal von ein bißchen Schnee aufhalten lassen?«

»Aber Euer Gnaden, es ist ein richtiger Schneesturm!«

»Garble, ich finde deine Neigung, dich in meine Angelegenheiten einzumischen, äußerst ermüdend. Tu, wie ich dir geheißen, und widersprich nicht!« Lord Malyn ließ seine goldene Schlange wirbeln und warf Garble einen Blick zu, bei dem der Sekretär blaß wurde. »Laß fünfzehn weitere Gespanne einschirren als Begleitung für die Kutsche, damit ich unterwegs die Pferde wechseln kann«, rief Graf Malyn noch, als Garble schon unter der Tür war. »Und ein Diener soll sofort vorauslaufen und die Schneeverwehungen vom Weg schaufeln. Ich will in sieben Minuten aufbrechen.«

12

Owen schritt langsam durch die ineinander übergehenden kleineren Höhlen, die zu der großen Haupthöhle mit dem Teufelssprung führten. Je tiefer er in den Berg hineinkam, desto deutlicher wurde das Flüstern im Schlapphut-

Ben. Alles schien von einem leisen Murmeln erfüllt zu sein. Es war kaum ein Laut, eher ein Schauern in der Luft ringsum.

Die große Höhle wurde von Laternen beleuchtet, die grünliches, klares Licht spendeten. Owen löschte deshalb den Kienspan, den er sich von dem Tischchen am Eingang mitgenommen hatte, und sah sich voll Interesse um.

Der Boden war nicht eben, sondern bildete eine Mulde. Die Höhle war eigentlich ein riesiges rundes Loch im Berg, so als habe sich hier einmal eine große Blase aufgebläht, die dann geplatzt war. Es gab zahlreiche Eingänge, von denen in den Fels gehauene Treppen an den runden Höhlenseiten entlang hinunter zum Boden führten. Wie das Abflußloch in einer Wanne gähnte dort eine dunkle Spalte von gut sechs Metern Durchmesser und unbekannter Tiefe. Aus diesem gigantischen Schacht stiegen ständig Dampfschwaden empor. Sie lösten sich auf, veränderten sich und nahmen seltsame Formen an, genau wie Wolken am bewegten Himmel. Owen sah die Umrisse von Pferden und Streitwagen, von Drachen und Delphinen, die sich in dem Gewölbe über ihm bildeten und wieder vergingen.

Langsam und vorsichtig stieg er eine der Wendeltreppen hinab. Er kam sich vor wie eine Fliege, die in einer Puddingschüssel herumkrabbelt. Jedes Geräusch hallte eigentümlich in der riesigen Höhle wider. Owen schaute sich immer wieder um, weil er meinte, es sei jemand hinter ihm. Aber es war nur das Echo seiner eigenen Schritte.

Endlich erreichte er den Rand des großen Spaltes. Damit niemand hineinfiel, hatte die Gemeindeverwaltung von Nant Agerddau ihn mit einem Tau eingezäunt. An einer Stelle spannte sich das Seil über einen Felsvorsprung, der wie ein furchterregendes Sprungbrett über den Schachtrand ragte. Owen blieb daneben stehen und schaute hinunter in die düstere, dunstige Tiefe. Nach einer Weile war ihm, als höre er Musik – langgezogene, bebende einzelne Töne, so als zupfe jemand an Saiten. Zuerst meinte er, er bilde sich das bloß ein. Dann aber klangen die Laute klarer: Es schien, als kämen sie aus der Tiefe des Schachtes. Owen überlegte sich verwundert, ob die kreisrunde Form der Höhle vielleicht diesen seltsamen akustischen Effekt hervorbringe. Er putzte seine Brille, starrte hinunter in den Abgrund und hielt sich dabei gut am Tau fest. Allmählich gewöhnten seine Augen sich an das trübe Dämmerlicht unten, und er erkannte, daß genau gegenüber, etwa zwölf Meter tiefer, noch ein schmaler Felsvorsprung aus der Schachtwand ragte. Da fiel ihm die Legende ein, nach der diese Höhle genannt worden war. Arabis hatte sie ihm erzählt: Einmal kam der Teufel nach Nant Agerddau, ging in die Kirche und stahl die Kerzen. St. Ennodag ertappte ihn dabei und verfolgte ihn bis hier in den Berg hinein. Um dem Heiligen zu entwischen, sprang der Teufel von der Felsnase hier oben auf den kleinen Vorsprung dort unten.

Owen schauderte es, als er sich vorstellte, er müsse über diesen furchterregenden Abgrund hinweg von einem schmalen Felserker auf den anderen springen. So etwas konnte wirklich nur der Teufel wagen.

Dann sah er zu seiner größten Verblüffung, daß sich da unten auf dem Felsvorsprung etwas bewegte. Owen traute seinen Augen kaum: Eine winzige graue Gestalt ging durch die wallenden Dunstschwaden bis zur äußersten Spitze der Felsnase, blieb dort stehen und ließ sich offensichtlich nicht im geringsten von dem Abgrund beeindrucken. Owen erkannte jetzt auch, daß diese Gestalt die Musik hervorbrachte, falls man die melancholischen Töne Musik nennen konnte.

Nach einer Weile begann der kleine Musikant mit rauher, heiserer Stimme zu singen. Zuerst schien Owen die Sprache unverständlich. Doch dann konnte er einzelne Worte und später ganze Zeilen verstehen, obwohl die Aussprache seltsam und fremd war:

Ich brauche nur eines, um glücklich zu sein,
eine Harfe,
eine gesprächige Harfe,
eine gesellige Harfe,
eine Harfe für mich ganz allein.

Einst hatte ich eine Harfe,
doch in verzweifelter Wut
hab' ich mein höchstes Gut
mit eigener Hand zerstört,
ich habe sie in die Tiefe geschleudert,
weil sie mir grell in die Ohren klang,
ich habe sie fallen gehört
und bin weinend allein geblieben
viele Tage lang,
aus Reue und Qual,
weil ich meine Harfe ermordet,
ich unglücklicher Abipaal.

Nun habe ich wieder eine Harfe zur Hand,
im dunklen Berg lag sie verborgen,
ich habe ihr neue Saiten gespannt,
ich werde sie lehren zu singen,
ein neues, schönes Lied wird erklingen
ein ums andere Mal
für mich allein,
den glücklichen Abipaal.

Ich brauche nur eines, um glücklich zu sein,
eine Harfe,
eine gesprächige Harfe,
eine gesellige Harfe,
eine Harfe
für mich ganz allein.

Owen lauschte voll Überraschung diesem wilden, unbeholfenen Lied, das durch Nebelschwaden aus den felsigen Untiefen zu ihm heraufzuschweben schien. Obwohl dieser Abipaal seine große Liebe zu seiner Harfe verkündete, behandelte er das Instrument doch sehr achtlos und sogar grob. Er zerrte und zog an den Saiten, schüttelte die Harfe und schien sie fast auseinanderzureißen. Und als sie, weil er so ungeschickt damit hantierte, einen ganz besonders schrillen Laut von sich gab, da bekam die kleine Gestalt beinahe einen Wutanfall. Ein paarmal sah es so aus, als ob der Sänger auch diese Harfe in den Abgrund schleudern wollte und sich nur mit Mühe im letzten Moment noch beherrschte.

Owen wollte die Harfe gern ganz von nahem sehen und beschloß zu versuchen, irgendwie in die Nähe des kleinen Spielers zu gelangen.

In der schrägen Felswand gab es mehrere Öffnungen. Owen wählte die ihm am nächsten liegende und gelangte in einen gewundenen Gang, in dem Abipaals seltsame Musik noch zu vernehmen war. Als sich der Felstunnel teilte, wählte Owen den Gang, der bergab führte. Er tastete sich ein Stück im Dunkeln weiter und gelangte schließlich zu einer natürlichen Terrasse, die den großen, senkrechten Schacht ungefähr auf der gleichen Höhe wie der untere Felsvorsprung säumte. Hier war Abipaals Lied viel deutlicher zu hören, obwohl Owen sich fast genau gegenüber auf der anderen Seite des Schachts befand.

Owen paßte auf, daß er selbst im Schatten versteckt blieb. Trotzdem konnte er die seltsame kleine Gestalt gut sehen, denn das grünliche Licht fiel von oben in den Schacht und beleuchtete den Felsvorsprung, auf welchem Abipaal stand. Er war sehr klein, nicht viel mehr als einen Meter groß. Seine Kleidung, die unbeschreiblich zerlumpt und unordentlich war, schien aus grauem Pelz zu bestehen. Unter seiner Pelzmütze quollen ungekämmte schwarze Locken hervor. Er war barfuß, und sein Gesicht, knorrig und verwittert wie eine alte Ulmenwurzel, verriet, daß er sehr alt sein mußte. Wahrscheinlich schon weit über achtzig.

Die Harfe glänzte golden und wie neu. Trotzdem kam sie Owen irgendwie bekannt vor. Er hatte die Harfe von Teirtu im Museum von Pennygaff so oft abgestaubt, daß er fast sicher war: Da drüben war der verlorene Schatz, die Harfe von Teirtu, und sie befand sich in allergrößter Gefahr, jeden Augenblick von diesem ungeduldigen und ungeschickten Spieler zertrümmert zu werden.

Er sollte wirklich besser spielen können in seinem Alter, dachte Owen, als ein besonders unharmonisches, schrilles Durcheinander von Lauten ertönte und Abipaal, außer sich vor Enttäuschung, zornig mit dem Fuß aufstampfte und dann vor Wut und Kummer dicht am Rand des Abgrunds auf und ab hopste. Entsetzt hielt Owen den Atem an, weil es ein paarmal so aussah, als ob der Kleine gleich abstürzen müsse. Aber offenbar stand er trotz seines Alters erstaunlich sicher auf den Beinen und war äußerst behende. Obwohl er sich einige Male weit über den Rand hinausbeugte, verlor er nie das Gleichgewicht und sang und spielte mit unverminderter Energie weiter. Owen erkannte auch, weshalb dem Kleinen das Harfenspiel so schwerfiel: Das Instrument war zwar nicht groß, aber auf jeden Fall zu groß für ihn. Seine Arme waren viel zu kurz; er konnte mit der linken Hand gar nicht alle Saiten erreichen.

Und die Harfe? Owen schlich noch näher heran, und seine Hoffnung wurde zur Gewißheit. Er erkannte die Verzierung aus Blättern und Früchten wieder und auch das fremdartig schöne Gesicht, das wie die Galionsfigur eines Schiffes von der oberen Wölbung des Rahmens gen Himmel starrte. Der kleine Abipaal hatte ganz gewiß großartige Arbeit geleistet, als er das saitenlose, verschmutzte und vernachlässigte Instrument wieder herrichtete. Es war traurig, daß er als Musikant nicht im entferntesten so geschickt war.

Abipaal sang ein neues Lied:

Sing weiche Töne und nicht scharfe,
du unfolgsame Harfe,
nie singst du, wie ich es gewollt,
du eigensinniges Ding aus Gold!

Die Saiten schrillten, als er zornig mit der ganzen Hand darauf schlug und dann die Mißtöne, die er selbst verursacht hatte, mit einem Wutschrei quittierte.

»Hör dir das an!« flüsterte eine Stimme irgendwo links von Owen. »So klein, und so ein Heidenspektakel! Der ist vielleicht eine Nummer, was Bilk?«

»Ein richtiges Pulverfaß«, stimmte Bilk zu. »Wir müssen verdammt vorsichtig sein, sonst schmeißt er das Ding vor unserer Nase ins Teufelsloch runter.«

Owen wurde vor Schreck beinahe ohnmächtig beim Klang dieser beiden Stimmen. Er hatte geglaubt, sie seien für immer verstummt. Bilk und Prigman! Wie, um Himmels willen, waren die beiden dem sicheren Tod in den verschütteten Häusern entgangen, und wie waren sie hierher in die Höhle gelangt?

»Wir haben wirklich mehr Glück als Verstand, was? Erst sackt uns der Boden unter den Füßen weg, ehe uns der Berg den Schädel einschlagen kann, und wir landen ohne einen Kratzer hier unten in einer Höhle. Und dann finden wir auch noch diesen komischen kleinen Hampelmann, der uns die Harfe geklaut hat. Und schau dir bloß an, wie er sie rausgeputzt hat! Tipptopp, wie neu! Das blitzt bis hierher. Ich wette, jetzt blecht der alte Leuteschinder zweimal soviel dafür.«

»Du willst sie ihm also wirklich bringen?«

»Na klar! Ich hab' keine Lust, den Rest meiner Tage ohne Pfoten oder Hinterbeine rumzulaufen! Seine Gnaden ist der leibliche Bruder vom Deibel persönlich, der würd' uns überall finden, ganz egal, wo wir uns vergraben. Es war schwachsinnig, ihn übers Ohr hauen zu wollen.«

»Das war deine Idee«, sagte Bilk säuerlich.

»Ach, red nicht so viel. Jetzt brauchen wir bloß noch dem Zwerg da drüben das Klimperding wegzunehmen, und dann haben wir ausgesorgt. Also, du gehst jetzt da lang, und dann schreist du und scheuchst ihn auf, und ich bleib' da drüben stehn und schneid' ihm den Weg ab. Einverstanden?«

»Einverstanden.«

»Verschwindet, ihr beiden!« schrie Owen so laut er nur konnte. »Rührt ja den Kleinen nicht an und die Harfe auch nicht!«

Der Gedanke, Bilk und Prigman könnten die Harfe ein zweites Mal an sich bringen, war ihm unerträglich. Lieber sollte Abipaal sie behalten. Er hatte das Instrument wenigstens wieder hergerichtet und schien es auf seine ungestüme Art zu lieben.

Verblüfftes Schweigen folgte Owens Rufen. Dann murmelte Bilk: »Da haut's dich um, das war der Bub! Wie, in drei Teufels Namen, kommt der hierher?«

»Das ist jetzt egal«, drängte Prigman. »Los, renn hinter dem Kleinen her. Schnell, du Holzklotz!«

Denn Abipaal, von den Stimmen erschreckt, hatte keinen Atemzug lang gezögert: Mit einem einzigen behenden, ziegenähnlichen Sprung war er von seiner Felsnase geflohen und in einer Spalte dahinter verschwunden. Prigman, der am nächsten stand, nahm die Verfolgung auf, und Bilk setzte ihm nach. Owen rannte hinterher, so schnell es in der Dunkelheit nur ging. Er mußte sich seinen Weg mit den Händen an den Felswänden entlang ertasten.

Zum Glück führte dieser Felstunnel bergab. Owen, der schon seit Morgengrauen auf den Beinen war, zwei Stunden auf einem Baum gehockt und dann den Rest des Tages damit verbracht hatte, den Prinzen von Wales meilenweit zu tragen, spürte die Müdigkeit. Wenn er bergauf hätte laufen müssen, wäre er bald zurückgeblieben. Doch weil er jung und flink war, konnte er ganz gut mit dem schweren, stampfenden Bilk und dem untersetzten, kurzbeinigen Prigman Schritt halten. Er hatte keine Ahnung, wieviel

Vorsprung Abipaal hatte und in welche Richtung sie liefen; dieser Felsgang schien nur immer tiefer und tiefer in das Herz des Berges hineinzuführen. Nach und nach verbreiterte er sich, und schließlich gelangten Bilk, Prigman und Owen auf eine Art Plattform hinaus, auf einen Kai neben einem unterirdischen Fluß. Von hoch oben kam ein blasser Lichtschimmer und beleuchtete die Szene.

»Er ist weg«, sagte Bilk und fluchte. »Das Frettchen ist uns entwischt.«

»Nein, das ist er nicht, du Holzkopf. Er ist aufs Wasser. Merkst du nicht, wo wir sind? Das ist der Fluß Gaff. Der fließt bis Port Malyn, und die Röhren, durch die der heiße Dampf bis unters Schloß zieht, liegen unten drin. Das weiß ich, weil ich Küchenjunge im Schloß war. Da hab' ich den Burschen, die die Röhren gelegt haben, immer das Essen runterbringen müssen.«

»Und was haben wir davon?« knurrte Bilk.

»Der Zwerg mit der Harfe ist mit 'nem Boot weiter. Wir brauchen bloß immer hinterher, und er schwimmt schnurstracks in die Höhle des Löwen, dem alten Leuteschinder geradewegs vor die Tür. Ist doch ein Glücksfall. Wir brauchen bloß noch hinterher und ihn kassieren.«

»Und der Bub? Wenn der uns nachkommt?«

»Den haben wir längst abgeschüttelt. Los, komm, da ist noch ein Boot.«

»Die Nußschale? Hör mal, ich bin nicht ganz verrückt!«

»Los, komm schon! Sei kein Feigling!«

Aber Bilk bestand darauf, daß sie zu Fuß sowieso schneller vorankämen, und nach einigem Hin und Her verschwanden sie in der Dunkelheit. Owen wartete im Schatten der Felsmauer, bis die beiden außer Hörweite waren. Dann sprang er in den kleinen Kahn, dem Bilk nicht getraut hatte, löste die Halteleine und ließ das Boot flußabwärts treiben.

Das Schiffchen bestand aus gegerbten Tierhäuten. Es war auch sehr leicht und schaukelte heftig, bis Owen, der bei seinem Vater schon früh den Umgang mit Booten aller Art gelernt hatte, die richtige Stelle genau in der Mitte des Bootes fand. Dort hielt er kniend und beinahe reglos das Gleichgewicht und trieb seinen leichten Kahn mit zwei dreieckigen Holzbrettchen an, die offensichtlich als Paddel gedacht waren.

Das Boot glitt im Schatten der felsigen Uferböschung dicht hinter Bilk und Prigman her, und Owen konnte Bruchstücke ihrer Unterhaltung verstehen.

»Wenn wir dem Kleinen ... die Harfe abgejagt haben ...« schnaufte Prigman, »... dann können wir von hier unten aus gleich rauf ins Schloß. In der Höhle, wo die Röhren für den Dampf aus 'm Fluß kommen, gibt's eine Treppe ... rauf durch die Keller, wo der Graf seine Weinfässer aufbewahrt, und vorbei an den Löchern, in denen die Gefangenen sitzen.«

»Ich wette, du weißt genau, wie man in die Weinkeller reinkommt«, bemerkte Bilk.

»Klar! Ich hab' schon als Bub jede Tür im Land mit einem Grashalm und einer Gänsefeder und einem Tropfen Öl aufgekriegt.«

»Praktisch«, keuchte Bilk. »Das spart uns einen langen Umweg, wenn wir dem Gnom die Gurgel aufgeschlitzt haben.«

»Das ist nicht nötig«, sagte Prigman, der eine seltsame Abneigung gegen Mord zu haben schien. »Wir fesseln ihn und lassen ihn irgendwo in einer Grotte liegen, wo bei Flut von draußen Meerwasser reinkommt.«

»Nein, wir schneiden ihm lieber die Kehle durch. Schau dir an, wie's uns mit dem anderen ergangen ist. Er ist abgehauen. Und wer weiß, was er uns noch für Scherereien machen wird. Der Teufel soll ihn holen.«

»Vielleicht will der Graf den Kleinen sehen, damit er sicher ist, daß wir die Wahrheit sagen.«

»Er kann ihn genausogut mit aufgeschlitzter Gurgel sehen.«

»Und wer schleppt ihn all die Treppen im Berg rauf? Ich nicht!«

Die beiden Gauner debattierten noch darüber, als Owen sich plötzlich bewußt wurde, daß ihre Stimmen sich immer weiter und weiter entfernten und er in warmem Wasser kniete. Sein Boot war offensichtlich über einen scharfen Stein geglitten, hatte dabei ein Leck bekommen und schwamm nun immer langsamer. Es gab keine Schöpfkelle an Bord. Also konnte Owen nichts anderes tun, als das Boot ans Ufer zu ziehen und es umzukippen und dann von neuem abzulegen. Doch diesmal lief es noch viel schneller voll. Owen mußte es endgültig an Land bringen. Die Rast im Boot hatte ihm gutgetan, und er setzte seinen Weg mit neuer Energie fort.

Doch er hatte Zeit verloren, und die Diebe waren in dem langen Felstunnel, durch den der Gaff strömte, nicht mehr zu sehen.

Owen rannte, so schnell er nur konnte. Als er endlich in die große Höhle hinauskam, in der die Röhren für den Dampf wie riesige silberne Schlangen an der Wand hochkrochen, waren Bilk und Prigman verschwunden.

Owen verschnaufte eine Sekunde, schaute sich um und sah, daß zahlreiche Gänge aus dieser Höhle hinausführten. Es blieb ihm nichts anderes übrig, als sie alle der Reihe nach auszuprobieren.

Ein paar kurze Gänge endeten wie eine Sackgasse schnell in kleinen Nebenhöhlen. Ein Gang führte Owen nach vielen Windungen hinaus auf einen verschneiten Hügel oberhalb von Port Malyn. Hinter ihm blickte Schloß Malyn drohend von seinem Grat herab. Es schneite.

Sollte er sofort zum Schloß hinaufgehen, um mit Graf Malyn zu sprechen? Nein, überlegte Owen. Während er hier die Zeit vergeudete, brachten die beiden Gauner wahrscheinlich den armen kleinen Abipaal um.

Entschlossen rannte Owen durch den Felsgang zurück. Als er diesmal in die Haupthöhle gelangte, glaubte er, aus einem Gang, in dem er noch nicht gewesen war, einen schwachen Schrei zu vernehmen. Er raffte seine letzte Kraft zusammen, rannte hinein und einen steilen, schmalen Abstieg hinab. Ehe er seinen Schwung bremsen konnte, flog er plötzlich eine gut zwei Meter hohe Felsstufe hinunter und landete unten auf weichem Sand. Er befand sich in einer kleinen Höhle, in die durch einen Spalt im Gestein schwaches Licht fiel. Das Rauschen der See war deutlich zu hören. Owen rappelte sich gerade von dem feuchten Sand auf, da sprühte durch den Spalt kaltes Wasser herein. Bei Flut mußte diese Höhle unter Wasser stehen.

Owen vernahm hinter sich wieder einen schwachen Laut und wirbelte herum. Eine kleine gefesselte Gestalt lag da, aber die Harfe von Teirtu war verschwunden.

»Lieber Himmel, die Kerle haben Euch also doch erwischt, Sir!« rief Owen bekümmert aus. »Nur einen Augenblick, ich befreie Euch sofort!«

Es dauerte ein wenig länger als einen Augenblick, denn Owen hatte Hufa sein Messer geliehen, um den Hasen zu häuten, und Hufa hatte vergessen, es ihm zurückzugeben. Doch endlich war der letzte stramme Knoten gelöst. Zur Belohnung ging Abipaal wie eine Furie auf Owen los und trat und kratzte und biß ihn.

»He, langsam!« protestierte Owen und versuchte, seine Augen und seine kostbare Brille vor diesem unverdienten Überfall zu schützen. »Hört auf! Laßt mich in Ruhe, hört auf! Ich hab' Euch die Harfe doch nicht weggenommen! Oh, Himmel noch mal, hört auf, sonst holen wir die beiden Gauner niemals ein!«

Abipaal konnte oder wollte nicht verstehen; er trat weiter um sich. Doch plötzlich brach eine Sturzwelle durch den Spalt, durchweichte sie beide bis auf die Knochen und warf sie um. Als sie keuchend wieder auf die Beine kamen, sah Owen, daß Abipaal das Wasser schon fast bis zum Hals reichte.

»So was Dummes!« rief Owen aus. »Ich hab' keine Lust,

hier zu ersaufen! Rauf mit Euch, Sir!« Mit einer letzten Anstrengung packte Owen den zappelnden, kratzenden Abipaal, der nicht viel mehr als ein Strohbündel wog, und warf ihn auf die Felsstufe hinauf, von der er selbst eben heruntergefallen war.

Abipaal wandte sich sofort um und zischte Owen wie ein wütender Gänserich an.

»Bitte, Sir, seid so gut und gebt mir einen Augenblick die Hand.«

Aber Abipaal dachte nicht im Traum daran. Er huschte den Hang hinauf und ließ Owen da unten stehen, schon bis zum Gürtel im Salzwasser.

13

Die Gefangenen in Graf Malyns Kerker bekamen kein Abendessen. Sie erhielten auch keinen Tee und kein Frühstück. Aber ungefähr eine Stunde nach der Frühstückszeit machte Garble eine Inspektionsrunde und lugte durch die Eisengitter in den Zellentüren.

Es überraschte ihn außerordentlich, Arabis und Bruder Janto noch lebendig und verhältnismäßig frisch und munter vorzufinden.

»Seltsam«, murmelte er vor sich hin. »Was ist mit Gog und Magog los? Seine Gnaden werden nicht zufrieden sein.«

»Mr. Garble!« rief Arabis entrüstet. »Holt sofort die Tigerschlangen hier heraus! Es ist einfach nicht der geeignete Aufenthaltsort für die armen Tiere. Sie sehen schon ganz krank aus. Und ich habe keine Medizin für sie. Die eine liegt auf dem Rücken und rührt sich nicht, und die andere kriecht auch kaum noch!«

»Das Mädchen hat Vernunft und Mitgefühl«, rief Mr. Bren zustimmend aus seiner Zelle. »Grausamkeit Tieren gegenüber ist eine äußerst abstoßende Eigenschaft, aber von Graf Malyn kann man natürlich nichts anderes erwarten. Es paßt zu seiner ganzen widerlichen Art!«

Garble widerstrebte es jedoch sehr, die Zelle zu betreten und sich aus nächster Nähe über das Befinden der Tigerschlangen zu unterrichten. Nur Arabis' wiederholtes Drängen und vor allem der Gedanke daran, wie wütend Graf Malyn sein würde, wenn er bei seiner Rückkehr seine Haustiere nicht mehr vorfände, konnten Garble schließlich dazu bewegen. Langsam löste er das Schlüsselbund von seinem Gürtel und trat an die Tür.

Doch in diesem Augenblick flog eine andere Tür auf, die zu den Kellern führte, und zwei Gestalten torkelten ungestüm herein. Sie gröhlten aus vollen Lungen:

Wir zogen in das Feld
und hatten gar kein Geld.
Der Trommler mit dem Tralala
und – hicks – zieht auch ins Feld.

»He, Garble, alter Kumpel«, brüllte Prigman. »Warum kriechst du denn hier unten rum wie 'n räudiger Maulwurf? Bring uns sofort rauf zu Seiner Gnaden, Mann! Wir haben was für ihn. Wenn er das sieht, fallen ihm die Augen aus 'm Kopf!«

»Er kriegt die Maulsperre, jawohl!« stimmte Bilk zu. »Los, komm schon, wir wollen den alten Leuteschinder nicht warten lassen. Der Hi ... hicks ... Himmel weiß, es war schon eine verdammte Mühe, bis wir glücklich ... hicks ... tschuldigung ... wieder aus den vertrackten, krummen Höhlen da unten wieder raus waren.«

Bilk und Prigmans überschwenglich gute Laune und vor allem ihre Alkoholfahnen verrieten, daß ihr Weg sie durch Graf Malyns Weinkeller geführt hatte.

»Seine Gnaden befinden sich zur Zeit auf Reisen«, antwortete Garble kühl. Doch als er die funkelnde Harfe sah, weiteten sich seine Augen. Aber er gab sich gleichgültig und fügte nur hinzu: »So, ihr habt den Auftrag also endlich ausgeführt. Gut, dann gebt sie mir.«

»Das kommt nicht in Frage, Garble, alter Freund und Speichellecker«, sagte Bilk. »Erst den Zaster, dann die Ware.«

»Sei nicht unverschämt. Gib das Instrument her«, antwortete Garble scharf, wählte einen Schlüssel und schob sich unauffällig näher an die Tür zu einer leeren Zelle heran.

Doch statt ihm die Harfe zu geben, begann Prigman wahllos die Saiten zu zupfen und plärrte dazu:

Tralala, der Wein schmeckt gut,
tralalala – hicks – gut, gut, gut!

Und Bilk murmelte: »Du bist ein feiner alter Freund, ein feines altes Brechmittel, Garble, du Zahngeschwür!« Er torkelte auf Garble zu und umarmte ihn. Vergeblich versuchte der Sekretär, sich zu befreien.

Die Gefangenen in den Zellen aber hatten diese Unterhaltung mit größtem Interesse verfolgt.

»Das sind die beiden Gauner, die die Harfe aus dem Museum gestohlen haben, Mr. Bren!« rief Arabis aus, als sie Bilks und Prigmans Stimmen vernahm. »Und ich glaube, sie haben sie jetzt dabei!«

»Diese Halunken!« murmelte Mr. Bren und lauschte. »Aber wo ist Owen?«

»Kein Zweifel, das ist die Harfe von Teirtu«, seufzte Bruder Janto, als er sich die ohrenzerfetzenden Töne anhörte, die Prigmans plumpe Finger hervorriefen. »Sie hat einen goldenen Klang, selbst wenn so ein Spitzbube sie mißhandelt!«

»Also, wird's bald?« rief der Seldschuk ziemlich gereizt.

Er hatte eine schreckliche Nacht in der feuchten, kalten Zelle verbracht und hatte nicht schlafen können, weil Mr. Bren sehr laut schnarchte. »Wenn dieser verabscheuungswürdige Graf nun endlich die Harfe hat, auf die er so scharf war, dann ist es uns jetzt vielleicht gestattet, unseren Besuch hier endlich abzubrechen, uns zu empfehlen, zu verschwinden. Macht die Tür auf, bitte! Ich verlange, daß der Konsul von Rum sofort benachrichtigt und hergeholt wird!«

»Mr. Garble, Ihr müßt Euch endlich um die Tigerschlangen kümmern!« forderte Arabis energisch. »Ich glaube, die eine liegt in den letzten Zügen.« Und zu Bruder Janto gewandt, fügte Arabis nachdenklich hinzu: »Komisch, nicht, daß sie den Geruch von Wintergrün nicht vertragen. Euch hat es doch so gutgetan!«

Garble wußte nicht, worum er sich zuerst kümmern und wie er Bilk und Prigman die Harfe abnehmen und die beiden in einen Kerker sperren sollte, wie Graf Malyn es befohlen hatte. Dann kam er auf die Idee, Bilk und Prigman vielleicht ohne großes Risiko für sich selbst mit den Tigerschlangen einzuschüchtern, wenn diese wirklich so schwach waren, wie Arabis behauptete.

»Wartet!« sagte er und befreite sich endlich aus Bilks übelriechender Umarmung. »Meint ihr vielleicht, Graf Malyn bewahrt sein Geld im Schloßverlies auf? Ihr müßt mit mir nach oben kommen, wenn ich mit den Gefangenen fertig bin.«

»Schon gut, schon gut«, antwortete Prigman. Er hatte gerade entdeckt, wie er der Harfe von Teirtu einige Töne entlocken konnte, und stimmte ein Lied an.

»Hör auf zu grölen!« schnauzte Garble. Er trat zu der Tür von Bruder Jantos Zelle und spähte durch die vergitterte Luke. Aber er konnte die Schlangen nicht sehen, weil sie im Winkel neben der Tür lagen. So rief er: »Ich komme herein, um nach den Schlangen zu sehen. Stellt euch an die Wand unter das Fenster. Ich habe eine Pistole dabei, und ich schieße, wenn ihr nicht gehorcht.« Das stimmte zwar nicht, aber Garble hoffte, daß Arabis und Bruder Janto sich davon einschüchtern lassen und wirklich unter dem Fenster stehenbleiben würden. Dann konnte er hineinspringen, die kranken Schlangen packen und wieder hinausgelangen, ehe die beiden ihn zu überfallen und zu fliehen versuchten.

Der Schlüssel rasselte gerade im Schloß, da bekam Arabis, die vor dem schmalen kleinen Fenster stand, den größten Schreck ihres Lebens: Draußen tauchte Owens Gesicht auf, und Falke schwebte dicht über ihm. Der Junge legte den Finger auf die Lippen. Arabis bezwang sich und blieb stumm. Owen hatte einen Klimmzug gemacht, stützte sich einen Moment auf das Fenstersims, stemmte dann ein Knie darauf und schob sich in die Zelle. Er keuchte ein wenig.

»Würdet Ihr bitte meine Brille einen Augenblick halten, Sir?« flüsterte er Bruder Janto zu, der lautlos vor sich hin kicherte.

Falke flog hinter Owen herein. Die Tigerschlangen erregten sein heftiges Mißfallen: Sofort zischte und krächzte er sie wie wütend an. Die armen Tiere waren zu erschöpft, um darauf zu reagieren.

»Die Harfe!« hauchte Arabis. »Bilk und Prigman haben sie, und sie sind da ...« Sie wies zur Tür.

Owen nickte, schlich zur Tür und preßte sich daneben an die Wand. So leise hätte er aber gar nicht zu sein brauchen, denn Prigman sang noch immer aus voller Kehle, und Bilk stampfte in einer Art Steptanz um ihn herum.

Garble drehte den Schlüssel im Schloß, öffnete die Tür, trat schnell ein, warf einen kurzen Blick auf die beiden Gefangenen am Fenster und richtete seine Aufmerksamkeit dann ganz auf die Schlangen. Unterdessen glitt Owen hinter ihm wie ein Schatten durch die offene Tür, zog im Vorbeigehen den Schlüssel ab und steckte das ganze Bund in die Hosentasche.

Es war Owens Absicht, Bilk und Prigman zu überrumpeln, ihnen die Harfe zu entwinden, damit zurück in die Kerkerzelle zu rennen und die Tür von innen abzuschließen. Doch dieser Plan wurde durch Abipaals unerwartetes Auftauchen zunichte gemacht.

Abipaal sauste wie eine Kanonenkugel zum Zellenfenster herein, zur Tür hinaus, rammte Prigman in den Magen und entriß ihm die Harfe. Dann verschwand er durch die offene Tür, die zu den anderen Kellern und Verliesen im Berg führte, ehe Garble oder Bilk und Prigman sich von ihrer Verblüffung erholt hatten und auch nur eine Bewegung machen konnten.

»Verdammt!« brachte Prigman endlich hervor. »Das kleine Biest! Los, Bilk! Hinter ihm her!«

Bilk machte einen Schritt und schlug der Länge nach hin, denn Owen hatte ihm schnell von hinten ein Bein gestellt. Nun warf der Junge sich auf ihn und hielt ihn fest, damit er Abipaal nicht verfolgen konnte.

»Was, zum Teufel, ist hier los?« rief Garble, stürzte aus der Zelle und suchte vergeblich nach seinen Schlüsseln. Er bemühte sich, Owen und Bilk zu trennen, die sich auf dem Boden wälzten.

»Laß die beiden, du Trottel! Es geht um die Harfe!« schnaufte Prigman und stolperte hinter Abipaal her. Bilk riß sich von Owen los und folgte ihm. Garble zögerte einen Augenblick und überlegte, was Graf Malyn wohl mehr in Wut versetzen würde: der Verlust der Gefangenen oder der Verlust der Harfe, die ihm schon fast sicher war. Garble entschied sich für die Harfe und rannte hinter Bilk her.

Da niemand sie daran hindern konnte, stiegen Arabis und Bruder Janto vorsichtig über die ermatteten Tigerschlangen und kamen aus ihrer Zelle.

»Gott sei Dank, du lebst noch! Jehimelek hat mir gesagt, daß du hier bist, und Falke hat mich zur richtigen Zelle geführt«, sagte Owen und umarmte Arabis schnell. »Hier sind die Schlüssel! Laß die anderen raus, ich hab' keine Zeit dazu, ich muß hinter dem verrückten kleinen Abipaal her, sonst machen sie Mus aus ihm. Ich hatte keine Ahnung, daß er mir gefolgt ist! Kommt runter in den Berg, zum Gaff. Vielen Dank, Bruder Janto!«

Owen nahm seine Brille wieder in Empfang und verschwand.

»Nein, so was!« rief Arabis aus. »Wer hätte das gedacht!«

»Ich bin kein bißchen überrascht«, bemerkte Bruder Janto vergnügt. »Ich hab' schon immer gedacht: In dem Bub steckt mehr, als er selbst ahnt. Und jetzt nichts wie weg, ehe oben jemand etwas merkt.«

Bruder Janto schloß schön der Reihe nach alle Zellentüren auf. Erleichtert machten die Gefangenen sich davon.

Keiner nahm sich die Zeit, um eine Erklärung zu bitten, keiner außer Mr. Bren.

»Was, um Himmels willen, geht hier vor sich?« wollte der alte Herr wissen. »Wo ist die Harfe jetzt? Was haben die beiden Schufte damit angefangen? Ich habe die Stimme meines Enkels gehört! Er ist also doch in diese Angelegenheit verwickelt!«

»Oh, von mir aus könnt Ihr ruhig hier unten im Gefängnis bleiben!« Arabis war am Ende ihrer Geduld. Dann nahm sie sich zusammen und fügte höflich hinzu: »Mr. Bren, Euer Enkel hat uns gerade alle befreit, indem er an einer gefährlich steilen Klippe emporgeklettert ist. Wenn Ihr nur einen Funken Vernunft habt, dann steht jetzt nicht hier herum und redet, sondern verschwindet mit uns, ehe wir in neue Schwierigkeiten geraten.«

»Das Mädchen hat vollkommen recht!« stimmte der Seldschuk zu. Arabis unterdrückte beim Anblick seines ruinierten Schnurrbarts ein halb entsetztes, halb belustigtes Kichern. »Wir müssen Anker lichten, Taue kappen, auslaufen und verduften, ehe dieser widerliche Graf wieder erscheint.«

Ohne weitere Verzögerung verschwanden sie alle im gleichen Kellergang wie zuvor Owen. Aber Arabis hatte

Gewissensbisse, weil sie die Tigerschlangen allein hier zurückließen.

»Schließlich war es mein Wintergrünöl, das den armen Tierchen nicht bekommen ist«, sagte sie. »Ich hoffe nur, es kommt bald jemand herunter. In dem Schloß gibt's so viele Diener, und irgendeiner muß doch da sein, der sich um diese schönen Schlangen kümmert.«

Mr. Bren wollte noch immer sofort eine Erklärung haben.

»Du hast gesagt, mein Enkel hat uns gerettet?« schnaufte er, als sie die endlos langen Treppen hinunterrannten. »Aber wer hat die Harfe jetzt? Wo ist sie?«

»Ich glaube, der komische kleine Kerl, der hinter Owen zum Fenster reingeklettert ist, hat sie. Abipaal heißt er, hat Owen gesagt.« Plötzlich blieb Arabis stehen, schlug sich mit der Hand an die Stirn und rief aus: »Abipaal! Natürlich! Wo hab' ich meinen Kopf! Er hat gesehen, wie Bilk und Prigman die Harfe versteckt haben, und hat sie sich geholt! Und dann haben die beiden Gauner sie ihm wieder weggenommen, und jetzt hat er sie sich zum zweitenmal geholt!«

Für Mr. Bren war das chinesisch, aber der Seldschuk spitzte die Ohren.

»Abipaal? Wer ist dieser Abipaal, meine liebe Freundin, Leidensgenossin, Gefährtin auf der Flucht?«

Noch während er fragte, erreichte die kleine Gruppe das Ende der Treppen und den Eingang zu der großen Höhle, in der die Dampfröhren aus dem Gaff stiegen. Doch diesmal war die Höhle nicht leer und verlassen. Ungefähr zwei Dutzend Kinder der Bergwerke standen da, in einem Halbkreis um Jehimelek versammelt. Alle waren mit goldenen Waffen ausgerüstet, bei deren Anblick Graf Malyn grün vor Neid geworden wäre. Jehimelek war prächtig in Schwarz und Gold gekleidet. Er sah blaß und krank und doch von Kopf bis Fuß wie ein wahrer Prinz aus. Gerade jetzt erteilte er Befehle: »Die Hälfte von euch begibt sich so schnell wie nur möglich zu den Höhlen im Schlapphut-Ben, um unserem Bruder Abipaal zu helfen. Er hat sich durch seine unvernünftige Sehnsucht nach einer Harfe selbst in diese Schwierigkeiten gebracht, aber er ist unser Bruder, und deshalb müssen wir ihm nach besten Kräften beistehen. Ihr anderen eilt unter meinem Kommando unserer Retterin Lady Arabis zur Hilfe. Unsere zuverlässigen Wachtposten haben mir berichtet, daß sie Lady Arabis' Stimme in den Kerkern des bösen Grafen vernommen haben. Deshalb ist sie bei Tagesanbruch nicht zu uns zurückgekehrt, wie sie es versprochen hatte! Vielleicht hat dieser tapfere junge Mann Owen sie auch schon gerettet, so wie er unseren Bruder Abipaal vor dem Ertrinken bewahrt hat. Doch solange wir nicht mit unseren eigenen Augen gesehen haben, daß Lady Arabis in Sicherheit ist...«

»Jehimelek!« rief Arabis, die erraten hatte, was er sagte. »Jehimelek, hier bin ich, Sir, mir ist nichts passiert! Aber um Himmels willen, kehrt mit Euren Leuten schnell in Eure Höhlen zurück, ehe Graf Malyns Diener hier herunterkommen und Euch finden!«

Beim Klang von Arabis' Stimme wandten sich alle Kinder der Bergwerke zu ihr um. Dann stießen sie einen Freudenschrei aus, der etwas zittrig und schwach klang und verriet, daß die meisten noch längst nicht von ihrer Krankheit genesen waren. Sie rannten herbei, umringten Arabis lächelnd und drückten ihre Hände.

»Lady Arabis, ich freue mich von ganzem Herzen, Euch zu sehen«, begann Jehimelek ernst. »Ich, Jehimelek, Erbprinz der Kinder der Bergwerke...«

»Jehimelek!« rief der Seldschuk.

Er hatte bis jetzt stumm und staunend zugehört und die tapferen kleinen Leute betrachtet, die ihre goldenen Waffen vor Schwäche kaum halten konnten. Zwei dicke Tränen stiegen ihm in die großen braunen Augen und rollten an seinem abgezwackten Schnurrbart vorbei. Nun trat er einen

Schritt vor und rief in seiner eigenen Sprache: »Jehimelek! Tapferer Führer dieses Stammes, ich grüße Euch! Möge Euer Name für immer in die Geschichte unseres Volkes eingehen. Wißt Ihr, wer ich bin? Ich bin Euer Seldschuk, und ich bin gekommen, um Euch in Euer Heimatland zurückzuholen, nach Hause, ins Königreich von Rum!«

Jehimelek und seine Leute antworteten nicht sofort. Sie starrten den Seldschuken wie betäubt an, während ihnen der Sinn seiner Worte nur langsam aufging. Ein Grund für ihr Zögern lag auch darin, daß sich die Sprache von Rum während der vielen hundert Jahre, die seit der Verschleppung des Stammes verstrichen waren, ein wenig verändert hatte. Jehimeleks Leute sprachen noch so wie ihre Vorfahren damals. Der Seldschuk betrachtete sie besorgt und wartete auf ihre Antwort.

Endlich kam sie. Staunendes Murmeln erhob sich, als einer nach dem anderen die Bedeutung seiner Worte erfaßte.

»Der Seldschuk!«

»Er sagt, er ist unser Seldschuk!«

»Er ist endlich gekommen!«

»Er holt uns nach Hause, nach Rum!«

Mit einem Aufschrei trat Jehimelek schwankend näher und sank vor dem Seldschuken auf die Knie.

»Hoheit, verzeiht mir! Ich bin ein alter Mann, und mein Verstand ist langsam. Oh, womit hab' ich das verdient, daß ich diesen glücklichen Tag noch erleben darf? O glücklicher Jehimelek! Ich werde durch die Straßen unserer Städte gehen, ich werde die grünen Berge meiner Heimat sehen! Hoheit, wir gehören wirklich zu Eurem Volk. Und wir haben niemals, niemals daran gezweifelt, daß Ihr eines Tages kommen und uns nach Hause holen würdet.«

Gerührt hob der Seldschuk Jehimelek auf und umarmte ihn.

Auch Arabis waren vor Rührung über dieses Wiedersehen der Kinder der Bergwerke mit ihrem Fürsten die Tränen gekommen. Nun aber warf sie einen Blick zurück auf die Treppe im Fels und sagte: »Ich freu' mich sehr, daß ihr euch wiedergefunden habt. Aber ich glaube, jetzt sollten wir lieber alle miteinander verschwinden, und zwar ziemlich schnell. Ich hör' da oben was!«

Sie rannte zu der Tür, durch welche sie gerade heruntergekommen waren, probierte alle Schlüssel an Garbles Bund aus, fand einen, der paßte, und schloß ab.

»Ihr habt recht, Lady Arabis«, sagte Jehimelek. Zum Seldschuken gewandt, fügte er hinzu: »Hoheit, unsere Höhlen sind ärmlich, aber es wäre mir eine Ehre, wenn Ihr und Eure Freunde mit unserer Gastfreundschaft vorliebnehmen wolltet.«

»Vielen Dank, Ihr seid sehr freundlich, Sir«, sagte Arabis herzlich. »Aber ich hab' keine Ruhe, solange ich nicht weiß, was aus Abipaal und Owen und der Harfe von Teirtu geworden ist. Deshalb möchte ich lieber gleich weiter nach Nant Agerddau gehen.«

Jehimelek hatte es genauso eilig wie Arabis, das zu erkunden, und der Seldschuk, der alte Mr. Bren und Bruder Janto ebenfalls. Deshalb beschlossen sie, unverzüglich aufzubrechen, und Jehimelek befahl, die Kamele zu holen. Bis auf die Kamelführer kehrten alle Kinder der Bergwerke dankbar in ihre Betten zurück.

Während der ganzen letzten Ereignisse hatte Mr. Bren staunendes Schweigen bewahrt. Noch immer wortlos, bestieg er das winzige schwarze Kamel, das man ihm zuwies, und trieb es hinter Bruder Jantos Reittier zu schnellem Schritt an.

»Geht es so, Sir?« fragte Arabis ihn besorgt.

»Ja, ja, Kind!« antwortete er wie üblich etwas gereizt. »Ich versichere dir, ich habe schon oft Kamele geritten, wenn wir im Hafen von Alexandria Trinkwasser an Bord nahmen. Du brauchst dir keine Sorgen um mich zu machen.«

Also ritt Arabis nach vorn, um dem Seldschuken

zuzuhören, der seinem wiedergefundenen Landsmann in großen Zügen berichtete, was sich während der letzten zweitausend Jahre im Königreich Rum ereignet hatte.

»Ich fürchte, es hat sich einiges verändert«, gab er zu. »Aber wir werden Euch einen königlichen Empfang bereiten und Euch ein schönes, fruchtbares Tal voller Obstbäume, voller Feigen und Oliven zur Verfügung stellen. Dort können sich Eure Leute in der Sonne erholen und wieder gesund und kräftig werden.«

Mr. Bren schaute hinter Arabis her und bemerkte zu Bruder Janto: »Ein höchst ungewöhnliches junges Mädchen. Scheint in vielen Dingen außerordentlich beschlagen und sehr vernünftig zu sein. Ich muß zugeben, ich habe ihr unrecht getan, als Owen sie und ihren Vater letzte Woche mit ins Museum gebracht hat. Ich dachte, sie sind hinter der Harfe von Teirtu her.«

Bruder Janto gab keine Antwort, sondern kicherte nur leise vor sich hin, wie das so seine Art war.

»Nun ja, schließlich muß man vorsichtig sein bei solchen Leuten, die wie die Zigeuner im Land herumziehen«, verteidigte sich Mr. Bren. »Der Himmel mag wissen, was für ein Mensch der Vater ist.«

»Kein Mensch, der nimmt, was ihm nicht gehört, das kann ich dir versichern«, sagte Bruder Janto. »Tom Dando ist Dichter. Er würde lieber ein gutes Gedicht schreiben als die Krone von England tragen.«

»Soso, also einer von denen, die immer den Kopf in den Wolken haben! Schön und gut, aber irgend jemand sollte sich um das Mädchen kümmern, dafür sorgen, daß sie eine anständige Erziehung erhält«, murmelte Mr. Bren mißbilligend.

Inzwischen brachte Arabis in Erfahrung, wie Owen den Kindern der Bergwerke begegnet war. Jehimelek erzählte, daß Tennes und Strato, die Abipaal suchen sollten, Stimmen aus einer Höhle gehört hatten, die bei Flut immer unter Wasser stand. Und dann war Abipaal naß und keuchend daraus aufgetaucht. Aus seinem verwirrten und keineswegs dankbar klingenden Bericht schlossen sie, daß jemand ihn vor dem Ertrinken gerettet hatte und selbst noch immer da unten steckte. Tennes und Strato hatten Owen, der inzwischen völlig erschöpft war, herausgezogen und zu Jehimelek gebracht. Owen hatte die Mandoline sofort wiedererkannt und nach Arabis gefragt. Die Tatsache, daß er Arabis kannte, hatte Jehimelek beruhigt. Owen trocknete sich am Feuer und bekam Seetang-Suppe. Schlaf hätte er noch viel dringender gebraucht, doch dafür blieb keine Zeit, denn inzwischen kamen zwei Wachtposten mit der Hiobsbotschaft, daß sie bei ihrem Patrouillengang durch die oberen Höhlen Arabis' Stimme in Graf Malyns Kerker gehört hatten. Zwischen Jehimeleks Höhlen und Graf Malyns Kerkern gab es natürlich keinen unterirdischen Gang, der sie direkt miteinander verband. Darauf hatten die Kinder der Bergwerke geachtet, als sie hier Zuflucht suchten. Deshalb beschloß Owen, außen an den Klippen hochzuklettern, weil das der kürzeste und schnellste Weg zu Arabis' Zelle war. Und Abipaal kletterte hinterher, um sich seine geliebte Harfe wiederzuholen.

»Wenn ich mir vorstelle, daß er sie die ganze Zeit gehabt hat!« warf Arabis ein. »Jetzt hängt er so daran. Ich möchte bloß wissen, wie wir ihn jemals dazu überreden sollen, sie wieder herzugeben.«

»Zerbrich dir lieber zuerst den Kopf über diese drei Gauner in Graf Malyns Dienst, von ihm selbst ganz zu schweigen«, schlug Bruder Janto vor.

»Ach, inzwischen hat mein Papa längst den Prinzen von Wales geholt«, sagte Arabis zuversichtlich. »Und Prinz David wird mit diesem Unhold fertig, das ist sicher!«

14

Der Tom Dando, der stumm und geistesabwesend über einem neuen Gedicht brütete, und der Tom Dando, der dieses Gedicht glücklich aufs Papier gebracht hatte – das waren zwei ganz verschiedene Menschen. Jetzt, nachdem er ausgeschlafen und nach dem Aufwachen festgestellt hatte, daß sein Gedicht noch immer genauso gut war wie in dem Augenblick, da er die letzte Zeile schrieb, jetzt hätte Tom Dando nicht einmal mit dem Zaren von Rußland tauschen mögen.

»Mach dich auf den Weg, Galahad, mein Guter!« schrie er vergnügt, nachdem er die beschriebenen Blätter mit Wäscheklammern aus Eschenholz zusammengeheftet und Ribaddi sicher in seiner Koje verstaut hatte. »Es ist ein schrecklicher Abend, ich weiß, aber wenigstens haben wir den Wind im Rücken, also tu dein Bestes, mein Pferdchen!«

Galahad hatte einen Rasttag hinter sich und brauchte nicht angefeuert zu werden. Er donnerte dahin, daß unter seinen Hufen die Funken aus den Steinen sprühten und seine Mähne wie ein Schleier hinter ihm herflatterte. Er wieherte und schnaubte und blies lange weiße Atemwolken aus den Nüstern. Der Wagen schwankte ratternd hin und her. Zum Glück war Ribaddi in tiefen Schlaf gesunken, sonst hätte er vielleicht Angst bekommen. Tom Dando saß, in eine alte Decke gewickelt, auf dem Kutschbock und schmetterte mit kräftigem Tenor sämtliche Lieder und Hymnen, an die er sich erinnnern konnte. Und als sein Gedächtnis nachließ und ihm keine mehr einfielen, fing er wieder von vorne an. Oder er sang seine eigenen Gedichte zu selbsterfundenen Melodien. Galahad wieherte manchmal, als ob er eine Bemerkung dazu machen wollte, und galoppierte noch schneller. Und die ganze Zeit heulte der Wind wütend hinter ihnen her und blies ihnen Schnee in den Rücken. Doch der Weg vor ihnen war noch immer klar genug zu erkennen. Galahad galoppierte vor dem Schneesturm dahin.

»Wer ein Stück hinter uns ist, hat's nicht mehr so gut«, überlegte Tom und sang vergnügt:

Der kalte Wind bläst, und der Schnee fällt hernieder.
Er fällt den Meisen aufs nasse Gefieder.
Sie sitzen frierend auf blattlosen Ästen
und wünschen sich Hosen und Jacken und Westen.

»Wir haben's eilig, aber paß trotzdem ein bißchen auf, wo du hintrittst, Galahad«, ermahnte Tom. »Hier gibt's schon ein paar Schneeverwehungen.«

Da Tom Dando diesmal sein Pferd lenkte und die kürzeste Route wählte, legte Galahad den Weg nach Nant Agerddau in weniger als einem Drittel der Zeit zurück, die er für den Herweg gebraucht hatte. Ungefähr eine Stunde vor Tagesanbruch erreichten sie den Gasthof »Zum Eberkopf«. Tom Dando hämmerte an die noch verschlossene Tür und fragte, ob der Prinz von Wales da sei.

»Anständige Leute mitten in der Nacht aus dem Bett zu jagen!« knurrte Mr. Thomas verschlafen, während er aufriegelte. Dann steckte er den Kopf hinaus. »Lieber Himmel, Ihr seid's, Mr. Dando! Was ist los? Was kann ich für Euch tun?«

»Ist Prinz David unter Eurem Dach, Freund? Oder wißt Ihr, wo ich ihn finden kann? Ich muß ihm eine dringende Nachricht überbringen!«

»Er war hier«, antwortete Mr. Thomas mißmutig. »Aber er hatte Fieber und muß fantasiert haben, sonst hätte er sich wohl nicht so seltsam benommen! Um Mitternacht hat er einen Teller Suppe mit einem Schuß Wein drin verlangt, und dann konnte ihn nichts und niemand zurückhalten. Er mußte weg, zusammen mit dieser Bande Jungen aus Pennygaff. Sie wollten nach einem Buben suchen, den sie vermißten. Dabei war der Prinz schwer verwundet und

taumelte wie ein Betrunkener. Die Buben mußten ihn auf einer Bahre tragen. Dr. Jenkins war ganz außer sich. ›Ich übernehme keine Verantwortung, wenn Eure Hoheit sich dabei den Tod holt‹, hat er gesagt. Und der Prinz hat ihm geantwortet: ›Steck deine Nase in deinen eigenen Becher, Mann‹, und weg war er. Dabei sollte man meinen, auf einen Jungen mehr oder weniger kommt es bei so einem Haufen nicht an. Die Bande hat mir gestern abend die Haare vom Kopf gefressen!«

»Ein Junge wird vermißt?« fragte Tom Dando. »Nein, so was! Wo haben sie ihn verloren? Und warum suchen sie ihn mitten in der Nacht?«

»Sie wollten zum Teufelssprung, der Prinz und die Buben. Aber wenn Ihr meine Meinung hören wollt: Warum soll man junge Nichtsnutze suchen, die sich um das Eintrittsgeld drücken wollen und deshalb abends in die Höhle schleichen, ohne zu bezahlen? Die sollen nur zusehen, wie sie allein auch wieder rauskommen. Dann lernen sie vielleicht, das nächste Mal ehrlich zu sein und ihre sechs Pennies zu bezahlen!«

»In der Teufelssprunghöhle? Allerbesten Dank, Mr. Thomas. Ich werd' dort nachschauen.«

Tom Dando fuhr durch den Ort und schnurstracks in die Vorhalle zum Teufelssprung, die von Dutzenden von Kerzen beleuchtet und trotzdem leer und verlassen war. Er stieg vom Kutschbock, rieb Galahad trocken, legte ihm eine Decke über und hängte ihm den Hafersack um. Dann warf er einen Blick in den Wagen, um sich zu vergewissern, daß Ribaddi schlief und das kostbare Gedicht sicher an seinem Platz lag. Zu Fuß ging er weiter bis in die innere Höhle. Schon von weitem hörte er dort jemand vor sich hinpfeifen.

In der Teufelssprunghöhle angelangt, schaute er hinab in die tiefe Felsmulde und sah einen Mann, der nahe beim Schacht in der Mitte auf einer Bahre lag und der am rechten Bein einen Verband hatte. Daran erkannte Tom den Prinzen von Wales. Er stieg hinunter in die Höhle, bis er nahe genug war, um dem Prinzen höflich einen guten Morgen zu wünschen.

»Glück Euch, Sir, wer immer Ihr sein mögt«, antwortete der Prinz. »Ihr habt nicht zufällig ein paar Jungen irgendwo in den Höhlen gesehen?«

»Leider nein«, sagte Tom Dando bedauernd und fügte hinzu: »Ich geh' gern auf die Suche nach ihnen, wenn Euer Hoheit das wünschen.«

»Nein, nein«, antwortete der Prinz etwas mürrisch. »Laßt sie nur weiter nach dem verschwundenen Jungen suchen. Es ist nur so schrecklich langweilig, hier zu warten, bis wieder einer von ihnen auftaucht. Und Ihr habt wohl auch keine Zeit, um ein bißchen mit mir zu reden?«

Diese Frage kam Tom Dando gerade recht. Er setzte sich auf einen Stein und begann sofort die Geschichte der Harfe von Teirtu zu erzählen. Einen Teil dieser Geschichte hatte Prinz David zwar schon von Owen gehört, aber das meiste war doch neu für ihn. Außerdem war Tom Dando ein so guter Erzähler, daß der Prinz gefesselt zuhörte und nur hin und wieder »Nein, so was!« oder »Unglaublich!« murmelte.

»Ihr seht also, dieser Graf Malyn ist wirklich ein Bösewicht, der viele unschuldige Leute unterdrückt und quält«, schloß Tom Dando.

»So ein falscher Kerl!« rief Prinz David aus. »Jetzt ärgert's mich, daß ich die Einladung zur Jagd bei ihm angenommen habe. Aber woher hätt' ich wissen sollen, was für ein Gauner er ist? Doch jetzt lass' ich ihn und seine Handlanger ins Gefängnis werfen, so wahr ich David James Charles Edward Georg Henry Robert Tudor-Stuart bin! Ich werde dem Kronanwalt befehlen, ihn noch vor dem Frühstück verhaften zu lassen. Wollt Ihr mit der Wache nach Schloß Malyn zurückkehren?«

»Das wäre vielleicht ganz praktisch, Hoheit«, stimmte Tom Dando zu. »Nur ist das Wetter nicht besonders gut. Ich werd' mal nachschauen, wie's draußen aussieht.«

Kopfschüttelnd kam er zurück. »Der Schnee liegt hoch genug, um einen Walfisch darunter zu begraben! Und es kommt noch mehr herunter. Ich glaube, es wird noch eine Weile dauern, bis man zu Pferd nach Malyn durchkommt«, berichtete er.

»Zu dumm«, sagte der Prinz. »Ich hoffe bloß, daß Eurem Töchterchen nichts passiert.«

»Ach, sie ist ein sehr vernünftiges Mädchen, meine Tochter Arabis«, sagte Tom Dando gelassen. »Sie kann ganz gut auf sich selbst aufpassen.«

»Dann setzt Euch wieder und macht's Euch bequem und erzählt mir noch mehr von der Harfe von Teirtu. Graf Malyn – der Teufel soll ihn holen – hat also kein Recht darauf. Und Bruder Janto und seinem Orden gehört sie auch nicht mehr ... Wer ist dann der rechtmäßige Besitzer?«

»Nun, ich glaube, ich bin's«, antwortete Tom Dando bescheiden.

»Lieber Himmel!« stieß der Prinz verblüfft hervor. »Im Ernst? Erklärt mir das mal!«

»Das ist ganz einfach: Miß Tegwin Jones, die die Harfe von den Mönchen im Tausch für ein paar Fässer Frostbeulensalbe bekommen hat, war ein direkter Nachkomme von Teirtu und außerdem meine Großmutter. Sie hat David Dando geheiratet. Ich erinnere mich noch gut an die liebe alte Dame. Sie konnte Schafe ungefähr so schnell von der Räude heilen, wie Ihr mit der Wimper zuckt.«

»Nein, so was! Aber wenn die Harfe Euch gehört, Mann, warum habt Ihr das nicht gleich gesagt?!«

»Ich hatte viel Wichtigeres zu tun, als in das Gegacker über eine alte Harfe einzustimmen. Ich mußte mein Gedichtwerk fertigschreiben«, erklärte Tom Dando.

»Seid Ihr ein Dichter? Dann würde ich gerne Eure Verse hören, denn ein gutes Gedicht ist mir fast genauso lieb wie eine gute Jagd!« rief Prinz David, und seine Augen leuchteten vor Begeisterung.

Mehr Aufmunterung brauchte Tom Dando nicht. Er

begann den ›König Artus‹ zu rezitieren, und Prinz David hörte mit größter Freude zu.

»Mann, das ist das schönste Gedicht, das ich seit zwölf Monaten und noch länger gehört habe!« rief er, als Tom eine Atempause machte.

»Ich muß gestehen, ich bin auch damit zufrieden«, sagte Tom. »Selbst wenn ich nie wieder eine Zeile schreibe, wird sich die Welt dank dieses Gedichtes an Tom Dando erinnern.«

Die beiden Männer unterhielten sich über Poesie, und von der Poesie kamen sie auf den Gesang, und dann dauerte es nicht mehr lange, und sie sangen zusammen. Reichlich laut, denn die Baritonstimme des Prinzen war mindestens so kräftig wie Toms Tenor, und der Widerhall in der Höhle verführte sie dazu, so laut zu schmettern, wie sie nur konnten. Auf diese Weise vertrieben sie sich die Zeit.

Sie hatten sich gerade durch eine endlos lange Ballade hindurchgesungen, als Tom Dando überrascht bemerkte, daß sie nicht mehr allein waren. Der Prinz sang mit geschlossenen Augen und sah nichts. Deshalb zupfte Tom Dando ihn respektvoll am Samtärmel und wies auf einen kleinen, unordentlich gekleideten Fremden mit einer Pelzmütze und grauem Bart, der dicht bei ihnen auf der Felsnase saß und hingerissen ihrem Gesang lauschte.

»Entschuldigt, Hoheit«, sagte Tom. »Ist das vielleicht der kleine Bursche, den Eure Begleiter hier suchen?«

»Liebe Zeit, nein!« sagte Prinz David überrascht. »Den kleinen Knirps hab' ich noch nie im Leben gesehen. Aber, Mann, schaut Euch die Harfe an, die er auf dem Rücken hat! Vielleicht ist das die Harfe, die an der ganzen Aufregung schuld ist?«

»Das ist möglich, Hoheit«, sagte Tom Dando und wandte sich höflich an den kleinen Mann: »Verzeiht, daß ich mir die Freiheit nehme, Euch anzusprechen, mein Freund, aber würdet Ihr wohl erlauben, daß ich mir Eure Harfe anschaue?« Und er streckte die Hand aus.

Owen, Jehimelek und seine kleinen Leute hätten gestaunt, denn Abipaal dachte nicht daran, zu beißen und um sich zu treten oder davonzulaufen. Bereitwillig übergab er Tom Dando das Instrument und schaute dann eifrig und aufmerksam zu, wie die Finger des Dichters geschickt über die Saiten glitten.

»Das ist die Harfe von Teirtu, aber sie ist noch besser gestimmt und gepflegt als zur Zeit meiner Großmutter«, sagte Tom Dando. »Habt Ihr sie so schön hergerichtet?« Abipaal nickte, und Tom Dando fuhr fort: »Dann verbeuge ich mich vor Euch, mein Freund.« Das tat er auch, und danach spielte er eine bekannte Melodie.

»Das gefällt mir«, sagte Prinz David einfach.

Der kleine Abipaal schien es noch nicht ganz fassen zu können, daß es solche Musik wirklich gab. Er war wie in einen Traum versunken, wiegte sich sacht hin und her und stieß bisweilen einen abgrundtiefen Seufzer aus.

»Spielt uns noch eine Melodie, dann wird uns das Warten nicht so lang«, drängte Prinz David.

Doch Tom Dando, der über Poesie und Musik fast vergessen hatte, daß ein Junge vermißt wurde, sprang auf und sagte: »Ich glaube, ich sollte lieber suchen helfen, Hoheit. Wer ist dieser vermißte Bub, und warum ist er bei Nacht in die Höhle gegangen?«

»Er heißt Owen Bren, ein sehr vernünftiger und braver Bub. Er und seine Freunde haben mich im Wald gefunden und nach Nant Agerddau geschleppt. Der Himmel weiß, warum er gestern abend hierherkommen mußte. Aber ich glaube, es hatte auch was mit dieser Harfe von Teirtu zu tun, die schon so viel Aufregung und Durcheinander verursacht hat. Aber«, fügte er freundlich hinzu, »Prinz David James-und-so-weiter-Tudor-Stuart muß schon sagen: Diese Harfe ist die Mühe wert!«

»Owen Bren? Ach, der arme Bub«, sagte Tom Dando,

und gab Abipaal, der noch immer ganz benommen war, die Harfe zurück.

In diesem Augenblick erschienen urplötzlich verschiedene Personen auf der Bildfläche.

Zuerst kamen Bilk, Prigman und Garble aus einer der vielen Tunnelöffnungen gerannt und erblickten Abipaal, der die Harfe in der Hand hatte und das Instrument mit fragender, melancholischer Miene betrachtete. Die drei Ganoven stießen ein Triumphgeheul aus und kletterten, so schnell es nur ging, zu ihm herunter. Abipaal zuckte zusammen, als er ihre Stimmen hörte, und zog sich bis an den äußersten Rand des Teufelssprunges zurück.

In diesem Augenblick tauchten aus einem zweiten Tunnel Luggins, Hufa, Mog und Dove auf.

»Da sind die beiden Kerle!« brüllte Dove. »Ich möcht' bloß wissen, wie die lebendig aus der Kate rausgekommen sind. Der halbe Berg ist ihnen doch auf den Kopf gepoltert! Die müssen sieben Leben haben wie eine Katze!«

»Vielleicht haben sie Owen hier überfallen und irgendwo in eine Höhle geschmissen?« sagte Mog. »Ich würg' sie, bis sie verraten, was sie mit ihm gemacht haben!«

»Los, nix wie drauf!« schrie Hufa.

Sie erwischten Bilk und Prigman, ehe die beiden sich auf Abipaal stürzen konnten. Die Höhle hallte von Rufen und dumpfen Aufschlägen wider. Garble kam Bilk und Prigman zu Hilfe, aber die vier großen, kräftigen Jungen wurden auch mit drei Männern fertig. Mog und Dove nahmen sich mit vereinten Kräften Bilk vor. Hufa schleuderte Prigman mit einem Stoß flach auf den Rücken, und Luggins überwältigte Garble durch sein bloßes Gewicht, setzte sich dann auf seine Brust und erdrückte ihn fast.

Der Prinz sah mit dem größten Interesse zu.

»Bravo, Buben! Haut die Schurken zu Brei!« schrie er vergnügt. »Ich wollte, ich könnt' euch helfen!«

Die Schlacht dauerte nicht lange.

»So, dem ist die Puste ausgegangen«, bemerkte Hufa

zufrieden. »Hast du einen Strick, Mog? Ich werd' ihn schön ordentlich verpacken, eh' er wieder zu sich kommt.«

Die Jungen kramten ihre Vorräte an Schnüren hervor. Mog hatte ein ziemlich langes Stück, das für Prigman genügte, Dove gab sein Halstuch her, um Garble damit die Hände auf den Rücken zu binden; Luggins holte mit verlegenem Gesicht einige Schnurenden, an denen Kastanien baumelten, aus den Hosentaschen. Er nahm die Kastanien ab und knotete die Schnurstücke zusammen.

»Beeil dich, eh' ich dir auch noch eine lange!« sagte Hufa gereizt. »Kastanien sammeln! Ausgerechnet! Du blamierst unsere ganze Mannschaft!«

Schuldbewußt ließ Luggins die letzten Kastanien fallen und übergab Hufa die zusammengebundenen Schnüre. Bilk wurde ebenfalls gefesselt.

»Saubere Arbeit«, lobte Tom Dando. »Aber wo ist Owen Bren?«

»Wir haben keine Spur von ihm entdeckt«, berichtete Hufa. »Aber die Schurken wissen sicher, wo er ist.« Er wandte sich drohend an Bilk: »Was habt ihr mit unserem Freund angestellt? Lüg mich bloß nicht an, oder ich stopf' dir die Zähne die Kehle runter!«

»I ... ich ... ich weiß wirklich nicht, wo er abgeblieben ist«, stotterte Bilk und sah sehr ängstlich aus. »W ... wir haben ihn mal gehört, da unten, aber das ist Stunden her, und seitdem haben wir ihn nicht gesehen, ganz bestimmt nicht, das ist die reine Wahrheit!«

Trotz aller Drohungen blieb Bilk bei dieser Behauptung. Deshalb glaubten ihm die Zuhörer schließlich.

»Vielleicht ist Owen in einen Schacht gestürzt? Vielleicht sollten wir Hilfe holen«, sagte Luggins besorgt.

Doch in diesem Augenblick kam Owen aus einem Felstunnel gerannt. Er war blaß vor Müdigkeit und Erschöpfung.

»Wo ist Abipaal? Ist ihm auch nichts passiert? Hat er die Harfe? Oh, Gott sei Dank!« rief Owen mit einem Seufzer der Erleichterung, als er die Jungen und gleich darauf Abipaal entdeckte, der mit der Harfe im Arm am Rand des Abgrunds kauerte. »Ich hab' mir doch gedacht, daß er wieder hierherkommt! Aber wo sind Bilk und Prigman und der andere Kerl?«

Luggins trat einen Schritt beiseite und wies auf die Gefangenen.

»Wir haben sie zusammengeschnürt wie Postsäcke«, sagte er stolz.

Prigman begann, sich zu rühren. Bilk und Garble sahen ihre Wärter böse an.

»Ende gut, alles gut«, rief Prinz David. »Jetzt sind wir alle wieder beieinander, und die gute alte Harfe ist auch da. Also schaun wir zu, daß wir aus diesem finstren Loch rauskommen. Den kleinen Burschen mit der Harfe nehmen wir mit. Aber die Gauner laßt ruhig da unten liegen, die Gendarmen sollen sie holen. Zum Teufel mit diesem lahmen Knochen! Es tut mir leid, Buben, aber ihr müßt mich noch mal tragen, bitte schön.«

Die Jungen traten näher, um die Bahre mit Prinz David hochzuheben, doch ehe sie ganz bei ihm waren, schrie plötzlich von oben eine Stimme: »Halt! Stehenbleiben!«

Auf einer Treppe in halber Höhe an der Höhlenwand stand Graf Malyn.

Er bot einen furchterregenden Anblick: Sein Gesicht war totenblaß, weißer noch als der Schnee, der in vereisten Krusten auf seinem Mantel lag. In jeder Hand hielt er eine Pistole mit gespanntem Hahn. Seine gelben Augen glühten fiebrig auf, als er die Harfe von Teirtu erspähte. Abergläubisch und zitternd schlug Luggins das Kreuz, um den bösen Blick abzuwenden. Graf Malyn begann, die Stufen herabzusteigen.

»Teufel! Er sieht aus wie der Leibhaftige selbst, Mog!« wisperte Luggins.

»Wer sich von der Stelle bewegt, wird erschossen!« warnte Graf Malyn.

»Großer Gott!« stieß Prinz David hervor. »Seid Ihr verrückt, Malyn? Es ist Hochverrat, geladene Schießeisen auf Euren Fürsten zu richten!«

»So, Ihr seid also auch da, Wales?« sagte Graf Malyn, der den Prinzen bis jetzt nicht bemerkt hatte, weil seine ganze Aufmerksamkeit auf die Harfe gerichtet war. »Nun, das ist jetzt auch egal. Niemand, weder ein Prinz noch ein gewöhnlicher Bürger, kann mich von meinen Plänen abbringen. Ich habe nicht vierzehn Pferde und einen Diener im Schneesturm zu Tode gehetzt, um mir meine Beute jetzt noch vorenthalten zu lassen.« Sein Blick blieb an Prigman, Bilk und Garble haften, und seine Mundwinkel zogen sich verächtlich herab. »Was, ihr habt euch von einer Handvoll zerlumpter Dorfbuben überwältigen lassen? Kein Wunder, daß ihr es nicht fertiggebracht habt, mir die Harfe zu holen!«

Bilk wurde rot vor Wut und Verlegenheit und wand sich in den Fesseln. Da lösten sich ein paar der zusammengeknoteten Schnurstücke, und er konnte seine Hände befreien.

»Gut«, sagte Graf Malyn ruhig. »Bind die beiden anderen los, und dann hol mir die Harfe. Und bring den kleinen Mann mit. Ich vermute, er gehört zu den Leuten, die der Seldschuk sucht.«

»Verdammt!« rief Tom Dando aus und trat näher. »Sollen wir hier herumstehen und stillhalten, während dieses Scheusal auf uns herumtrampelt, als ob wir Gras wären?«

Aber Graf Malyn hielt eine Pistole auf den Prinzen von Wales gerichtet. »Noch einen Schritt, und der Prinz stirbt«, sagte er kalt. Tom Dando blieb stehen und fluchte leise vor sich hin.

Garble und Prigman waren jetzt von ihren Fesseln befreit und standen auf.

»Hol die Harfe!« befahl Graf Malyn.

Bilk schwitzte vor Angst beim Anblick des Abgrundes und näherte sich nur zögernd und vorsichtig Abipaal. Der kleine Mann kauerte wie ein in die Enge getriebenes Tier auf der Felszunge, sah sich ratlos um und warf Tom Dando einen verzweifelten Blick zu. Tom schob sich unmerklich näher an den hilflosen Prinzen heran.

»Abipaal, duck dich und lauf los!« schrie Owen.

Bilk wollte zupacken, aber Abipaal duckte sich und wich seinem Griff gerade noch aus. Mit einem Fluch stürzte sich Bilk noch einmal auf ihn, doch Abipaal nahm all seine Kraft zusammen und sprang vom äußersten Rand der Felszunge, auf der er stand, hinunter über den Abgrund hinweg und landete sicher auf dem unteren Felsvorsprung. Die Harfensaiten gaben ein triumphierendes Surren von sich. Es klang, als ob die Harfe von Teirtu ihre Verfolger auslache.

»Verdammt!« schnaufte Bilk. »Der elende kleine ... Hilfe!«

Er hatte sich mit viel zuviel Schwung auf Abipaal geworfen. Nun schwankte er zwei, drei Herzschläge lang am äußersten Rand des Schachtes hin und her und griff wild in die Luft. Dann verlor er endgültig das Gleichgewicht: Mit einem markerschütternden, langgezogenen Schrei stürzte er kopfüber in den schwarzen Schlund hinab.

»Bilk!« schrie Prigman. Er machte einen Satz auf den Abgrund zu, als wolle er seinen Komplicen noch festhalten. Dabei trat er auf die Kastanien, die Luggins dort achtlos hatte fallen lassen. Prigman rutschte aus, schlug hin und war einen Atemzug später schon im Teufelssprung verschwunden.

Entsetzte Stille breitete sich aus. Nach einer guten Weile sagte Luggins: »Es ist doch manchmal ganz nützlich, wenn man ein paar Kastanien dabei hat, was, Hufa?«

Graf Malyn zog zischend den Atem ein und hielt die Pistolen weiter auf den Prinzen und Tom Dando gerichtet.

»Garble, los, lauf hinter dem Kobold her! Er ist jetzt auf der unteren Felszunge«, befahl Graf Malyn, den das fürchterliche Ende seiner beiden Komplicen völlig kalt ließ.

Sehr blaß und offensichtlich nicht entzückt von diesem Auftrag, ging Garble auf einen der Felstunnel zu.

»Er erwischt das kleine Wiesel bestimmt nicht«, murmelte Hufa hoffnungsvoll.

Aber Garble kam gar nicht dazu, dies auch nur zu versuchen. Plötzlich ertönte Stimmengewirr, und Bruder Janto, Mr. Bren, Arabis, Jehimelek und der Seldschuk eilten aus einem anderen Felstunnel herbei.

Diese Störung lenkte Graf Malyn einen Augenblick lang ab. Owen nutzte diese Gelegenheit, riß sein kleines Buch der ›Nützlichen Wissenschaften‹ aus der Tasche, schleuderte es hinter Garble her und traf ihn genau ins Genick. Wie ein Kaninchen, das man vor dem Schlachten betäubt, sackte Garble zusammen.

Im gleichen Augenblick warf Tom Dando sich zwischen Graf Malyn und den Prinzen von Wales. Dem Grafen war klargeworden, daß er doch den kürzeren ziehen würde. Vor Wut hatte er völlig die Beherrschung verloren und abgedrückt. Tom Dando stieß den Prinzen von der Bahre, der Schuß ging los, und die Kugel traf Tom mitten in die Brust.

»Papa!« schrie Arabis.

»Das Schwein hat Mr. Dando umgebracht! Los, auf ihn! Jetzt hat er nur noch eine Kugel übrig. Er kann uns nicht alle erschießen!« brüllte Hufa.

Die Jungen gingen im Halbkreis drohend auf Graf Malyn zu. Schritt um Schritt wich er zurück, nicht zur Felswand, sondern auf den Teufelssprung zu. Als er das selbst bemerkte, rief er: »Der erste, der einen Schritt näher kommt, kriegt eine Kugel in den Kopf!«

Die Jungen verhielten unwillkürlich eine Sekunde, und Graf Malyn warf einen Blick in den Schacht. Er dachte offensichtlich daran, ebenso wie Abipaal den wahnwitzigen Sprung über den bodenlosen Abgrund zu wagen.

»Er darf uns nicht entwischen!« schrie Owen und sprang vor.

Graf Malyn feuerte seine zweite Pistole ab, aber der

Schuß ging weit daneben, und der Knall wurde von einem viel lauteren Geräusch übertönt. Vor Schrecken erstarrt sahen sie, wie der Boden vor ihnen barst und der Spalt in Sekundenschnelle immer breiter wurde. Das ganze Stück Gestein, auf dem Graf Malyn stand, neigte sich dem Abgrund zu. Graf Malyn zuckte zusammen. Er wollte noch über den Riß zurückspringen, doch es war zu spät: Der Fels löste sich, kippte und stürzte mit dem Grafen in den Abgrund. Gleich darauf schoß eine gewaltige Wolke heißen Dampfes aus der Schlucht.

Das alles spielte sich in einem einzigen Augenblick ab. So furchterregend und verblüffend es war, Mr. Bren, Bruder Janto und Arabis bemerkten es kaum. Sie knieten neben Tom Dando und versuchten, das Blut zu stillen, das aus seiner Wunde rann.

»Er braucht frische Luft. Wir sollten ihn hinauftragen«, sagte Mr. Bren.

»Ich danke Euch, aber es lohnt sich nicht mehr«, sagte Tom Dando mühsam. »Es ist aus mit mir, Arabis, mein Kleines. Sei nicht traurig. Ich bin zufrieden mit dem Leben, das ich gehabt habe, und es gibt genug Freunde, die sich um dich kümmern werden, wenn ich nicht mehr da bin.«

Arabis brachte vor Kummer kein Wort heraus, aber der Prinz von Wales, dem die Jungen wieder auf die Bahre geholfen hatten, antwortete:

»Ich werd' für Arabis sorgen, als ob sie meine eigene Tochter wär', so wahr ich David Tudor-Stuart bin, für den Ihr Euer Leben geopfert habt!«

Mr. Bren warf einen überraschten Blick auf den Prinzen. Er hatte ihn bisher nicht erkannt.

»Und die Harfe, die schuld an allem ist, soll Arabis bekommen, denn sie ist die rechtmäßige Erbin«, fuhr Prinz David fort. Und das überraschte Mr. Bren noch mehr. »Euch aber lass' ich das großartigste Begräbnis richten, das es jemals für einen Dichter gegeben hat. Die Musik von hundert Harfen wird Euch begleiten, und alle Barden von Wales sollen Euch zu Ehren singen.«

»Das ist sehr freundlich«, sagte Tom Dando schwach und lächelte. »Aber ich glaube, es kann nicht schöner werden als das Singfest, das wir beide vorhin veranstaltet haben. Und die Harfe, sie hat schon so viel Haß und Unglück verursacht. Wenn der kleine Bursche sie gern behalten möchte, dann laß sie ihm, ja, Arabis?«

»Natürlich!« rief Arabis weinend. »Ich will die Harfe nicht! Ich will, daß du am Leben bleibst, Papa! Bitte, Papa, versuch es doch!«

»Nein, Kind, meine Zeit ist um. Ich hätte gern noch ein paar Gedichte geschrieben, aber dafür ist es jetzt zu spät.«

Tom Dando seufzte ein wenig wie jemand, der von einer erfreulichen Tagereise ermattet ist, und lehnte sich in Bruder Jantos Arm zurück. Plötzlich öffneten sich seine Augen weit und strahlten, als ob er etwas sehr Schönes und Unerwartetes sähe.

»Oh, schau mal!« rief er aus.

Dann schlossen sich seine Augen, und Tom Dando war tot.

Ein paar Minuten später kam der kleine Abipaal, die Harfe von Teirtu unter dem Arm, vorsichtig aus einer schmalen Felsspalte gekrochen, in der er sich versteckt hatte. Scheu und ängstlich wie ein Tier des Waldes und doch von einer unwiderstehlichen Kraft angezogen, näherte er sich langsam der schweigenden Gruppe und musterte sie prüfend. Er suchte offensichtlich jemand. Dann sah er Tom Dando auf dem Boden ausgestreckt liegen, eilte auf ihn zu und hielt ihm die Harfe entgegen. Doch nach ein paar Schritten blieb Abipaal wie angenagelt stehen, starrte auf den Toten, kam näher und warf mit einem Entsetzensschrei die Harfe zu Tom Dandos Füßen nieder. Er sank neben ihm auf die Knie, weinte und jammerte und wiegte sich hin und her, als ob auch er tödlich verwundet sei.

Bald darauf trugen sie den verletzten Prinzen und Tom

Dando langsam und traurig aus der Höhle hinaus. Als sie oben auf die Hauptstraße von Nant Agerddau gelangten, bot sich ihnen ein erstaunlicher Anblick: Ein Teil des schneebedeckten Berges war dicht neben dem Ort herabgestürzt und hatte den Blick auf Schloß Malyn freigegeben. Das Schloß war halb eingefallen und hatte kein Dach mehr.

»Daran sind die Röhren für die Dampfheizung schuld«, erklärte Mr. Bren. »Als der Felsen in den Schacht gestürzt ist, ist der Dampf mit gewaltigem Druck durch die Röhren entwichen, und dieser Druck hat das Schloß in die Luft gejagt.«

»Meine kleinen Leute!« rief der Seldschuk besorgt. »Oh, lieber Himmel, hoffentlich ist ihnen nichts passiert, zugestoßen, auf den Kopf gefallen! Komm, Jehimelek, wir müssen sofort zu ihnen!«

»Das wird nicht so einfach sein bei diesem Schnee«, bemerkte Bruder Janto. »Vielleicht ist es am besten, durch den Berg zu gehen, falls der Weg noch begehbar ist.«

Arabis überwand ihren Kummer und sagte, sie wolle den Seldschuken begleiten, um nach den Kranken zu sehen. Owen beschloß mitzukommen.

Abipaal folgte ihnen durch die Straßen von Nant Agerddau bis zum Gasthof »Zum Eberkopf«, wo Tom Dando aufgebahrt wurde. Der kleine Mann stand vor der Tür in der Kälte, die Harfe im Arm, und weinte. Er wollte weder ins Haus kommen noch fortgehen und blitzte jeden wütend an, der sich ihm näherte.

»Am besten lassen wir ihn einstweilen in Ruhe«, meinte Bruder Janto.

Der Weg durch das unterirdische Tal des Gaff war frei, und die Kinder der Bergwerke lagen alle wohlbehalten in ihren Höhlen. Das furchterregende Getöse von pfeifendem Dampf und einstürzendem Gemäuer hatte ihnen zwar große Angst eingejagt, aber sonst hatte die Zerstörung des Schlosses ihnen keinen Schaden zugefügt. Auch die Krankheit war weiter abgeklungen. Während Arabis und Owen sich um die Patienten kümmerten, ging der Seldschuk sehr erleichtert hinunter nach Port Malyn. Dort wollte er ein Schiff suchen, das sie möglichst bald alle miteinander nach Hause in das Königreich von Rum bringen sollte. Er hatte Glück und fand einen Kapitän, dessen Bark schon in der nächsten Woche bereit zum Auslaufen sein konnte.

Da es den Kindern der Bergwerke so viel besser ging, gab Arabis ihnen die Medizin, die sie sich am meisten wünschten: Musik. Während sie auf ihrer Mandoline spielte, schlief Owen, der zwei Tage und eine Nacht auf den Beinen gewesen war, auf einem Lager aus Kamelhaar.

Am Abend kehrten Arabis und Owen nach Nant Agerddau zurück, wo der Prinz von Wales schon mit den Vorbereitungen für Tom Dandos Begräbnis begonnen hatte. Im Lauf des Tages war ein königlicher Bote aus London eingetroffen, der berichtete, daß König James den Schlüssel zu seinem Schreibtisch wiedergefunden und außerdem keine Zahnschmerzen mehr hatte.

Galahad und der Wagen waren schon zum Gasthof gebracht worden. Owen begleitete Arabis, um ihr den Schmerz zu ersparen, allein in ihr leeres, verlassenes Zuhause zurückzukommen. Doch der gute Bruder Janto war ihm zuvorgekommen: Er hatte das Feuer angezündet und Abendessen gekocht.

»Du hast Gesellschaft bekommen«, sagte er und wies mit einer Kopfbewegung auf Tom Dandos Koje.

Dort saß, die Arme um die Knie geschlungen, Abipaal mit kummervoller Miene. Bei Arabis' Anblick hellte sich sein bärtiges Gesicht ein wenig auf.

»Ich habe ihm erklärt, daß du Tom Dandos Tochter bist«, fuhr Bruder Janto fort.

Als Arabis die Mandoline abnahm, die sie an einem Riemen auf dem Rücken trug, hellte sich Abipaals Gesicht noch etwas mehr auf. Er betrachtete die Schale Brei, die Arabis ihm gab, zuerst verwundert und ein wenig mißtrauisch, probierte und aß dann aber mit offensichtlichem

Behagen. Nach dem letzten Löffel sprang er auf, lief zur Mandoline und zupfte vorsichtig an den Saiten. Dann brachte er Arabis das Instrument mit einem so flehenden Gesicht, daß sie trotz ihres Kummers lächeln mußte. Sie spielte ihm einige Melodien vor, und Abipaals Miene zeigte einen Ausdruck von grenzenloser Zufriedenheit.

»Du scheinst einen Kostgänger auf Lebenszeit bekommen zu haben, Arabis«, sagte Bruder Janto. »Ich glaube nicht, daß er mit den anderen zurück nach Rum geht.«

»Warum sollte er, wenn er nicht mag? Er kann gern hier bei mir bleiben«, erwiderte Arabis.

Ein- oder zweimal betrachtete Abipaal hoffnungsvoll die Harfe von Teirtu, die neben ihm auf Tom Dandos Bett lag. Aber Arabis schüttelte den Kopf.

»Eines Tages kann ich sicher darauf spielen, doch jetzt ist es noch zu früh«, sagte sie, und Abipaal schien das zu verstehen.

Dann bemerkte Arabis, daß im Wagen etwas fehlte.

»Papas Gedichtwerk!« rief sie erschrocken aus.

»Keine Sorge«, sagte Bruder Janto. »Seine Hoheit hat es sich ausgeliehen. Er wird es veröffentlichen lassen. Es soll eine prächtige Ausgabe werden. Nun sag' ich euch gute Nacht. Morgen früh geh' ich mit Hufa, Luggins, Mog und Dove nach Pennygaff. Sie wollen mir helfen, das alte Kloster wieder aufzubauen. Aber ich glaube, ich seh' euch dort bald wieder.«

Kurz nach Bruder Jantos Aufbruch stattete der Seldschuk Arabis einen Besuch ab.

»Falls es Euch genehm ist, meine sehr geschätzte junge Dame, Mamsell, Jungfer, so nehme ich Euch mit dem allergrößten Vergnügen mit nach Rum. Zum Dank für die unbezahlbaren Dienste, die Ihr meinen kleinen Leuten erwiesen habt, möchte ich Euch eine hohe Stellung an meinem Hof anbieten«, sagte der Seldschuk sehr höflich.

»Vielen Dank für Euer Angebot«, antwortete Arabis.

»Ich komme Euch gern einmal besuchen, doch jetzt möchte ich Wales lieber nicht verlassen.«

Die gleiche Antwort gab Arabis auch Prinz David, als er etwas später aus dem Gasthof herübergehumpelt kam und sie herzlich einlud, von nun an bei ihm in Schloß Windsor zu leben. Nur sein Angebot, den ›König Artus‹ veröffentlichen zu lassen, nahm sie dankbar an.

Nachdem der Prinz gegangen war, klopfte Mr. Bren an der Wagentür. Er sah etwas betreten aus, und es verringerte seine Verlegenheit keineswegs, Owen hier vorzufinden. Dieser saß mit Falke auf der Schulter neben dem kleinen Abipaal, der stillvergnügt auf der Zither einfache Melodien zupfte.

Doch Mr. Bren war nicht der Mann, der sich vor unangenehmen Pflichten drückte.

»Ich bin gekommen, um mich zu entschuldigen, Kind«, sagte er brummig. »Ich weiß jetzt, daß ich dir und deinem Vater damals unrecht getan habe, vor allem, weil sich ja herausgestellt hat, daß die verd . . . daß die Harfe sowieso dir gehört. Es tut mir sehr leid, daß ich . . . daß ich gesagt habe, was ich eben gesagt habe. Und . . .« Er geriet ein wenig ins Stottern, aber er brachte es doch heraus, ». . . das gleiche gilt für dich, Owen. Ich hab' dich verkannt. Du hast mit viel Mut und Vernunft gehandelt. Seine Hoheit hat dich sehr gelobt. Er will eine Flotte aussenden, um nach deinem Vater zu suchen. Was sagst du dazu?«

Owens Gesicht leuchtete auf. Seine Freude war so groß, daß er kein Wort hervorbringen konnte.

»Ich hoffe, du kommst zurück zu mir ins Museum«, fuhr Mr. Bren verlegen fort.

»Ins Museum?« Owen war überrascht. »Ich dachte, Ihr seid zurückgetreten, Großvater?«

»Der Gemeinderat von Pennygaff hat mich heute gebeten, das Amt doch wieder zu übernehmen.« Mr. Bren schniefte. »Ich wette, sie finden sonst niemand, der ihre zehn Schillinge im Jahr haben will. Nun ja, von mir aus.

Und du, Arabis, kommst du auch mit? Es täte uns gut, wenn du bei uns leben würdest, nicht wahr, Owen? Es würde den düsteren alten Kasten ein wenig aufhellen.«

Er machte ein so besorgtes, bittendes Gesicht, daß Arabis herzlich antwortete: »Das ist sehr freundlich von Euch, Mr. Bren, und ich komme sehr gerne! Dann kann ich auch zur Schule gehen und etwas lernen. Aber im Sommer muß ich wieder durchs Land ziehen, sonst vergesse ich, wo die Heilkräuter wachsen, und der alte Galahad kriegt steife Gelenke.«

»Und ich komme mit dir«, rief Owen.

»Ihr habt doch nichts gegen den kleinen Abipaal?« fragte Arabis. »Er scheint sich bei mir niedergelassen zu haben.«

»Nicht das geringste«, versicherte Mr. Bren. »Er wird eine großartige Hilfe sein mit seinen geschickten Fingern. Also, ich bin froh, daß das jetzt alles geregelt ist, und sage gute Nacht.« Sehr erleichtert stapfte er durch den Schnee davon.

Arabis stand unter der Wagentür, schaute ihm nach und lächelte ein wenig vor sich hin. Owen trat zu ihr.

»Macht es dir wirklich nichts aus, immer in Pennygaff zu leben?« fragte er besorgt.

»Nein, es wird mir gefallen! Bruder Janto wird auch dort sein. Der Seldschuk hat ihm viel Geld geschenkt, damit er das Kloster wieder aufbauen kann.«

Der Schneesturm hatte sich gelegt, der Himmel war wieder klar. Zwischen den Sternen schwebte der Mond, die Dächer von Nant Agerddau glänzten silbern. Aus dem Wagen klangen Töne: Abipaal spannte eine Saite und zupfte prüfend daran.

Arabis und Owen standen schweigend da und lauschten dem sanften, seufzenden Murmeln des Flüsternden Berges, der Stimme des Schlapphut-Ben, der im Schlaf sprach.

Karte

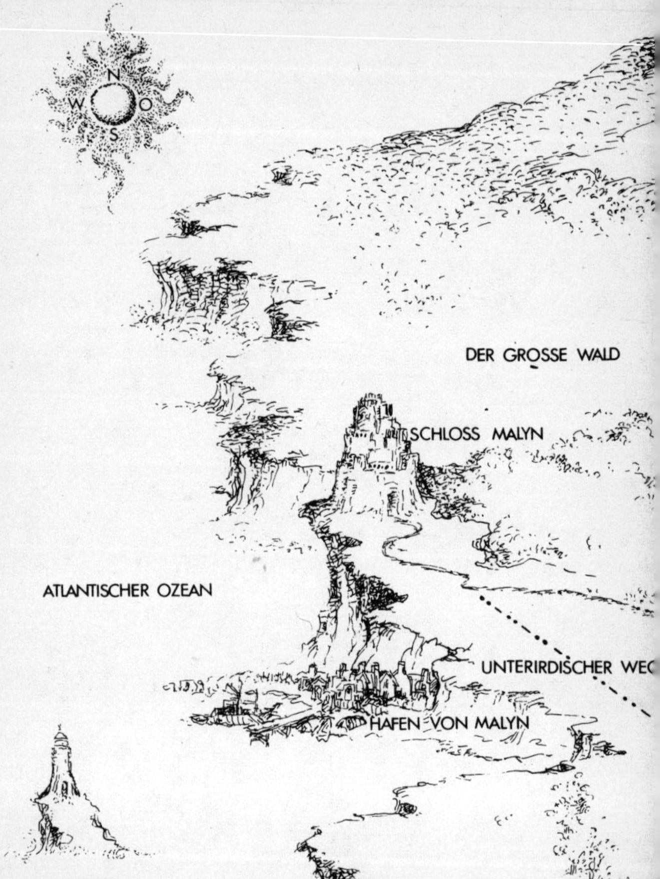
N
W
O
S
DER GROSSE WALD
SCHLOSS MALYN
ATLANTISCHER OZEAN
UNTERIRDISCHER WEG
HAFEN VON MALYN
LEUCHTTURM

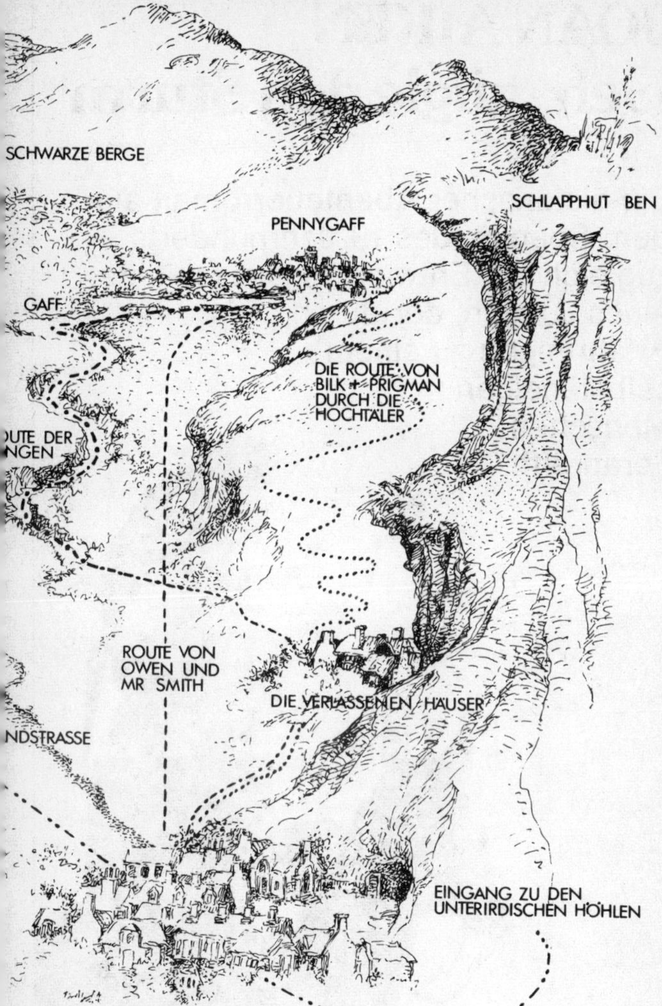
SCHWARZE BERGE
SCHLAPPHUT BEN
PENNYGAFF
GAFF
DIE ROUTE VON
BILK + PRIGMAN
DURCH DIE
HOCHTÄLER
UTE DER
NGEN
ROUTE VON
OWEN UND
MR SMITH
DIE VERLASSENEN HÄUSER
NDSTRASSE
EINGANG ZU DEN
UNTERIRDISCHEN HÖHLEN
NANT AGERDDAU

JOAN AIKEN
Geh, zügle den Sturm

Ein historischer Abenteuerroman aus dem Spanien des 19. Jahrhunderts – zugleich die Entwicklungsgeschichte eines Jungen, der durch Erfahrungen zu einem selbständigen Menschen heranreift.

Oetinger

Erzählte Geschichte bei dtv junior

Erzählte Geschichte

dtv junior 7497 Ab 13

dtv junior 7494 Ab 12

dtv junior 70030 Ab 13

dtv junior 70063 Ab 13

dtv junior 70066 Ab 13

dtv junior 70082

dtv junior Bücher für Mädchen und Jungen

dtv junior 7372 Ab 9

dtv junior 7151 Ab 9

dtv junior 7280

dtv junior 7146 Ab 11

dtv junior 7317 Ab 11

dtv junior 7257 Ab 12